克尔日记

东江纵队营救援华美军飞行员克尔中尉脱险纪实

东江纵队历史研究会
广东东江纵队纪念馆　编

团结出版社

© 团结出版社，2025 年

图书在版编目（CIP）数据

克尔日记：东江纵队营救援华美军飞行员克尔中尉
脱险纪实 / 东江纵队历史研究会，广东东江纵队纪念馆
编 . -- 北京：团结出版社，2025.1. -- ISBN 978-7
-5234-1510-8

Ⅰ . K265.106

中国国家版本馆 CIP 数据核字第 20244SG348 号

责任编辑：宋　扬
特邀编辑：老嘉琪　刘美瑜
装帧设计：🗌 广州六宇文化传播有限公司

出　　版：团结出版社
　　　　　（北京市东城区东皇城根南街 84 号　邮编：100006）
电　　话：（010）65228880　65244790
网　　址：http://www.tjpress.com
E-mail：zb65244790@vip.163.com
经　　销：全国新华书店
印　　装：广州市赢彩彩印有限公司

开　　本：180mm×240mm　16 开
印　　张：19　　　　　　　　　字　　数：285 千字
版　　次：2025 年 1 月第 1 版　　印　　次：2025 年 1 月第 1 次印刷

书　　号：978-7-5234-1510-8
定　　价：68.00 元
　　　　　（版权所属，盗版必究）

《克尔日记》编辑组

东江纵队历史研究会

尹素明　尹小平　廖国球　何雪夫

张念斯　黄文庄　陈小燕　张兆和

广东东江纵队纪念馆

王红星　陈光新　黄梦妮　邹智鸿

"克尔日记" 英文原稿

唐纳德·W·克尔著并绘插图

戴维·C·克尔英文原稿编者

李海明、韩邦凯翻译

不能忘记的历史

——《克尔日记》中文译本编者前言

东江纵队历史研究会（香港）会长　尹素明

克尔是谁？"克尔日记"又记载了什么故事？这要从 1944 年开始说起。

在 1944 年 1 月至 1945 年 8 月，东江纵队营救了 8 名被日军击落的美国飞行员，而唐纳德·W·克尔中尉是最早的一位，也是影响较大的一位。

1944 年 3 月 29 日，克尔中尉获救回到援华美军在广西桂林的基地。他对东江纵队这支虽然不穿军装，但纪律严明、英勇善战、灵活机动的部队深表钦敬。克尔中尉将其在日军占领区游击队中的经历向中美联合航空队（飞虎队）领导人陈纳德将军作了汇报，把东江纵队领导给陈将军的信件交给他，并且建议美军和东江纵队合作。同年 9 月，美军欧戴义上校带着陈纳德将军的信和克尔上尉（他当时已经晋升为上尉）写给东汀纵队的感谢信来到东江游击区，要求和东江纵队展开情报方面的合作。同年 10 月，东江纵队在得到中共中央的同意之后，与盟军展开了出色的情报合作，直至 1945 年 8 月侵华日军宣布无条件投降为止。在这期间，东江纵队提供的情报准确、及时，质量极高，受到盟军太平洋司令部的多次嘉奖。特别是 1945 年 3 月至 5 月间，东江纵队准确掌握到日军精锐部队波雷兵团的动向，知道该部队已经到达广东惠阳淡水一带，并在沿海地区修筑纵深贯穿的工事，迎击原准备在此登陆的盟军。东江纵队及时向盟军传递情报，促使盟军取消了像欧洲西线战场诺曼底登陆突袭般的华南登陆作战计划，改为直接进攻日本。这一情报，对整个第二次世界大战的战局，特别是亚洲、太平洋地区战局的结束方式和结束时间，产生了极大的影响。[①]

1946 年 3 月，国共两党举行的重庆谈判已经结束，《双十协定》亦已签署。但是国民党一方面拒不承认广东有共产党领导的游击队，另一方面又抓紧"围剿"东江纵队在粤北的部队，恨不得将其一口吃掉。在此紧急关头，周恩来电报指示东江纵队政委尹林平（笔者的父亲），要他在两个礼拜内赶赴重庆，揭露国民党的阴谋，为东江纵队争取合法地位。尹林平到重庆后，周恩来特别主持召开了两次影响极大的中外记者招待会，由尹林平介绍东江纵队的抗日战绩。在 3 月 18 日的记者招待会上，尹林平展示了盟军对东江纵队情报工作的嘉奖及 5 封获救飞行员的英文感谢信（其中一封就是克尔中尉写给东江纵队的）。这些证据非常有说服力，最终迫使国民党方面承认广东的东江纵队是共产党领导的抗日武装。这才有了后来的东江纵队北撤山东烟台。

我们首次接触"克尔日记"是 2008 年。2008 年上半年，互联网上流传着一个消息：一位叫戴维·C·克尔（简称"戴维"）的美国人，自称是 1944 年太平洋战争中，曾经被东江纵队游击战士救援过的原美国飞虎队克尔中尉的儿子，要来华寻找当年救援过他父亲的游击队战士及他们的后代，当面向他们道谢，以完成父亲的遗愿。

这个消息辗转传到东江纵队历史研究会（香港），当时我们对这个消息是又惊又喜，对这位自称是克尔中尉儿子的人半信半疑，毕竟这件事情已经过去 60 多年，疑虑这位自称是克尔中尉儿子的人是否假冒。

---

① 参考原东江纵队情报处处长袁庚著：《东江纵队与盟军的情报合作及港九大队的撤出》，载于《香港抗战——东江纵队港九独立大队论文集》，香港历史博物馆编制，2004 年，第 254-255 页。这项情报工作，也曾在北京卫视频道《档案》栏目中，根据一批军事档案拍摄成标题为《谍战滩头：日寇"波雷部队"命断东江》的节目中报道，2014 年 7 月 17 日晚上 10 时 50 分播放。

2008 年 8 月，戴维受其公司派遣来华工作，我们和他有了初次接触。会面时，我们在桌面上摆开当年记述东江纵队救援克尔中尉的旧报纸和书籍，有些还有克尔中尉的照片。戴维看到之后，用手将那些照片推开，说："这些都不是我父亲的照片。"接着，他把自己带来的资料打开，上面有克尔中尉穿军服有军阶的照片、克尔中尉夫妇合影，还有克尔中尉获救后在东江纵队司令部和曾生司令员的合影、经过国统区时国民党专员发给克尔中尉的过境公函、美国飞虎队的肩章和胸章。这些照片极其珍贵，尤其是和曾生司令员的合影，从未有人见到过，连东江纵队纪念馆里都没有。这些都是克尔中尉的私人收藏品，如果不是他的后代，谁可以拿到这些资料呢？这时，我们大家都相信，他确实是克尔中尉的儿子。

戴维本次来华的目的有两个：

一是当面向当年救援过他父亲的老游击队战士道谢。如果老战士已经去世，就向他们的后代转达他父亲的谢意。

二是重走当年他父亲的逃生路线。重温父辈当年的艰辛，体验战争的残酷及和平的宝贵。

第一点好办，当年参加救援行动尚在世的老战士，我们都安排和他见了面。已经去世老战士的后代，也可以安排他下次来华时会面。

第二点就比较困难，因为时间已经过去 60 多年，香港许多地方已经面目全非。幸好他父亲有写日记的习惯，并随手画有地图，我们可以按图索骥。但是，第一次踏足香港沙田观音山时，我们还是找不到他父亲当年的降落地点，只找到一个大概的方位，无法确定具体地点。由于戴维行程紧迫，我们答应找到具体地点时再通知他。

戴维走后，在观音山村民的帮助下，我们终于找到克尔中尉降落的地点和第一次躲藏的山洞。该山洞是一个旧炭窑，现在洞口长了一棵树，几乎将洞口全挡住了，如果不是村民带路，我们根本找不到。克尔中尉在新界共转移 8 个地点，在一些民安队员的帮助下，我们找到了其中的一部分。我们把这个消息告诉戴维，他很兴奋，迫不及待要来华寻访他父亲当年的逃生踪迹。这次和他一起来的还有他的大哥。他们还去了其他落实了的地点，如吊草岩、茅笪村、十二笏村、旧石垄仔村、深涌村等。

在接触过程中，戴维向我们透露，他父亲留下一本战地日记，记录了1944年2月11日，他父亲负伤跳伞，到3月9日被送到土洋东江纵队司令部顺利脱险这27天内发生的所有大事。他想委托东江纵队的后代，将这本日记翻译出版，以纪念他的父亲和所有参加救援他父亲的东江纵队指战员。

我们拿到日记后，先将它交给香港科技大学的李海明老师翻译成中文，再交给深圳蛇口的韩邦凯老师改译，后将日记中涉及的人名、地名和有关事件进行注释。但当日记中文版到手之后，我们才发现工作量远远超出了我们原先的预想，需要注释的地方超过百处。关于人名，除刘黑仔和蔡国梁这些著名人物之外，其他人员几乎是化名，或者用拼音代替，有些甚至连名字都没有，只记为一个男人、一个女人、四个年轻人。这些人员，如何去找？关于地名，日记中都没有具体记录，只有一条村落、一座白色的大房子、一个石洞等一些抽象的描述。如何将这些地点找到，颇费心机。有关事件也是如此。而且时间已经过去60多年了，所涉及的人员很多已经去世，地点也翻天覆地、焕然一新了。其中之难度，可想而知。

为了宣传东江纵队的历史和做好出版"日记"的工作，部分东江纵队后人成立了深圳海德文化传播有限公司，并组成了一个团队，称为"日记注释组"。成员有陈小燕、江山、邓力平、黄文庄、何雪夫、张念斯、廖国球、尹小平、张兆和，最后由我来汇总。经过6年多的艰苦努力，这百多个注释终于完成了。其中之艰难曲折，实在难以一一向读者道明。为了将"日记"中曾经出现的人物查清楚，几年来，我们探访了超过80位老战士、老战士家属和老战士后代，广州、潮州、佛山、江门、东莞、深圳都跑遍了，最远去到北京。我们的信念是不放过任何一个人物、不放弃任何一条线索。为了将地点弄清楚，我们顺着"日记"留下来的线索，一条一条村庄去找，上山的次数多到连我们自己都记不清了。克尔中尉的转移地点有8个，我们历尽艰辛确认了7个。每个地点都要经过三番五次的推敲，才能最后确定。除此之外，我们还跑遍了香港大大小小的图书馆、资料室，查找有关的资料。为了将注释做得更好，我们还和日本研究侵华史的学者建立了联系，其也为我们提供了不少有用的资料。特别要说明的一点是，6年多来，我们所做的一切，都是没有一分钱报酬，百分之百在做义工的。不但如此，外出探访的交通费都是我们自己掏钱，不少成员已经为此付出数额不菲的金钱。我们的成员许多是有一份正职的，为了完成日记的注释工作，几年来，他们贡献了自己绝大部分的业余时间。有些人对此很不理解，甚至有人怀疑我们另有图谋。但是，我们团队的所有成员都很明白我们为何要这样做：因为我们都是东江纵队的后代，研究和宣传东江纵队的历史，是我们义不容辞的责任。既然责任落在我们肩上，我们就要将它做好。我们是带着很沉重的历史责任感去做这件事的。

虽然我们已经很努力，但是终究有遗憾。例如，在"日记"中记录了一位叫作汤姆士·王的港九大队成员，他可以用流利的英语和克尔中尉对话，向克尔中尉解释游击队和国民党部队的不同之处。本来像这样有名有姓的人员应该容易找到，但是，我们问遍了所有在世的港九大队成员，他们都说不认识。港九大队的回忆录中也没有提过，最后只好放弃。还有一个故事，克尔中尉和曾生司令员合影时站在旁边的小战士，他叫阿明，当时被派去照料克尔中尉的生活，和克尔中尉相处了两周。根据港九大队老战士欧坚的回忆文章，我们几乎认为他是当时司令部朱医生的儿子。因为朱医生的儿子也叫阿明，年龄也吻合，1943年底起就跟着朱医生在土洋东江纵队司令部，当年十二三岁。1946年，朱医生奉命北撤，阿明因为年龄小，留在广东，1947年在粤北和国民党部队作战时牺牲了，牺牲时16岁，是警卫连的班长。但是，2012年戴维来华，我们告诉他阿明的下落时，他提出异议。据戴维的资料，阿明请克尔中尉带信给他在美国的父亲，让父亲接济自己的生活。这和我们掌握的资料大相径庭。我们原本想取消这条注释，但是经过再次核实史料，发现我们忽略了朱医生的性别，原来朱医生是阿明的母亲。她是台山人，当时丈夫不在身边，是她独自带着阿明的。那一切就和戴维提供的线索吻合了，这个对阿明的注释可以说是准确无误了。但是，阿明姓什么，我们直到最后也无法确定。再有是地点，克尔中尉在日记中描述曾经待过两个晚上的狐狸洞，我们也没有找到。知道该洞位置的只有李石老人，但是那时候李石老人已经身患脑退化症，无法提供线索。为此，我们注释组成员数度上山，按照日记中的描述，在完全没有路，有些甚至已经人迹罕至的地方寻找，但始终未能确定位置。这些都不得不说是一个遗憾。另外，由于此事件发生在1944年，所以每个人物的履历注释也只到1944年止。

为了营救克尔中尉，东江纵队动员了大量的人力物力，但并不是所有的事情克尔中尉都能目睹。最明显的例子就是克尔中尉隐蔽在山洞里的两周，外面发生的事情，克尔中尉在日记里都没法讲述。所以，"克尔日记"尚未能描述此次零伤亡传奇营救的全貌。

前言就写到这里，感谢所有曾经为此书出力的前辈、老师和朋友们，特别是杨奇前辈、周奕前辈、李海明老师、韩邦凯老师。另外，特别鸣谢袁中印、邓力平、黄俊康、何雪夫、陈绣华等提供经济上的支持。没有你们，此书是没有可能出版的。也特别感谢戴维和他的兄长两家人，如果没有他们来华寻访其父亲当年的足迹，没有他们将克尔中尉的战地日记整理出来，这段历史将会被人遗忘。但是，这段珍贵而有意义的历史是不应该被遗忘的！

我们希望"克尔日记"出版后，能够有更多的人了解东江纵队这段历史，了解中美人民的友谊，也期待能够有更多途径将该书缺失内容弥补。

2015 年 5 月

我们不会忘记
——《克尔日记》英文原稿编者前言

克尔中尉之次子　戴维·C·克尔

"回望岸边，我向默默目送我的人挥手。虽然从我跳伞降落九龙开始，我每天都盼望这件大事的来临，可离别在即，我却感到难过。"

当你读我父亲的日记时，你会读到这段话的。他在回想香港和东江纵队的人们在把他送到安全地带时，所经历的种种斗争和牺牲。这还不是故事的结尾——他在广东人民和英军服务团（BAAG）中，结识了更多的朋友，他们用了几个星期才把他送回美军在桂林的基地。而刚才那段话，勾勒出了两国伟大人民对抗共同敌人的亲密合作。我在中国演讲时，曾多次引用这段话。

大多数美军士兵在战后回到家，一般都不谈战争的故事。我父亲也一样，对他获救的故事只对我和哥哥讲了一次。幸运的是，他写了日记，这样就可以把故事告诉大家。

相反，我母亲则经常讲"小男孩"的故事，讲"小男孩"怎么接近我父亲（父亲那时刚在香港着陆，手里还拉着降落伞），并且很快地带领我父亲逃离追赶他的敌军士兵。我母亲在去世之前，又讲了一次这个故事。我肯定她是要我和哥哥学习"小男孩"，以他为榜样，就是准备好帮助处于危险之中的陌生人，即便是个人要冒风险也要这么做，只要是为了正义的事业。

很令人伤感的是，在战后好多年里，我们两国人民不能成为朋友。如今幸运的是，我们两国又找到了共同目标，又一次可以把我们的力量合在一起了。我在一家中国公司工作了7年，因此我有机会考察香港和深圳，并和东江纵队及英军服务团的家庭建立关系。我十分荣幸见到了几位老兵和当地人，他们曾冒着危险，和我父亲一起行走，或为我父亲提供住所。我特别开心的是，我还和这些人的家人一起，按原先一样的路线行走，寻找到当时的建筑和山洞。

在美国有一句老话："千万不要低估一小群下了决心的人们的力量……事实上，这是完成伟大事情的唯一办法。"东江纵队、香港和广东的人民，以及英军服务团把各自有限的资源联合起来，对抗一个比他们装备强得多的敌人，把我父亲送到安全地带，并打败了我们共同的敌人。

克尔一家十分感谢在1944年营救克尔中尉行动中所体现的"无私的帮助和合作"。我们真希望可以亲自感谢那些老战士和村民，可惜他们大部分人已经逝世。所以，我们要让他们的孩子、孙子，让全体中国人民都记得这些事情，以此来延续我们的感谢。我们希望出版克尔中尉的日记，让所有人都知道并永远不会忘记在1944年发生的英雄事迹，鼓舞后代在今后的伟大事业中作出贡献。

凡　例

一、由于日记作者为美军飞行员，故书内计量单位为英制单位。为保持作者日记内容风格，本书不在文内将计量单位修改为中国法定计量单位。只是在此统一说明：

1 英寸 =0.0254 米　　1 英尺 =0.3048 米　　1 英里 =1609.344 米

1 夸脱 =1.1365 升　　1 磅 =0.4536 千克　　1 加仑 =4.54609 升

1 码 =0.9144 米　　　1 里 =500 米

二、为更好地阐述日记的注释内容和方便读者了解事件的全过程，本书专门列出注释部分，由注释小组成员做详细的介绍。注释从本书第 125 页开始。注释序号对应正文中的序号。

目 录
CONTENTS

引　言

这是一个关于营救唐纳德·W·克尔中尉[1]的故事。

克尔中尉是美国陆军航空队中美空军混合团（CACW）[2]的 P-40 战斗机[3]的飞行员，他于 1944 年 2 月在香港被日军战机击落。

克尔中尉跳伞落到香港九龙的群山里，后来被东江纵队[4]和勇敢的村民所营救。英军服务团（BAAG）[5]在情报和运输工具方面帮助克尔中尉，使他回到了桂林的基地。

克尔中尉匿藏在香港时，就开始了回忆录的写作。多年后，他的两个儿子找到了残缺的手稿、他亲手画的漫画以及其他当年的物品。在回忆录里描述的事件发生了 65 年之后，克尔中尉的两个儿子来到中国去向那些负责把他们父亲安全送回驻守基地的老兵及其家人致谢。长子安德鲁·H·克尔[6]联同其妻凯瑟琳·伊伯格·克尔和次子戴维·C·克尔[7]合力把他们父亲的手稿汇编成了这本回忆录，并用克尔中尉写给他妻子维达·赫斯特·克尔[8]的信件及其他原始资料，写了结语部分。

手稿里许多人用的是化名，许多地方干脆没有名字。这可能归于两个原因：一是为避免被俘时，信息有可能泄露；二是把中国名字译成英文，比较困难。本书只要能核查的，全名都已在注释部分列出。

1944 年，克尔中尉服务于美国陆军航空队 CACW 第三战斗机大队第三十二战斗机中队。CACW 是一个很独特的美国军事单位，因为当年中美飞行员肩并肩执行作战任务，其合作在歼灭共同敌人时发挥了特殊力量。克尔中尉感激与中国人民的交往：在空中，他们是飞行员伙伴；在地上，他们是勇敢的救援者。

飞虎队[9]是全体服务于陈纳德将军麾下的飞行员和机组人员的称号，所指的是 1941 年 12 月至 1942 年 5 月期间作战的美国志愿航空队以至到大战结束时的第十四航空队。今天，是指位于乔治亚州穆迪空军基地的第二十三战斗机大队，该大队驾驶 A-10 雷霆攻击机（又称"疣猪"[10]），并仍在机头以漆画上鲨鱼的牙齿。

克尔中尉手绘逃生路线

（西贡半岛与香港东北部岛屿）

炭窑

稻田远眺 ②

图 0.1　克尔中尉手绘逃生路线图

狐狸洞

图中红星代表跳伞降落地点，数字标示假定的位置如下：

① 第一天藏身地（狐狸洞）　　⑤ 大石洞
② 稻田远眺　　　　　　　　　⑥ 游击队房子
③ 炭窑　　　　　　　　　　　⑦ 茅草屋
④ 山脊（近西贡）　　　　　　⑧ 头号人物（蔡国梁的房子）

①

克尔日记
东江纵队营救援华美军飞行员克尔中尉脱险纪实

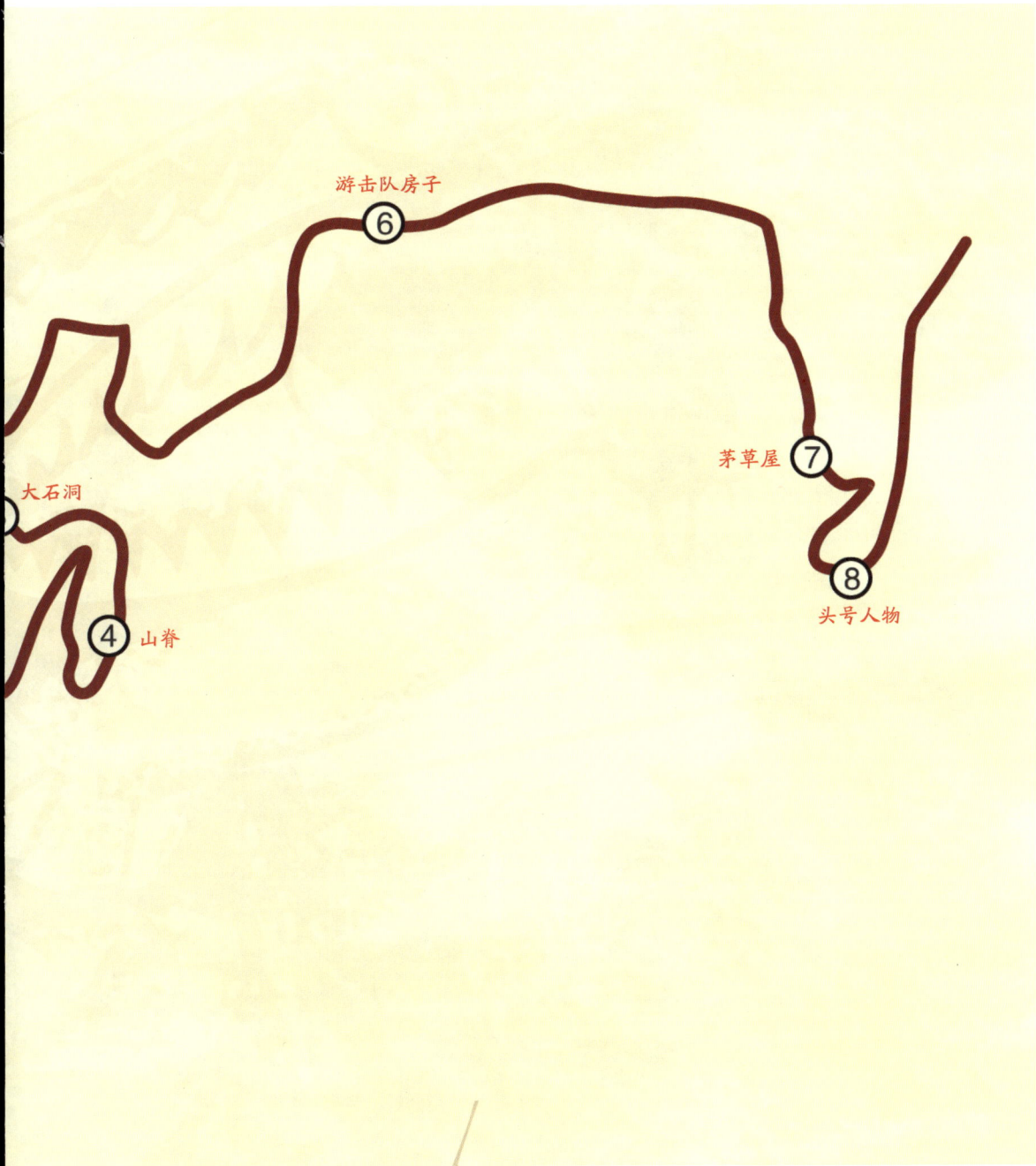

游击队房子
⑥

大石洞

茅草屋 ⑦

④ 山脊

⑧
头号人物

克尔日记

唐纳德·W·克尔著并绘插图

李海明、韩邦凯翻译

第一章　今天的飞行任务

"马洛尼！林德尔！你！德黑文！克尔！起来！"半掩的门外传来的是特纳少校（比尔"爸爸"）的声音。

"嗯……啊，是比尔吗？"蓬乱的军被下露出四双睡眼，眯缝着看比尔手上晃动的电筒。

"喂，你们几个家伙，动作快点！我们今天有任务，7点30分有作战指示。嗨，布什，快下床，第二十八中队要替我们担任警戒。"他一进来，见布什仍迷迷糊糊的，就把盖在他身上的被子扯走，又在德黑文的肋骨上戳了几下，接着，他抽起我[11]床的一端，把我连人带床提离地面1英尺后，又摔了下来。一串连珠炮后，他就匆匆离去，黑暗中只留下我们几个。

这是在中国1944年2月某日[12]的早上4点。我们都是在桂林二塘机场[13]当援军的第十四航空队中美空军混合团P-40战斗机飞行员。最近燃油短缺和天气欠佳，我们很少飞行，这个任务正好使我们不用每天闷在机场等警报[14]，故很受欢迎。还有，日军这几天夜里投掷物品骚扰我们，今天我们可以在白天向他们还以颜色，算是扯平吧。

此刻，大家都醒了，就热烈地谈论起来。

"嗨，有任务了！"

"不知是什么……但愿能痛快地炮轰一番！"

"哼，你们第三十二中队这帮家伙，把最好的都拿走了，我们就要留下来挨两

图 1.1 醒来

轮警报。"

布什一边缓慢地把衣服穿上，一边在抱怨。他属第二十八中队，所以现在要替代我们赶往飞行线道去看"日出"。这两个中队通常隔日早上轮班[15]，但我们获派了这项任务，我们就需要时间做准备。

"不知我们去哪儿……会是汉口吗？"

"不，听上校说这项任务已取消。"

"哎呀，或许我们会取得去海南那差事！"

"汤姆，你拿到了新地图没有？"

"不知他们是否已经修好了我的飞机？"

……

就这样，我们一直谈论到5点，一个叫洪的中国人进来说："特纳少校说，叫那帮'饭桶'起床。"好个比尔"爸爸"，真是军中最好的长官，他大概半夜醒来已经到飞机场准备就绪了，但刚才就没告诉我们这个任务，担心我们因此不能酣睡。这已经是第114项任务了，可他仍当它是第一项任务那样做准备。这个23岁的德州青年，大战早期就在南太平洋第一次打日军了。洪先点起小小的花生油灯，接着又在木炭炉上生火，团团转地干起活来。

竹子和泥巴搭的宿舍，大清早总是冷飕飕的，所以我们都得赶紧穿衣服。我取出我那条旧卡其布做的"战裤"，它的两条裤腿都额外缝上了很多口袋，我立即往不同的口袋中塞满香烟、打火机、指南针、地图和零星几包抗菌药丸。然后就冲出去简单梳洗一下，又回房取我那肩式手枪皮套和网球运动员用的帽子。就在这时，我发现桌上放了一包太妃糖（我猜是布什的），就抓了一把留在飞行时吃。

早餐一瞬间就吃完了。我们在吉普车上颠簸了14分钟，就到达航道上的中队操作站，一直在抱怨的第二十八中队队员正在木炭炉周围打瞌睡。虽然两个中队轮流接受任务（没有足够的战机让两队同时上），但是第三十二中队却似乎经常抽到好签——每次总是我们遇上日军的战机，为此他们很不高兴。

图 1.2 有许多口袋的"战裤"以及布什的太妃糖

我们四处奔跑去拿头盔、玛莉·珍救生衣[16]、降落伞和我们的战机分配表。我看见我分得了 532 ——第二十八中队钟上尉的战机。至于我那架在上次执行任务时被日军打了很多弹洞的"克尔号"，则仍在修理工场修补。

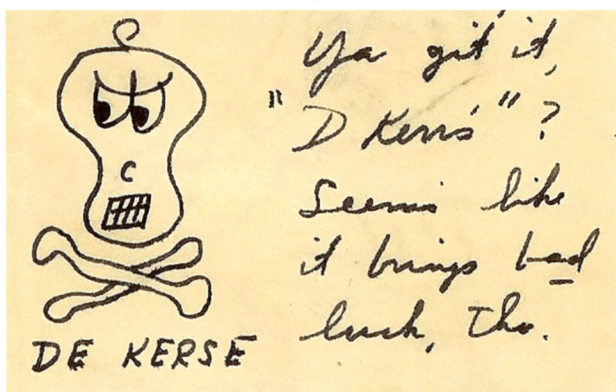

图 1.3 "克尔号"

接下来，我们把设备搬到各自的飞机上。一组中国地勤人员正在我那架横在铺石跑道上的战机下面，把 75 加仑重的机腹油箱吊上炮弹架。嗯，看来前面还有挺长的行程呢……走得近点，我看见那个精力充沛，但长得不帅的俄姆中士正在指挥工作，但其实这并不是分派给他的战机。在众多的机械工当中，俄姆是跟我特别要好的一个朋友，自从去年 7 月我们在印度见面之后，他就一直不倦地照顾我的战机。

"嘿，俄姆！你在这二十八中队的战机上做啥？"

他从机翼下出来，不好意思地说："噢，我不晓得这些家伙做得妥不妥当……估计，这是你驾驶的战机，不是吗？"

"是啊，在补给维修分站发还我们的战机之前，我都要用这架的。你觉得这引擎能把我送去又送回吗？"

"当然啊，长官！它一定会的啊，长官！不过，降落时一定得注意一下左轮胎。瞧，等你回来时，我会把油漆准备好，在机身上涂些日本旗[17]。"

"谢谢，但你最好也带上镀锡铁皮修理工……你知道我的啦！"（由于某些原因，我通常完成任务归来时，都给他们带来大量的工作。）

"中尉，他们不可能击落 P-40 战斗机的啊，我也不会介意修补那些洞的。"

"好吧，我看看能怎么办吧……一会儿见，可是，我无法告诉你准确的起飞时间。"

7 点 30 分，我们在 S-2（中队情报）棚屋集合。库布尼克上尉靠着墙上的巨型地图，站着解释这次的任务：在香港近九龙的启德机场 [18]，发现一个怀疑是飞机装配的工场。日军的兵力，约有 20 架零式战机 [19] 在启德、150 架在广州白云。在机场西北的山丘上和港口的炮舰上均有高射炮。航向 120°，轰炸目标位于右转后 270°。12 架中美空军混合团的 B-25 轰炸机 [20]，20 架 P-40 战斗机作护航，其中 6 架来自

图 1.4　有腹部油箱的 P-40 战斗机（克尔中尉驾驶的 P-40，与这架类似）

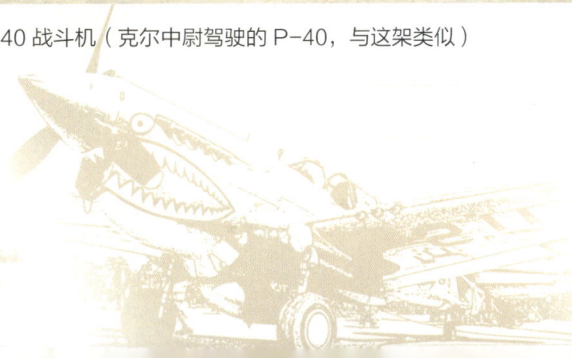

邻近的桂林秧塘机场 [21] 的第二十一中队，以及诸如此类的详情。最后，我知道我和邓中尉，以及第二十一中队借调过来的 6 架飞机，将会组成八机高空掩护。邓先生是一位我很喜欢的中国飞行员，我乐意他成为我的僚机 [22]，但和一位不熟识的队长同行而不能和自己的伙伴一齐飞，我感到不是滋味。

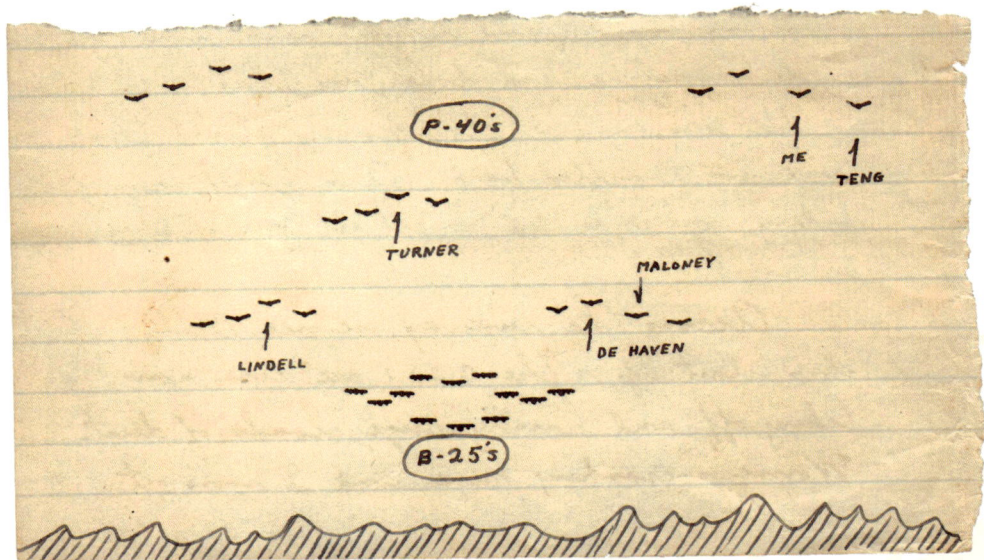

图 1.5　赴香港途中的编队

　　（图中克尔中尉"ME"和邓中尉"TENG"位于右上方，而下面是克尔中尉的好友林德尔"LINDELL"、特纳少校"TURNER"、马洛尼"MALONEY"、德黑文"DE HAVEN"。此图，12 架 B-25 轰炸机由 20 架 P-40 战斗机护航，P-40 在 B-25 上方组成五组"四机编队"[23]，其中每两对长僚机为一小队，编队中的第二、第三位是长机，第一、第四位是僚机。）

　　我们都配发了一个可以扎在腰间的帆布袋，内藏 4000 元中国币 [24]、一本空勤人员生存手册、一个塞满浓缩食品的小型塑料盒等物品。那位颇受我们大队欢迎的班纳德上校正四处检查每位飞行员是否都有地图、都知道该飞往何处，另一位轰炸机少校则要确认我们都明白各自负责的工作。9 点前，我们就已经整装待发。

　　时间一再耽搁。总部决定要先派一架 P-38 到香港观测天气，为此我们感到不

克尔日记
东江纵队营救援华美军飞行员克尔中尉脱险纪实

满：真见鬼！这样做不就等于告诉敌人我们会去那儿吗？！后来，第二十一中队又报告了一些小问题，这种时候还要等候，真烦人！必须承认的是，每个人其实都已经显得紧张，并开始胡思乱想。我们围坐在一起故作轻松地讨论接下来的工作。我记得，队友取笑我带得太多的救生配件，即每个飞行员通常放在降落伞后垫内的紧急救援物品。因为在印度的一次经历，我就把这配套的分量增加了一倍——替换用的袜子、食物、数据详尽的地图、各式各样的药物、肥皂和剃刀。我为这种做法辩解道："假如有一天，我不得不步行回家，那我须长时间在野外生活啊。"比尔说我如果跳一下，肯定会被一堆小件物品所淹没，他又说，"瞧，他竟然还塞满了附加袋哩！"

我之前写了封信给维达，曾向她提及我将会很忙，就像早已知道了这次行动一样！

11点前，宣布准备就绪，约翰尼、德黑文和我随即走向我们那停泊在一起的飞机，并爬了上去。矮个子的俄姆中士仍在附近打点着，他爬上机翼帮我扎牢那些把飞行员和飞机的神经系统连接起来的电缆、传送带和软管。

约翰尼转过来取笑我："咳！克尔！如果有日本人再与你纠缠，你就下降，让我收拾他！"（曾有一次他真的这样做过。）

我知道他这次给安排了近距离掩护飞行工作，因此我回骂道："你要躲在B-25轰炸机下，我这就找一架给你！"

在跑道的对面，我骤见比尔的飞机出现，正在起飞的B-25轰炸机扬起大片尘埃。俄姆用曲柄启动我的战机，我很快就发动了引擎，并做了全面检查。随着前面两架飞机扬起的尘埃被吹散，我们的P-40战斗机就两架、两架地滑行出来，然后起飞。正当我移向起飞位置时，俄姆奋力逆着气流爬上机翼递给我一条军用巧克力——他就知道我在飞行时馋嘴的毛病！我向他展露灿烂的笑容以示感谢。不久，邓中尉和我已飞到战斗机之上方，各就各位地进入阵形。11点30分，我们已经上路了！

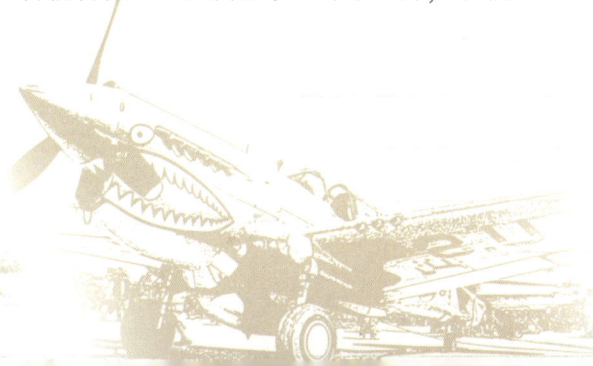

第二章　他们无法击落 P-40 战斗机······

一旦就位并沿着航线飞行，烦闷的工作便开始了，飞行本身是机械操作的，而微调油门和其他控制钮也不需要思考。我带领着第二机组（意即我只在列队排第三），邓中尉跟随着我。我推测头号和二号究竟是谁，想知道我是否认识他们，头号是否有执行这种任务的经验，他究竟想我飞开、飞高还是飞后······

现在已经走了一半航程了吧？我按下机头，试个短程发射，全都奏效。哇！那些曳光弹肯定把头号吓得够呛。瞧，他一会儿倾左、一会儿转右地查看它们来自何方！哟！我可不能事先通知他啊！你应该知道，在抵达前我必须把无线电话调到静音状态啊。

12 点 45 分，机腹油箱的燃油应该已经用尽。对 P-40 战斗机来说，这次是一项远程任务，一旦遇上抵抗，我们就得抛下这些油箱，因此我们都想尽快用完它们。但油箱并无汽油表，故油一用完，引擎就会立即停止。即使你知道会发生这种情形，你也永远不会习惯这种情形的出现。

橄榄绿的轰炸机在我们下面几千英尺滑行，在日光下，那深色、圆形的机尾使飞机看上去就像是受过良好训练的鱼群。当它们的颜色与地上的颜色混在一起时，我们是无法能一直看见它们的，但在这次行程中，它们并不是我监视的对象。离阵形最近的 P-40 战斗机，像一小行、一小行的斑点，其实只有在最靠近我们战机时，我们才看得清楚飞机的形状。现时飞行高度是 2.3 万英尺，这次航程对我们这些"超

龄"的P-40战斗机而言，还算舒适，轰炸机正从容地航行，我们守着岗位。我们戴着的氧气面具已经湿润，弄得脸上痒痒的。啊，哼！真想取下来一分钟……啊……啊，噗！都静下来了，怎么啦？引擎停了！该死的，又撞上那油箱用干了！我一把抓住选择器的活栓，拨到机身油箱去，然后屏息以待。飞机滑行了几秒，接着，引擎又哗啦哗啦地开动了。一般总是这样的，但万一……下面那些起伏的山峦可等着"接待"我们哟！

下午1点钟，我们转向正南方，正接近海岸时，我们散开做较能防守的阵形。下面出现了一条宽阔的河，这表示再过12分钟就到达。为了能及时看见天空的一切状况，我的脑袋就像挡风玻璃上的雨刷那样两边摆动。这里的晴天朗日让气氛变得平和，如同在乔治亚州的一次飞行训练，或是在印度的一个恬静的星期天，又或是……

无线电通话器传来："零式战斗机在6点钟位置！"一秒钟后，我们就看见它们，四至五架，在我们后面，飞得高高的。其中一架正冲向在我左方执行高空掩护任务的战机，我方的第四号把战机扭向右面，并击落紧随其后的日军，第三号则从旁切入然后机动对准零式战机的射程，第四号喷着烟、飘忽不定地急速俯冲。那零式战机刚慢下来，就突然化作一道烈焰。我只能看见这么多了，因为眼下我也遇上了麻烦——在我们最右方，有三四架日本战机在我们上方5000英尺的高空等着我们。他们的数量并不足以干扰我们的轰炸机，却让我们的一架战斗机偏离了飞行阵形，因此要小心！经验告诉我们，我们驾驶的P-40怎么也无法攀升到他们的高度，这一点他们也知道，所以我们能做的就是等他们飞下来。

我们继续沿着原先计划好的航道飞行，同时小心翼翼地监视着那些又小又高度灵活的日本战机。日军飞行员要尽把戏，在空中不断回旋，仿佛要令我们以为我们的一些伙伴正和他们纠缠、等着我们帮忙；又或者，他们仅仅在寻开心……我真的不晓得，但他们就是这样做。我方的轰炸机加速了，我们也乐于踩尽油门。我们的P-40是良好的战斗机（在1941年），但现在我们是多么需要一架能高飞的P-38、

P-51或者 P-47[25]，那就可以驱散在我们上面高飞的"秃鹰"。即使他们并不出击，可待在他们下面，我们也真不好受啊。

战机飞抵沿岸地区，然后转出太平洋上空，再往右转了一个大弯，才向西北方，直飞那目标显示器指示要投下炸弹的地方。

1点25分，启德机场就在领航轰炸机的前方。这是个美丽的地方——平原上白色的跑道夹在起伏的山峦和青绿色的海洋之间，弯弯曲曲的海岸线外是大大小小的海岛。其实，香港市区也就是坐落在宽阔的九龙船坞一两英里外的一个大岛上。这些船坞距离我们的主要目标启德机场只不过是几分钟的航程，而且也是我们预计要投弹的地方。据说，香港的港口是全世界最美丽的港口之一，但我不会花一秒钟去欣赏它，因为我对我上方的东西更感兴趣呢！

"零式战机在2点钟位置！"从杂乱的无线电波中，我听到了这激怒人的讯息。

它果然在那儿！这不怀好意的小家伙正离队、朝着我们排得密密的轰炸机的黑顶俯冲下来。我的队长迅速转向它，同时用翼炮向它发射，它的僚机因而稍稍落后了，于是我飞上去靠在它的右方补位。见到那零式战机因要避开队长的发炮而回转时，我便再转右侧。接着我看到一个黑色的椭圆物自它脱落。嘿！我猜是时候敌机想到要抛下它那腹部油箱了。这也提醒了我，我的油箱还在。我继续紧随视线盯着零式战机的同时，亦暗中摸索那释放杆，找到了便使劲一拉。

这日本机绕过我那急转弯的队长，但正好碰着我，虽然它有些超出我的射程范围，但我仍向它开火，一长串的曳光弹闪着红色火花投向敌机。我注意到这是日军较新的型号，名为"东条英机"[26]，正是曾经在承德给了我一场欢乐追逐的机型。当我发狠偏转右方上前时，我感到机身的颤动并听到六支炮强劲的锤击声。我们急速地靠近，日军飞行员看来要发现我了。我便发射连串有穿甲威力的燃烧弹，曳光弹也立见奇效，点点火光下，乍见燃烧弹所轰处，敌机机身上的银色金属一大块、一大块地剥落，它那树脂玻璃的座舱罩也被炸掉，引擎后部喷出烈焰和浓厚黑烟。

我停止开火并急速后转……惊见自己远远离开了战友，孤零零一个，极其难受。前方不远处有两架 P-40，但战友们全力航行，要追上他们很是费时。下方、前方是几架 B-25 和其他 P-40，我在座上转身向后迅速审视，暗叫不妙，是的！它们仍在，那些邪恶的零式战机，其中三架明显地正向我俯冲！

第三章　"……还是它们能够击落呢？"

　　我最好赶紧离开这儿。据我的经验，P-40 在全力俯冲时可以比零式战机还要快，就让我们下去见见约翰尼吧。他先前的忠告言犹在耳，只是刚才我太在意要把那日本机拿下，因此没有足够重视他的忠告。我拼命推进油门，尽力做到一个相当陡的俯冲。曳光弹的白烟擦身而过时，我开始失去信心。之前我以为离开它们射程范围很远，其实未必，再回头看看，更确定是我错了。"唐纳德，你最好快点！"我对自己说道。我从来没有试过这样拼命地把油门推尽，使战机几乎是垂直往下掉。为躲避紧随的日本战机，我还得时而滑行，时而刹车。猛烈一声响，一枚冒烟的子弹穿透了我那树脂玻璃的座舱罩，并击碎了仪器盘的几块玻璃。啊！好险！残留下一阵

图 1.6　子弹在飞

克尔日记
东江纵队营救援华美军飞行员克尔中尉脱险纪实

化学味，我回头一望，只见那日本战机快逼近我了，它的一轮扫射就像信号灯发出点点红色射光一样。

砰！不好了，显然是20毫米炮弹造成的重创。我的左腿感到一阵灼热，又是一阵焦味，驾驶员座舱冒起一阵更浓的灰雾，突然间，到处爆发浪涛般的火焰。该死的！克尔，赶紧离开这鬼地方！

我记忆犹新，当我在火海中拼命解开紧急降落伞的手柄时，我手腕的皮肤已肿胀并爆裂开来，之后脑海一片空白。当我醒悟过来时，我已在异常宁静的空中翻腾着。那个环，那个环呢……我在摸索着，找那个开伞索，找到了便拉。又是片刻的迷糊，接着我就已罩在一圈雪白的绸布下摇荡。每一个曾做过紧急降落的人都会同意，那块张开的绸布是人生中最美的景象之一。

哦，我真该死，真不该在这儿张开降落伞。这下，我肯定成为那些"东条英机"在野外演习日的瞄准练习目标。伞下的我不住地寻找我已知在附近的敌机。我从没有过这样赤裸裸、无助的窘迫感，幸亏，一架都没看见。虽然如此，我仍觉得恐惧。

晴朗的蓝天、白色的降落伞、炽热的太阳……一切是如此的安宁，我完全没有下坠的感觉，只感觉有来自下面的微风。嗯，半空中的世界没有什么不对劲的。我往下看……世界末日啊！！！正在下面，恰巧在我那一双鞋子的中间，就是启德机场——日军在香港最大规模的基地，尽管这样，它在一定程度上已被我军炸弹的黑烟柱子所笼罩。

言语无法形容我当时的想法。一幕幕景象闪过我的脑海，如同一个快要被淹死的人所面对的状况一样……他们即将开火……要被关在战俘监狱几年，是日本的那种监狱，这还得我运气好的话……那儿不准通邮……当我落地受伤时，围上来的是愤怒的士兵……要是我能撑那么久的话……这真的曾经发生过……维达，她将永远不知道发生了什么事……还要下降1.5万英尺，然后呢？

我很苦恼，除此之外，我还不幸滑落到缚脚的皮带里，一点也不舒服。我高举双臂欲抓住上升板，把自己扯回那个像秋千似的座位。结果一条臂扯上去了！该怎

图 1.7　在我的鞋了之间

克尔日记
东江纵队营救援华美军飞行员克尔中尉脱险纪实

么办？这下子左臂可惨了，一点活动空间都没有！真像是，除了麻烦，啥都没有了，我竟落到现在这尴尬的处境。然后，我灵机一动——那就滑行吧！这就是为什么降落伞能掌舵的原因，这就是要做的事情。我立即行动！

方向呢？当然是朝北、朝东北。下面是褐色的大山27……我该怎么做呢？我用右手向上扯，把身体靠在伞一边的细绳上。嘶！伞的一大块便塌了下来。我可以感受到空气疾过。我刚抓牢把手，往下查看，的确，正在前行哩！不再在机场上了，而是已越过它的边缘，我继续盘算下一次扯动降落伞的动向，比如说，我继续滑行。糟了，风自西南吹来28，也许……待会儿，我祈祷一下。

新的烦恼突然出现——是下面的高射炮。我见到山顶上有多个圆形的深坑29，预料随时会听到炮声。奇怪的是，他们竟没有这样做，也许他们计算，我无论如何都不会降落得太远吧。

看来，我会落到下面的公路上去。嗯，不妙！那是一条新式混凝土公路，到处是忙乱的人，他们很多都抬头看。天啊！我快要落到这帮日本兵当中了，对他们来说，这下可方便了。我看见一些白色小建筑物，我想，是他们的军营吧。哎呀，快落地了！在大约5000英尺上空，我感到开始下降了，气流停滞时，我觉得即将以较快速度落下。伞正朝那些白色建筑物和路上急促奔跑的人飘去，越来越近了……噢，降落得倒并不猛烈！绸布做的伞顶覆盖在其中一建筑物的屋顶和一旁，我就站在一条狭窄的混凝土马路上30，激动、不安之余，也疯狂地四顾，寻找逃生之路。瞧！路上的人竟也在逃命！是那些惧怕我的中国苦力吧……也许我能够离开这里了。

第三章
"……还是它们能够击落呢？"

图1.8　跳降落伞

第四章　拯救绵羊

我扯掉了降落伞的搭扣，要藏好这该死的东西吗？小屋 [31] 都是空的，就把它放在其中的一间吗？哎呀，就随它去吧，先让我离开这儿！其实，在我甩开降落伞之前，我已经开始奔跑了，拼命攀上那散满巨石的山坡。跑了 100 多码之后，我发现在我左边有条小路，一直通往山中的峡谷，看来是条生路，我直奔过去，然后停在那儿四下张望。

胆小的苦力把货物扔在小路旁，从山边探头凝望着我，一位弯腰的老妇却坚定地站在路中。我没看到一个日本兵，但却知道他们随时会来。或许这位老妇人能告诉我该往哪儿躲……我抖开外衣，让她看见缝在里面的中国旗（血幅）[32]，她看了便放下挑着竹箩的担子，并打手势示意我跟着她。我心想这可做对了。她并不灵活地往前奔，竟奔往日本空军小站去，这不太妙啊！虽然我还是跟着她走，却满腹狐疑，也许她知道该怎么做，也许……她回头再次打手势示意我跟上去，我跟了几步，犹豫了一下，便停下来了。不！这绝不利于我！我转了个弯，便往相反方向逃去。

我撞上的第二个人，是一个穿得不错的中国青年，当我向他展示那面旗时，他似乎明白了，他指着我正朝往的方向，并结结巴巴地以我还算能听懂的英语说："村民帮你呢。"

"谢了，兄弟！"我刚要走下小路，朝那个避难所走去的时候，突然感到有人强拉着我的衣袖。我低头一看，见到一个中国男孩兴奋地要我注意他，这便是"小

图 1.9 缝在克尔中尉飞行夹克衫内侧的"血幅"（编号：05982）

鬼"33。在我快要展开的旅程中，他将担任重要角色，不过，当时我还不知道。

我看到的是一个年仅十一二岁的小男孩，头戴一顶刚从衣柜拿出来的成人帽子。他脸上是坚毅，警觉的神情。他穿的是普通的中式服装，不过双脚穿的是美国牌子的粗糙帆布鞋、头戴的是那种在西方才有的帽子。另外，挂在他一边胳膊的那支包着镍铁的长型手电筒也不像是东方的物品。

我向他展示那幅中国旗，他只瞥了一眼，热切地点点头，随后他就指着那条从主路分开来、绕过一片灌木林的小路。唔，离开这条明路似乎是不错的主意……这小子看来不错，就让我们一起走吧！他感觉到我已经赞同，于是便开始奔跑，一路上，他那手电筒在身旁跳动，他又把那顶大帽子扯低到耳朵旁边。我急切地跟着，但需要放缓步伐。

经过 10 分钟的高速奔跑，我不得不停下来了，喘着气又感到疲惫不堪，双腿一软，瘫在地上，双手剧痛。我仍穿着我那件浅黄色的救生衣，那个沉重的皮制飞行员头盔仍靠着一根下巴上的带子，在我的颈项上晃悠。我探头摸得着头盔，却摸不着撳扣，想解又解不下来。哇！我发现我的脖子、下巴和面颊，既起了水泡，又擦掉了皮……好疼哟！小鬼急忙跑到我跌倒的地方，看到我的困境，便帮我找到了那难以摸到的撳扣。他先帮我脱掉了救生衣，然后随着我点头示意，卷起我灼热手腕上的衣袖。他扶我站了起来，很清楚地表示我们要赶紧继续前进。于是，我们把救生衣和头盔藏在石头下面之后，就又开始行走了。

我们俩是配错了的一对：他踏着胶底鞋啪嗒啪嗒地向前走，一点都不吃力；我落在他后面几步，很吃力地跟着，上山时还得向前俯身，几乎到了匍匐前进的程度。太阳酷热，我双唇浮肿，两条腿像不属于自己的，喘气喘得跟货运的列车一样。

前面的小树林里有座房子，是个躲藏处吗？我猜想，不会吧，因为沿着山的轮廓蜿蜒的小路，忽然转上山脊的斜坡，三个大眼睛的中国小孩34正站在屋旁，当小鬼向他们招呼时，他们便朝我们走过来。小鬼指指我，又指指我们走过来的方向，郑重地告诫他们某些事情。是不要告诉日本人吗？我不知道，大概是吧！我们登上

陡斜的小路，可才走了二十几步，我就走不动了。小鬼又过来救我，他叫一个小孩抓住我水泡较少的手，另一个则从后边推着我，我们终于成功了。

到了山脊，帮手的小孩就走了，小鬼和我在一块岩石后边停下来休息。他拉下了他的小外套，并示意我也这么做。在他的帮助下，我也挣脱了我的外套。后来他又劝我穿上他的那件外套，可不管我们多么使劲，我始终穿不上。因我那双红得渗着脓的手，怎么也没办法穿上他的外套。我们只能放弃这个主意，各自穿回自己的。我那件在野外穿的深绿色外套，比我的卡其布衬衫还深色一点，因此我决定把它穿上。

离开岩石的屏障，我们又开始向着光秃秃的山边走去。这座山到处是小小的沟壑，小路就在山腰上蜿绕，我还记得在桂林时的作战指示，曾提及日军的高射炮都布置在山脊，所以我便一直注视那方向，以及四面八方的山脊，以免遭遇麻烦。

啪嗖！啪嗖！当我们越过沟壑间的一个小山脊时，便听到了来福枪[35]的声音。我扭头朝四周看去，在我们身后的两个山脊间，有四五个穿着制服的人和我们在同一条小路上。有两个人举着枪并发射着，其余的人则向我们走过来。

我的疲惫瞬间消失。虽然两个士兵还相距甚远，但是也在迅速逼近。小鬼和我加快步伐，那样子一定很像动画片终场时，翻山跑的米老鼠一样[36]。每次我们离开小路，只要有近路，我们都会奋力跨过埋在草丛的大石和长得很低的藤蔓。

一旦我们到了下一个地势高耸的掩藏处，断断续续的枪声便会停止。我从肩上皮套里取出那支点四五的配枪[37]，叫小鬼拿好，我乘势给枪上好膛。我的左臂无力地挂在一边，我俩都由于紧张而有点摇摆不定，但是有了他的帮助，我的枪已经随时可以开火了。

我再次跟着他，这时稍稍感觉好一点，手上有枪了。每见到下一个露出的山岗，我就鼓足了劲冲向它，随之而来的是几颗"嗖嗖"掠过的子弹。一到背风处，我就稍作停留，或者说是我跑不了那么快了。我把子弹朝日本兵发射，但都没打中他们——那需要用来福枪狠狠地射击[38]，但这还是令我的士气提升了点，这可比射中

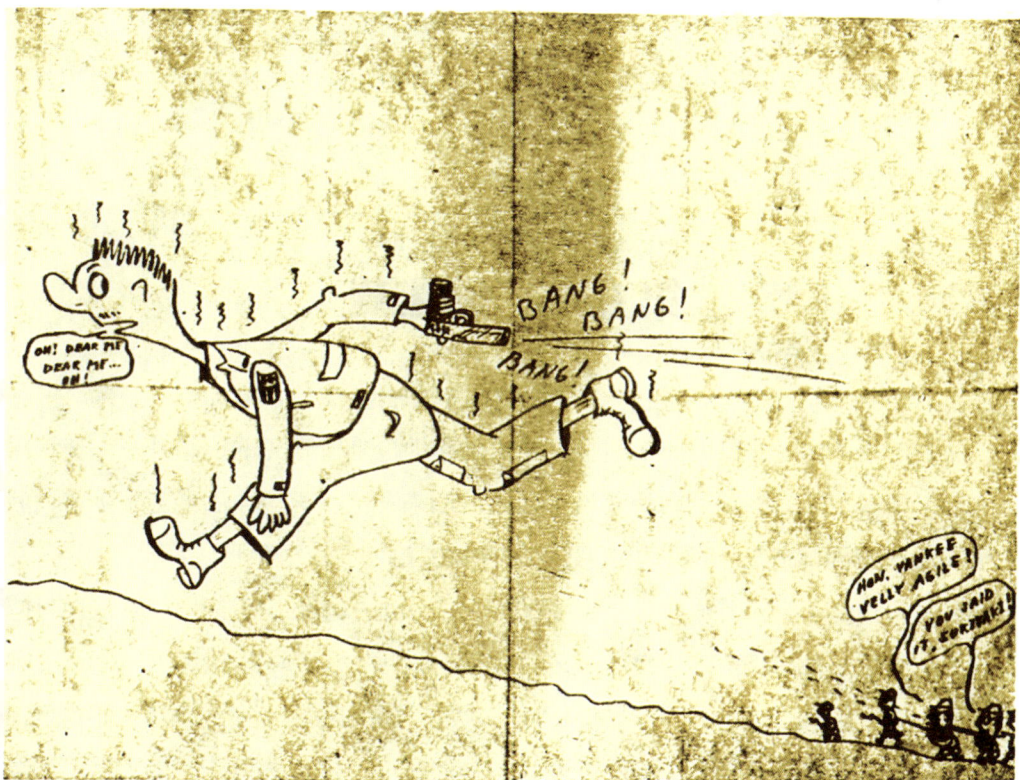

图 1.10 射击

目标意义更大。

　　我们继续前进，我气喘吁吁、连滚带爬地掩护着前进，小鬼则在前面疾走。当他不住地四下留意会否有更多麻烦的时候，他那顶过分大的帽子便上下快速摆动。到达一个小山顶时，他停下来警觉地扫视，然后向我抛来恐怖的目光，示意我退后。突然，他冲出小路，朝山下跑去，就好像他刚刚见到了中国所有的龙一样[39]。

第四章
拯救绵羊

第五章　捉迷藏

　　这太过分了！我重重地摔在地上，连滚带爬地抢到了唯一的遮蔽处——一块大石头，半埋在土里、围在几棵瘦草当中。让他们来吧，我再也没法多走一步了。我躲在那儿，精确地估量一两分钟，嗓音嘶哑地喘着气，一根手指头都动不了了。5分钟之后，我总算能一英寸一英寸地移近大石头，用些疏落的藤蔓和植物盖住身体。我成功地给手枪装上一夹新子弹，这又让我重燃希望，尽管只有一点点。

　　世界静止了，太阳猛烈，空气如夏天般温暖。慢慢地我恢复了一点体力和勇气，便开始考虑下一步该做什么了。再冲向另一个遮蔽处？这会更好些，因为这里不算太好。对！这就是我要做的——快速离开这里，找一处新的、较佳的、可以躲藏的洞穴。我用肘部撑起自己，顶着膝盖，从石头上面望出去。嘶！我又扑通一声滑到我那"可爱"的大石头下。这一瞥我可看到了太多的东西！在小路向上几步，就是一个丑陋、臃肿的日本兵，我从没那么近距离地见过日本兵，但我知道这是日本兵，他正朝着另一个方向看。

　　这回我紧抱着石头站起来，此时这块岩石仿佛已经缩小成一块鹅卵石般。哪天我要是回到了这里，我一定得看看我的鼻子和纽扣的印记是不是留在了岩石上。我瘫在了受伤的左手上边，即使这样，我还是一点都不能移动。我只能在那儿待着，颤抖得像只受惊的小兔子，同时为自己所处的暴露的位置而感到十分担忧。

　　目前这种形势，不容许我有少许活动，尽管我能看到刚离开的那片山坡的大部

克尔日记
东江纵队营救援华美军飞行员克尔中尉脱险纪实

分，山坡的上方是一小片无云的天空，但还是无法给我太多的视野。我估计大约 3 点了，6 点左右太阳就下山。唉！还得再等 3 个小时，这肯定会是很漫长的一天。我在盘算着下一步该怎么办：我是该跳起来，向这个日本兵开火，尽快地干掉他？还是乖乖地像一条狗一样躲着，只希望他别溜达过来，一屁股坐在我这块石头上？我不能采取行动，只能保持不抵抗状态，固守在那儿。

前面的 3 个小时就像几个世纪般漫长。我全身都疼，蚂蚁在我焦黑的双腿上爬，以及其他的"虫帮兄弟"则不住地"检查"我的脸和手臂。火烧般的口渴，肿胀的双唇及满嘴像塞满了又旧又干的棉花，弄得我更加难受。另外，我还很害怕。

我还得使自己不对日本兵感到厌倦。不一会儿，一小股人影出现在不远处的地平线上。呀！你们这些紧追不舍的"枪手朋友"啊！我屏息静气地看着他们摆开架势，然后，两个、两个地（共 6 个人）在山边巡行，查探这儿的每一小块灌木丛和石堆。不妙啊，唐纳德，不妙啊！但能够看到他们，还不算太坏；当他们在附近巡查，而我又看不见他们，那才可怕，因为我随时有可能看见十几码之外，突然露出两个人头。枪仍在我手上，可是……

对面山上一个日本兵停下来，朝我的方向直望过来。有些芦草或许挡住了我颤抖的身躯，可是我的双腿和大脚却仍暴露在敌人的视野里。我屏住呼吸，又祷告了几句：神啊，但愿那日本兵眼神不济，或者他没有戴眼镜吧。

突然，那个日本兵挥了挥他的帽子，大叫起来。世界末日啊！完蛋了！难道他看到我了？他真看见了吗？后面山上传来了响应，声音听上去有点失望（或许是我幻听）。但愿我听得懂日语。噢，也许他们并不打算搜查这儿，因为这区段是由离我更近的那个士兵负责的，但愿他们都是一伙懒惰、笨拙的人，不会太认真行动。

太阳又移近地平线多几英寸，甲虫还在我身上爬行，我双臂仍旧疼痛不已，灼伤的感觉简直如同炼狱般。我一个劲地看表——4 点 12 分，4 点 12 分半，4 点 13 分……士兵还在不远处，用刺刀东捅西捅，刺刀的闪光不时映入我眼帘。4 点 16 分……我能看到 5 点整吗？

我断断续续地想了一大堆事情，这些我现在还不打算记录下来，但这是任何人都能想象到的事……脑海里想得最多的是，我竟可以在全面展开的搜索中一直没有被发现，似乎难以置信吧。当我仍处于静止、警觉的状态时，时间1分钟、1分钟地过去。我能做到的就是保持安静、滴汗，直到天黑。之后，如果幸运之神依然在我身边，或许我能找到逃生的途径。

最后一缕斜阳的银光终于下山了，此时是6点15分。那些巡逻的士兵半小时前就集合并离去了，再也听不到刚才离我最近的家伙发出的任何声音。我躺着远眺山谷逐渐被阴影塞满，天空中铺满了片片薄云。哟，安全了，是吗？我努力地在脑海里的地图库中寻找九龙周围村落的详细情况，我肯定九龙是个半岛，但有多大呢？我可不知道。那里是通往安全的最短途径吗？毫无疑问是东北方，但如何能横渡那片海？我同样不知道。一直走陆路吗？嘿，假如在这么窄的范围里，日本人连一个士兵也不派来监守，那可就太笨了。嗯，等着瞧吧。

7点，天完全黑了，也就是说，即将入夜了，因为那最不受欢迎的月亮正挂在那儿。我花了半个多小时，才鼓足勇气站起来环顾四周。一片寂静……等一下！什么东西正从地平线往上移动？看上去像个人，"他"好像往这边靠，想要看什么东西。我再次迅速蹲下来。10分钟后，我又冒险偷偷一看——还在那儿！但是竟还在同一个点上，奇怪啊，而且"他"前后摇晃着，怎么回事呢？胆小鬼，什么都不是，就是一堆灌木而已。我觉得这样很蠢，竟因为胡思乱想而使自己成为"受害人"。我如同螃蟹般爬下山坡往小山谷去，一路上十分谨慎，可又没多大把握。我多次停下来，小心翼翼地看那灌木（真的是灌木吗？）以及所有看似可疑的物体。

第六章　夜猫子的第一晚

到达山谷时，我便沿着它爬行，直到听到淌水的声音才停下来。我滑下山坡，一边看，一边靠感觉找到了一条小溪，我停下来喝水，不停地喝，水中的微生物真让我感到讨厌，不过它们也该自我保护嘛。我终于喝够了水，长喘一口气，然后休息，之后整装再出发。狭窄的溪沟里满是各种形状的石头，在一块特别大的石头和溪边之间，正好有一处能容纳下我的空间，我便爬了进去。

那根烟真好！当我抽到只剩半英寸时，我就开始护理我的伤口了。现在看看，还能干什么呢……在我那珍贵的塑料急救工具箱里有一卷胶布，在我兜里有块沾了油渍的手绢和一张丝绸的、急救用的中国地图[40]，尤其重要的是，我今晨整装时拿的那包珍贵的磺胺药片。

在印度打火机的微弱火光下，我把两片药放在塑料盒盖上碾碎，然后弄成薄糊状，轻拍在我的手、脸之上，并且涂在我那受伤的脚上。然后我把地图和手绢撕成布条（加上从内衣上撕下的几块布条），把它们绑在腿和手腕上。哇！腿上像长了朵雏菊似的——在松垂的袜子和裤腿之间，我的腿露出了约 3 英寸宽的皮肉，这部分被火灼伤得相当厉害。另一条腿伤得没那么厉害，只是从脚跟到膝盖擦伤了一大块。不能动弹的左臂、里里外外的二头肌也一样。唔，肯定是我匆忙离开时，被机尾撞的，而且我都不记得自己曾解开过安全带，我也纳闷自己到底是怎么逃出来的……我猜想飞机一定是被某种炮弹击中。我的左边裤腿完全被扯烂、烧焦，看

来是日本战机击中我时，机舱下的主要机翼油箱起火所导致的。密封油箱通常都没有问题，这肯定是例外。

遵照生存手册，我吞下4片磺胺药片之后，便完成了急救措施，我还吃了一方块我特别需要的巧克力。接着我便在蕨丛中休息，但感觉十分痛苦。

大约晚上10点钟，我从昏睡中醒来，继续在漆黑的深谷中"散步"，时而摔倒，时而滑下，还被叶边如锯齿般尖利的龙舌兰所羁绊。终于，河床渐宽，岸边的坡度也变得平缓，能让我攀爬，但是还没走多远，我就发现自己是何等虚弱。至多走半英里路，我真的无法面对这乱石阻塞的河道，特别是当月亮很快就没有的时候。于是，我开始在石头和灌木丛中寻找歇息的地方。

我实在是好运，事实上，幸运之神多次眷顾我。这座我一直在爬的山，原来是香港防卫区[41]的一部分，今天早些时候，我亦曾见过生锈的、有刺的铁丝网，几个被摧毁了的堑壕阵地和碉堡。当我漫不经心地在这陡峭的河岸浏览之时，我极其幸运地发现了一个废弃已久的狐狸洞[42]，噢，绝对是一流的地方！洞口周围生长着一些灌木丛，有的大的灌木甚至都长在了洞内，而距离我的公用设施——小河不远。这里远离高风险地区。于是我搬了进去，除水袋外，没别的行李。

我大概没提及过这个水袋，它是用塑料布做的，可以装1夸脱水，并可与一小瓶净水丸同放在塑料盒内。我和这水袋很快便成为"朋友"，但因为我只有一只可以自由活动的手，所以我一直不能熟练地从这又长又软的东西中喝到水。

我的"新房子"只有一间起居室，其他什么也没有；从地板到能见到东西的高度才2英尺，和肩膀同宽，比人体略长一点。我就与青苔和大棵的矮树分享这"房间"，惬意呀，只是……

我尽量让自己蜷曲成一团，这样可以离外面的路远一点。我断定我已经过了今早给维达的信中所预告的"忙碌日"，因此，其他事情都可以存放到"我明天才去想"[43]的部门。我疲倦地把头放在手臂上，很快就入睡了。

我在楼下客厅睡着了，醒来发现自己在"淋浴"——哎，这是个非常"方便"的房子呢。天亮时，一阵讨厌的毛毛雨把我带回了现实。好不容易才使昨天的噩梦过渡到现在，但我那僵直疼痛的身躯刹那间又把它唤回来了。好了，该起身出去走走了。我吱吱嘎嘎地站起来后，就透过门前矮树间的空隙，看看邻近的地方。嗯，挺不错、挺安静的地方。当然，再稍加一点园艺工夫会更好一点，门道也应该美化一点。我想，只要稍微加上点东西，我就能把这地方装潢好，不让其他人发现……我爬出几英尺去收集些野草和蕨类植物带回去，我弯下身进洞之后，便用这些绿色植物，以贝尔沃堡伪装工程学校 44 的风格，把门道上的缝隙装饰好，这一天一切就绪了。

7 点吃早餐。我故意让自己多等一会儿，这样今天便会显得短一些。由于我正在实施定量配给，餐单只能从简，但亦算美味：一大块巧克力，还有加氟消毒过的水当啤酒。早餐够丰富的。

那么，我这一整天可以做些什么呢？有一件事是肯定的——我决不冒险外出，不会，连一步都不会！传统上要求遭遗弃的人清点一下自己所拥有的、微不足道的家当，比如大量的桶钉、猎枪子弹以及斧头、锯子等。所以我搜遍自己的袋子，并察看一下我的衣服之类，全部物资包括：

1 柄折叠小刀（凡被遗弃者的必备物品）

1 支自来水笔

1 块腕表

1 对空军联队的银章

1 件卡其衬衫

1 件冬天长袖内衣

1 件夏天内衣

1 对鞋袜

1 条有附加袋子的长裤

1 把柯尔特点四五自动手枪

14 发子弹

11 支菲利普·莫里斯 [45] 牌子香烟（弯曲的）

15 粒卡拉梅尔乳脂糖（太妃糖）

2 柄锯（当然是小的那种）

1 个指南针

1 个水袋

6 颗"打气丸" [46]（增加体力，令人清醒）

8 片葡萄糖丸

2 块"D"号军需配给巧克力

4000 元中国币

1 本空勤人员生存手册（内附中英对照词汇表，适合我这样的人使用）

2 条口香糖，比奇纳特品牌的

1 张丝绸地图（仅余残片）

20 根火柴，放在内置指南针的防水盒里面

1 个印度制造香烟打火机（备有长长的绳芯）

0 张身份识别证（一定是我跳伞时弄丢了）

1 个我（身体运行状态欠佳）

瞧，还像是商店里的杂货铺吧？大部分的小件物品都仍存放在我的塑料盒里，它是我忠诚的好帮手。

清理物品花了些时间，接下来我就忙于用刀子来扩大我的"起居室"，我挖呀、挖呀，直到我的脚可以伸到一半的位置，啊！真舒服！不过，狐狸洞毕竟有个缺点——轻尘和蚂蚁比较容易掉在我的脖子上，这我就不知怎么办才好了。

早上的剩余时间过得很慢，我只是修补了一下我的绷带，用内衣撕下来的布条清理一下枪膛，偶尔小心翼翼地张望一下外面的世界。好几次，我听到远处传来人声，但他们都不过是挑着箩筐去九龙的中国人而已。有一条小路，很明显就是我昨天第一次到达的小路的延续，在离我藏身地不足200英尺的地方经过。从山上更高处可见到它的分岔路（小鬼昨天曾带我在这上面走过）。另外，还有一条小径朦朦胧胧从我这小山谷蜿蜒而上，与这些路相连接。

午餐吃了点卡拉梅尔乳脂糖和口香糖之后，我又重新挖地，可是用力戳了几下，我就把刀身弄破了。当我还坐在那儿想着这小小的不幸的时候，我听到了更多的声音，这次更近了，是有些村民走在我"家"附近的小路上吗？那我钻回洞穴，让他们路过就是了。这群人真是喋喋不休，听起来他们像是很接近洞穴，而且他们走得很慢。糟了，他们还停下来了……出什么事了吗？我感到一丝惊慌，不禁透过矮树往外看了一下，哗！又是那些讨厌的日本兵！

第六章
夜猫子的第一晚

第七章　不速之客

　　突然见到这些坚持搜索的士兵，的确令我十分受挫，我曾经希望整个世界都把我这个孤单的美国人忘得一干二净。谁知道他们还在这儿，人数加了一倍，还相距这么近。我像个受惊的孩子，偷偷地看着他们蹲在溪边准备午餐。这些人当中，有差不多一半是中国人，另一半则是穿制服的日本士兵，总共有12~14人。由于他们就在狐狸洞前边，我不敢移动一点去看得更清楚，事实上，我连呼吸都不敢。但是对于可能会发生什么事情，我是十分清楚的。那些中国人（有几个衣着整齐，其余是些衣衫褴褛的农夫和农妇）显然是向导和挑夫，因为当中有一个正在给一个高个儿的日本兵指地标，而妇人正从篮子里掏出米饭，盛进碗中。士兵们则懒洋洋地躺在小溪岸边野草丛生的山坡上，妇人给他们盛了饭之后，他们便用筷子大吃大嚼起来。

　　此情此景，种种情感油然而生——恐惧、饥饿和背脊一阵痉挛。看来只有留在这里、保存希望这一条路了。一如先前，枪是准备好了，我也寄希望用不上这支枪。

　　日本人吃完东西，便无所事事地聊天、抽烟。妇人收拾了空碗，便顺从地待在竹箩旁边等候，直到日军指挥官召集士兵。接着，我看到那队士兵沿着小溪单行排好队，我很开心见到他们终于走了。我想：克尔，你真是个非常幸运的家伙，要是你在外边睡，着了凉，流鼻涕，打喷嚏，或者这帮人到小溪的这一边来野餐，那就会发现你在下面的蚂蚁窝里了！我可以肯定，他们如果知道我和他们这么接近，一定会感到十分惊讶的。

随着下午的时间慢慢逝去，我也一点点地冷静下来。一队日本战机在我的头上飞，演练有趣的调动，而我只能躲在洞中，嫉妒地观看。他们居然有那么多汽油来做练习，这当然令我十分不快，尤其当他们在演习我们的招牌"四机编队"时，我想他们必定是别有用心的。

下午3点刚过不久，我正弓着背，下巴顶着膝盖在思索着一些事情，洞外传来活动的声音。窝巢上我那煞费苦心的掩饰，"嗖"地被拨开了。世界末日啊！惊慌失措间，我摸到了枪，但是茫茫然地，张嘴瞪眼地注视着任何会出现的事物。我正要扣动扳机时，一张东方人的脸在我和晴天之间伸出来。一刹那紧张之后，我惊讶地认出——是小鬼！我被这完全叫人难以置信的情景惊呆了！这个认识我，又是我唯一能认出的小孩，是怎么找到这个细小而又不太可能找到的洞穴的呢？

我宽心地深吸了几口气，然后意识到，在日本兵活跃巡查的地方，一个人在无遮掩情况下，凝视地面的洞穴是件多么危险的事。那怎么办？扯他下来和我在一起？地方太小了。跟他一起走？不行，太冒险了。哎呀！那本空勤人员生存手册！在我等候的几个小时里，我已仔细阅读过并偶然发现了几句有用的话语，因此我从膝袋中取出手册，并迅速翻到那一页——

"呀！你看！告诉游击队我在这儿。"

他礼貌地盯着句子，然后点点头。不过，却又像是不太明白似的，也许他不认识字，是吗？

"喂，看清楚吧，看，你去，太阳下山。"（我指向太阳，在西方水平线上画了个半圆）"你回来，看。回来，天黑。"（我用一只手盖住眼睛来表示天黑的意思）"回来，明白吗？"

这回他像是明白得多了一些，我们相视而笑，生硬地握过手之后，他就悄悄地走了。我重新安放好矮树，然后坐下来享受这欢欣的美妙感觉。加油啊，小鬼！几个小时之后，他会和他的朋友一起回来，那时候一切会是多么美好！我完全信任他，而且认为他能发现藏匿得这么好的我，便足以证明他是近乎无所不能的。希望——孩子，我是有希望的！

第八章　漫长的 24 小时

剩余的白天慢慢地过去了，我蜷缩在狐狸洞里，考虑着我前行的路程。在桂林时，我听说过很多奇妙的故事，其中听说有两个人在中国人的帮助下，"走出"敌占区的事（比如，《三十秒跨越东京》[47]）。有几个轰炸机上的飞行员，他们降落在太平洋沿岸的某个地方，与日本兵发生了海战，双方都坐橡皮艇开战，后来来了一条本地的船，把他们救走了——啊！这帮渔民竟把所有的人都带回了空军基地。还有一个叫威廉的人，在距离这里 50 英里的澳门，被一个农民藏在一个山洞里，藏了一个星期，两个星期后竟回到了桂林。因此，我要做的就是深入到当地的百姓之中，然后我会得到安置，这一点我相当有把握。小鬼会打点一切的，所以我的一切烦恼都会过去的。

黄昏时分，一架单独的日本运输机"嗡嗡"地飞过辽阔的天空，它盘旋了一阵，就在山那边的机场降落了。然后，一切都归于寂静，我站在 2 月傍晚的寒风中，等待黑夜的降临，到时我便可以离开这个狭窄的洞穴，或至少可以沿小溪往下"散步"了。我可以听到远处列车传来的熟悉声音，但是听不到树叶的微动声或蟋蟀的鸣叫声。为了知道小鬼跟他的心腹朋友何时到来，我尽最大努力睁开眼睛、竖起耳朵，以便在第一时间觉察到暗示他们来临的消息。

好了，天已经黑了，什么事都未发生。我盼望他们现在就到这里，是不是太早了点？我还是出去舒展一下自己吧。但是我不会走得太远，而且我会特别警惕的。

于是，我十分费劲地从长满苔藓的藏身处站起来，感觉像是个活在自己世界中的原始人一般，摇摇晃晃地从野草丛生的河岸向潺潺的小溪走去。装满水袋又放了净水丸之后，我靠着一块遮蔽的石头坐下来，哆嗦了大约半个小时。我手腕的绷带虽说是脏的，但那一抹白色在几乎漆黑的环境中依然很显眼，于是我急忙把野外穿的外套的衬里一条条撕下来，把它们裹在其他绷带的外面。然后，我吃了几片葡萄糖片、一方块巧克力，并喝了一大杯过滤后的清水，只是还没看见救援队的踪影。

终于显现了一部分月亮，它在一定程度上补充了微弱的星光，让我能细察一下从洞穴往外看到的不同光景。朝每个方向看，都是又大又圆的山，那些位于西北的该是在大陆那边的山，在清新的空气中，更显得接近一些，但是在那些幽暗的山谷之间会有多少潜在的危险呢！对岸仿佛有亮光在闪动，我正坐着琢磨这亮光来自哪里，最后我站起来走到我可以看到南边天空的地方。3条防空探照灯的灯柱，从我站的山顶之外，某个低一点的地方，怪异地射向整片天空，虽并不表示我有危险，但至少提醒我，附近有一些不太友善的人正在不知疲倦地工作，所有这些其实没给我什么提示——目前小鬼在哪里？他到底什么时候才能到这里？空气无疑是冷飕飕的，我彻底厌倦了户外生活[48]。我想要有伴侣，渴望有一餐真正的晚餐，然后回到九号招待所[49]我那小床上，钻进棉被中。我在琢磨飞行中队的人此刻在做什么，另外一个世界——精确地讲，就是匹兹堡的巴特尔利特街5731号[50]今天怎么样了？或是昨天（明天）怎么样了？无论怎么样，但愿我不在广东，不管广东在哪儿，也不管它叫什么。啊，小鬼到底在哪儿？

我无奈地沿着小溪河床走下去，走到了下面一条路，这条路就是我昨天到过的小路的下面部分。我颇为肯定，觉得这条小路会通往一个海边的村子。走下去，找一个旅店住下，这想法不错，不过没用。但是，轻松地往下走一段路，快速地观看一下，又有什么关系呢？

我开始急忙往下走，可刚走不久就疑惑起来，自己是否不该在这宽阔的、许多人走过的小径上行走，万一碰上某种人会相当尴尬、麻烦，如果有人想在夜晚监视

某处，那肯定会在类似这样的路线上。再说，我也不想走得离小鬼认为我该守候的地方太远，于是我离开了小路，爬回山坡，希望自己能想通小路究竟通往何处。

不错，山谷下的小路往下果然通往我预料的海湾，水能映出天空微弱的光，虽然那里不像个小镇，但那几点稀疏的光应该是屋子之类的所在。嗯，做些什么好呢？我在满是大石的山边摸索了一阵子，细心察看、聆听是否有救援人员或敌人到来的迹象，但这儿却始终是死寂一片，什么都没有。约凌晨2点的时候，我爬回我的狐狸洞居所，依旧监视周围。我感觉到疲倦、饥饿、寒冷，那流脓的伤口尤其令人烦忧。我不想再等下去了，便进到洞内，重新整理了用作掩护的矮树，很快便睡着了。

02 / 13 / 44

这次我醒得晚，当我睁开双眼，伸个懒腰，暖和一下时，已经是日上三竿了。起身后，我如常观察了一下周围，天气而言，我肯定今天是个好日子。天朗气清，对面的山已经笼罩在阳光当中，几只小鸟在呢喃着，一切未见异常，只不过是个寻常的周日早上吧。大体而言，令人满意。虽然我的情况比较特别，但我仍乐观地希望不如意的事不会太久。我想我会在洞内再睡一会儿。唐纳德啊，我们打扫一下吧，然后用点早餐，到时太阳晒入"居室"，又可以暖洋洋地午睡了。

唉，灼伤的地方越来越不妥当了，伤口脏了，又没什么干净的东西可用来包扎，珍贵的消炎药也用完了。腿上这烧伤了的部分真是一团糟，我能做的也不过就是轻轻地洗一洗，乐观地抱着希望等着而已。我那该死的手臂同样烦扰我，但是至少肘下可以活动自如，瘀伤看上去也好多了。

早餐我吃了一半剩下的巧克力，并冒险抽了一支弄歪的香烟。在狐狸洞的深处，我发现一个平滑、椭圆的洞，我就把烟吐进这个洞里。这个洞很奇怪，我曾探手下去，但似乎总也摸不到头，反而，我感觉里面还有更大的空间。难道这个狐狸洞与其他地道是接通的，以便给狙击手供应弹药？我想不明白，但这肯定是个绝妙的烟囱。

正午之前，我已间断地睡了几个小时，接着又重复做惯常的工作，没有多大的进展，但却花了不少下午的时间。外面的世界似乎很少有什么活动，故此，当我看到日军运输机如常飞到他们的机场时，我反而觉得欣喜。

当太阳在山后消失，我又重新燃起再见到小鬼的希望。肯定就是今晚了！我四处闲逛，除了有点饥肠辘辘以及不想在天黑前等得太久以致使情况有变之外，我心情还算好。我想象了种种可能发生的美事：随时，一伙友好的中国人会出现在我身边，可能还带上一篮子好吃的东西……当然，毫无疑问，还有一个必胜的、把我送回桂林的计划。

第九章　漂泊乡间

小鬼，你今晚是肯定不会来了，真遗憾！天完全黑的时候，我爬出我那舒适（但又狭小）的小窝，到溪边，在一堆石头的影子里，等了好几个小时。8点、9点、10点15分、11点5分、11点32分……现在再过几分钟就是半夜了，我意已决，要独自出发。那清水味道不错，我重新盛了一袋水并放入净水丸把虫子灭了。只剩下一方块巧克力了，我开始一点点地啃（很美味啊），并且第100次去琢磨下一步该走哪条路。山谷下面是大海（或至少是个海湾）和一个镇。大路一定通向城镇，我肯定不会迷路。城镇……应该很多人，总有人肯帮忙的，不是吗？我刚从降落伞掉下来就碰到一个人，他说村里有"他们"会帮助我的。是的，但在镇里，很可能有日本兵埋伏窥视，尤其因为这个镇坐落在或接近这里的地峡。唔，在这深谷上和近山脊顶，有另一条小路——小鬼曾领我到过那条路的。他心目中一定有某个地方的——是个山洞，是他的家，还是游击队藏身的地方？但是，在山顶上有高射炮，而且毫无疑问，还有某些岗哨，比第一天晚上见到的矮树丛更为真实的岗哨。嗯……嗯……嗯！今晚只要来场叫人难受的好雨，再加上一阵大风和流动的低云，大部分时间月亮会被遮住，大风可以掩盖我弄出的任何声响。午夜了，该出发了。我对它不太感兴趣——对面山上的巨石阴影中，似乎总像是藏着守夜的日本兵，通往山顶的那片戒备森严的山坡上，很可能已经设了警报系统、埋藏了种种陷阱，连那地上都是粗糙的荆棘、形状各异和凹凸不平的鹅卵石。好了，我总不能永远待在这儿吧！

于是，我把水袋系在腰带上，带上枪，就出发了。

一开始还不错，我决定沿着脚下的小坡直上，然后越过小路。我仓促行走了15分钟左右，月亮再次出现，我在深长的影子中歇息了一会儿。尽管有些云挡住了月亮，我还是觉得在山中照得这样亮不太好，我觉得应该更加小心才是。再次出发时，我走得更慢，不一会儿，就碰上了一堆有刺的铁丝网。不用多想我都知道摆脱它才是上策，于是我往旁边走了几十码，然后滑落到小溪，现已是干涸的小河谷，再慢慢往上爬，到了一个平行的坡顶，那儿没有铁丝网，很好！我继续往上爬，不时停下来听听、看看，直至最后我登上山巅之上。途中我并没有见到任何小路，但沿顶下来却是条大路……太好了，这次的路可能走对了。在向上爬时，我不可能错过任何东西，几乎要手和膝盖并用，不过，这条路可能是通往守卫岗哨的。我在悬垂的石头下面监视了一个半小时。

风吹着地平线上的一棵孤独矮树，我又以为它是个凝神的岗哨呢！沙沙作响的干草就被我当成有人在附近爬行，我自己的心跳声也被听成是远处有人走路的声音。半个小时过去了，我很不情愿离开我的庇护所。但风吹过山顶，云渐渐变厚、变多，风渐渐转强的时候，我告诉自己当下应该安全了，然后我就再次贴紧地面，沿着起伏、狭窄的山脊，弯腰屈膝行走。右下方是大海的声音和九龙朦朦胧胧的光，左边偶尔可瞥见这远山和漆黑的河谷。

地面平坦、开阔了一点，这倒有点像是水泥路或是铺过的路面。现在雾很大、周围漆黑，我行进得非常慢。突然间，雾已散，月已明，十来英尺外，小路的尽头是一座下陷的水泥建筑物，一根高射炮筒支出来，里面传出来的是东方人的声音，很大声。不妙！我快步离开这里，走到山谷边暗处安全地，溜进一个已经被摧毁的战壕里喘气，吁！试想倘若这是个清凉的夜晚，而士兵又在值班的话？！这山脊绝不是我待的地方，我肯定山谷那条路线应该更好。

于是，我小心翼翼地走回老路到山下去，希望回到我那狐狸洞老家之后，再重新出发。尽管中间有些带刺铁丝网、锯齿状植物、半遮掩的石头阻挡，但这条路其

第九章
漂泊乡间

实不算难行。另外凭着运气和指南针，我找到了那小溪，并终于可以在唯一一个我知道、熟悉而又感到亲切的地方歇息。这晚，短暂的出访，差不多就在这里结束。啊！那植物蔓生的洼坑很诱人啊，可是我那些伤口越来越麻烦。歇着、想着，我又吃了两片麦芽牛奶片，然后就再次出发了——这次向下走。

沿下面的小路没走多远，我就停在暗处勘察了几分钟，接着又勇敢地上路。这里倒不错，漆黑一片，只是不时的小雨叫夜行人沮丧。走到一个岔路口，一条是通往乡镇的路，另一条消失在下面的山隘，不知通往哪里。我该走哪一条呢？

关于这个镇，真令我有点不安，不错，我应该远离它，因此我选择到偏远的地方去。我肯定地告诉自己，我最终会找到一间农舍的。

对于这次新行动，我的第一个兴趣点竟在小路边上的一块石头上。嘿，这是什么呢？一个标记？对了，在石头上刻了些什么，还是英语呢！黑暗中我看不大清楚，于是我用手摸着读出来：T-O-C B-A-T-T-E-R-Y O-B-S P-O-S-T[51]，嘿！刚劲有力，是个很好的指示牌，但我不认为我会找到他们的瞭望台。好了，关于这个就先讲这么多，让我们继续上路。在山隘顶，我见到一个幽暗的河谷，它颇宽阔，向着我居住的地方倾斜，朝远处的海湾，越往下走路就越陡峭。离我不远处是个小果林和一排排的水稻梯田，是个农场吗？一定是的，这里附近一定有间屋子。但在这儿就未免太近、太明显了，我还是越过它，试试去到较远那边的田野。

穿过树丛的路实在太黑了，我意外地绊进一条小河，弄湿了脚，这令我非常恼火。过了树林，我又横过堤堰下的一些稻田，接着又躬身走进另一块农田。房子往往都坐落在一堆黑色的树旁边，我鬼鬼祟祟地侧身靠进它，感觉像个贼一样。我现在到了要动手的时候了，我琢磨着，怎样才能在凌晨3点把一个熟睡的中国人弄醒，而又不引起紧张和恐惧？我想不出一个计划，但考虑可以爬近一点，再好好看一下这个地方，也许这样能找到什么缺口。

当我穿过一棵又一棵的树时，那座房子的轮廓就出来了，它又长又窄，有不少的门道，却只有几扇窗。我所留意到的微弱灯光，是来自前面中间的一扇小窗，除

此之外，那儿便没有一点人的迹象。我爬到离房子20英尺的一棵大树所露出来的树根后，思量起来……奇怪的房子，这不像我见过的农舍，看起来倒像……对了，像我们在桂林的兵营！嘿！如果是兵营，我当然不会在这里瞎逛；如果不是，在这里多逛一会儿又何妨。

我依然在树影之中，蹑手蹑脚地差不多走到了房子的尽头，直到一个放满柴枝的溪沟挡住了我。正当我在谨慎地观察这个如墨般漆黑的物体时，我被当啷一声吓了一跳，这是房子里传出来的，像是洗碟用的盆子摔下来的声响，接着几条狗开始沙哑地狂吠起来。我以为是我惹的麻烦，便向前冲出，结果掉落在沟坑里，在缠结的藤蔓和各类锯齿状的植物中无助地挣扎着。我急着要从那里摆脱出来，结果我那破烂不堪的裤子被撕得更碎，傍晚时的希望也随之破碎。因此，在我终于脱身、狗儿又止住怒号之后，我沉重缓慢地走着，心情跟黑夜一般晦暗。

这儿的山坡都被划成水稻梯田，在昏暗的光线下，就像是巨大的阶梯。我一层层地下来，然后渡过那主要的河流。在这边河岸往上一点（由于山坡陡峭，故未经耕种），我发现一条挺大的小路沿河谷斜落，便拖着疲惫的步伐往下走。走了不到十几步我又停了下来，因为碰到小路上一个与肩等高的路障，上面绑着细小的、几乎看不清的有刺铁线，横跨小路。我屏住气诅咒一番，接着退了回去，仔细考虑这新鲜的障碍物。它也真的是新鲜，仔细检查铁线时，我觉得它很光滑，而且没有生锈，路边的指示牌还是新造的呢。嗯……嗯……这意味着什么？日本兵似乎突然想赶走所有的过路人呢，还是只是为了赶走我？接着，我一下子理解了，这样的路障是日本兵所要看守的——尤其是在夜里。

我曾以为那晚我已是累得不会再害怕了，但一种新的不安的感觉又油然而生。在鲁莽地离开小路后，我竟想强行穿过一片枝叶极富弹性的幼竹林，走到较低的地点去。我当然无法前进，冷静下来之后，我又回到了小路，再爬上那更陡峭、但丛林却不怎么茂密的高坡。

半山上露出一些大的岩石，看上去可以遮挡快要晒过来的日光。刚过5点，黎

明前的风刚刮起来，我知道是时候要找露宿地了。摸到岩石时，我发现岩石的一半被匍匐植物和杂树丛覆盖了，而且岩石满是裂缝。我半靠感觉、半靠视觉地四处拨弄，直到找到一个很深的、布满藤蔓和废弃物的裂缝。我小心翼翼地移开植物，滑进一个细小的峡谷52，在谷底的枯叶间扭动了一下，直到舒展了我的肢体。后来，睡意使我进入梦乡。

第十章 东西交会

02 / 14 / 44

唔，日光，已过 8 点了。这算是个不赖的庇荫所，挺舒适、暖和的，在岩石下面，四周都是矮树、藤蔓，在两石之间的空间正好容得下我。虽然这张所谓的床显得太松软了，但我还是睡得很香，我想，你一定得非常疲倦才会有此体会。

嗯，现在首要的事就是早饭。或者暂时把早饭搁一边，迟点再享用？嘿，就好像我还能找到更好的时间似的。我其实是饿坏了！我把手伸进食品储藏袋，看看还剩些什么。啊，两片葡萄糖片、一小块巧克力、半支烟。唔，是不多，不过帆布袋中还有足够的水。还有，今晚某人会请我共进晚餐。对，需要找些本地人帮助我离开这里。我或许该慢慢熟悉"邻居们"了。能和他们走到一起吗？……今晚肯定就知道。现在，我还是先吃点东西吧——一小片葡萄糖片和一大杯水。香烟呢？嗯，还是留到午饭后再抽。

是时候在附近看一看了……视线内就有一间房子，不过有点远。我会用我那老鹰一样锐利的目光，一整天都盯着那房子，监看一切发生的事情，如果看上去没事的话，我就过去恳求他们给我点接济。当然，得等天黑之后才能行动。

9 点 30 分，一切正常。我已挨着这石头站了好几个小时，在峡谷里的一切事物都没啥问题。住在屋里的老人和那两个孩子从 7 点开始，就一直在弄那堆干草，妇

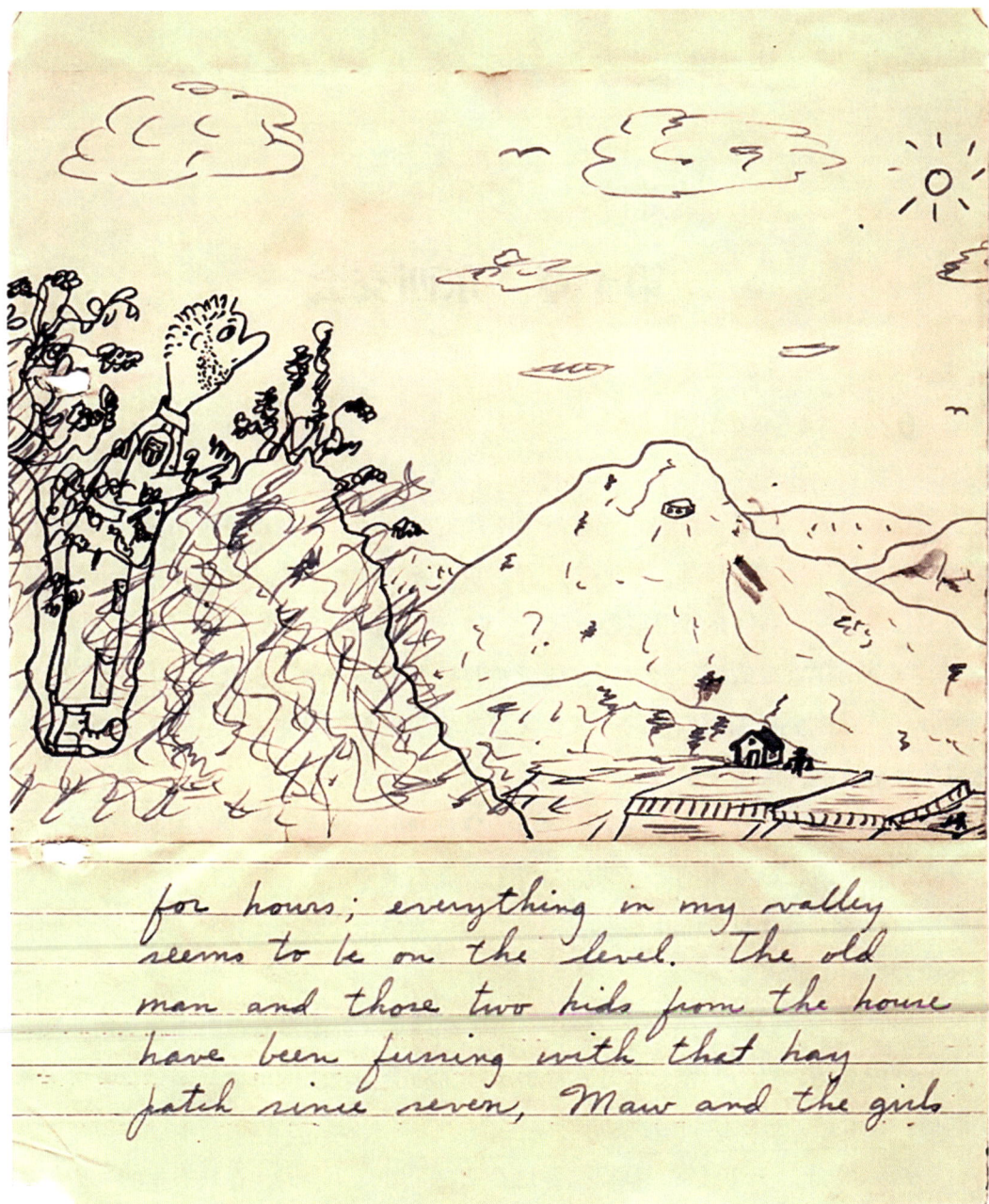

for hours; everything in my valley
seems to be on the level. The old
man and those two kids from the house
have been fussing with that hay
patch since seven, Maw and the girls

图 1.11 俯瞰农舍

人和女孩在慢慢地干活，都是些日常琐务。要是我可以站得离他们近一点就好了，我看不清他们的长相。房子周围只有女人、孩子和老人，并没有成年男子，这是个好征兆。

我几乎得站在户外才能看多一点，我觉得在日光下这样做，会令人感到不自在。如果有人在山后看见我从刺藤间伸冒出来怎么办？这一定会吓他们一跳。我敢打赌，我也会被吓一跳。

老人坐着抽烟斗，我想这是午饭时间了。中国人通常10点左右就吃饭。孩子们带着食物来了。我猜，只有米饭。但这正是我需要的，希望还有吃剩的……

2点了，一切仍都很好。我正纳闷，不知刚才我蹲下去等那妇人收拾好柴枝离去的时候，会不会看漏了在那屋里发生的什么事情？但愿没有吧。我又想知道在山谷上那座长形建筑物到底是什么——就是昨夜我潜入的那间，看上去像个兵营。不大好啊，但愿我能从这儿看得见。还有山谷上面那圆形水泥建筑又是什么？有时，有些人围着它，可能是某种瞭望台之类的东西吧。或许我应该走得更远些。山谷下面应该有个海湾或一个镇，还可能有条船……该死！但愿我有张好点的地图，而不是这块破绸布。我不知道那些日本兵是否还在找我——最好九龙是一个大一点的半岛！估计他们以为已经把我逼到了墙角，好，等着瞧……

至于这条胳膊，到底怎么样了？疼倒是不疼，但还是不能动。手和肘还好，但肩有时像脱臼了一样。我现在肯定是副怪模样，光亮的脸长满了茂密的胡子，我还把外套反过来穿，反正对于一个貌似流浪汉的人是不适合看上去太光鲜的。

哎呀，漫长的一天，让我先吃完定量再打算，如何？

嗯，不会太久，一半时间就足够。是的，我相信我一定要去这房子一趟的，只是得担点风险。到自由中国的任何地方的最短距离，也就是三四十英里的路，其中有部分是水路。做这种短途旅行需要一些汽油、一些旅行信息和一张道路图。6点天才够漆黑，距现在还有一个小时……山谷一片寂静，四下什么动静都没有，只有轻烟从那房子升起，对面山的影子已经差不多伸展过来了。海上那一团团的雾开始

向南面的山移动，这意味着我会有个暖和的夜晚吧。有架飞机独自飞回基地，那是架日军飞机。不管怎么说，让他们去死吧！让他们的飞机在着陆时打滑、旋转……或者让他们忘记放下飞机的轮子……真希望我有架飞机。不知道我的飞机撞向哪里了……我想是在大海吧。嗨，看那边！差一点就看不见那些人。不知道他们是否见到我了？让我再窥视一眼。共四个人 [53]，离得还挺远。中国人，嘿，好像是农家年轻人，是吗？他们走的路一定会离这里很近。是年轻人，我猜想……他们看上去还可以，让我试试他们——这也许是个好主意。

"嗨！嘘！"他们还没看见我。"嗨，你！"好啦，其中一个发现了我，他向其他几位示意，这时，他们过来了。啊，希望我没做错。第二个小伙子看上去挺机灵的。他们没有枪，在赶路，但不说话。嗯……我们要开始进入主题了。

"喂！在下面啊！"我还是让他们离开一段视觉范围更好。对，他们只是些农村青年，我想我和他们应该是可以融洽相处的。

我开始用"纯熟"的中文说道："卖瓜飞机人！"这像是给他们下了咒语一样。意思是"美国飞行员"，至少我认为是这个意思。

"嗨，等等！别把你的中国话讲得那么快，你这家伙，不要因为我听懂一两个字，就以为我认识所有的字。"他们看来很友好，而且笑脸迎人，还有棕色的大眼睛。也许他们从未见过美国人？嗯，也许至少过去几年中没见过。不过，我最好先在语言上改变点策略。

"好啦，好啦，你们当中谁看得懂中国字？来看看这本空勤人员生存手册，看看我手指指着的部分，朋友，明白吗？"

四个人挨近，看着小册了，并读山第一段，是用中文说明如何使用这本小册子。他们点头表示明白，便抬起头来。

"我是美国帮助中国作战的空军……"

"懂吗？真的懂啦？好！"再看这句："敌人或伪军来以前，请你把我藏起来。"

这引发了一些讨论，而作为最关心的聆听者，我费力地尝试集中精神去理解他

X. IN ENEMY TERRITORY

1. I am an American airman helping China in its war of resistance and have been forced down here.

   我是美國幫助中國作戰的空軍 我的飛機壞啦,我跳下来哋。

2. I am an American officer (soldier) and am lost.

   我是美國軍人,我找不着路了。

3. If the enemy or puppet troops come please help conceal me.

   敵人或偽軍來以前,你請把我藏 藏。

4. How many li away are the nearest Japanese?

   最近的日本人,離這裏多少里?

   (*turn to figure table.*)

5. How many li away are the nearest puppet troops?

   最近的偽軍,離這裏多少里?

   (*turn to figure table.*)

6. How many li away are the nearest Chinese guerrillas?

   最近的中國游擊隊 離道裏多少里?

7. How many li away are the nearest Chinese troops?

   最近的中國軍隊,離這裏多少里?

(36)

图 1.12　克尔中尉的空勤人员生存手册的第 36 页

们对话的大意。他们是在讨论如何把我藏起来，还是干脆就别麻烦了呢？最后，他们的关注点又回到小册子上，指着这个答案："是。"我继续提下一个问题时，已略感宽心。

读读这里："最近的日本人，离这里多少里？"

"二。"

"二？只有二里？那就是不到一英里。你们都到这洞里来，从现在起，让我们在这里耳语吧。"糟糕，二里实在是不多。

看这儿："最近的中国游击队离这里多少里？"

"Ho!"

"Ho？噢，意思是'好'，是吗？"那好极了。朋友，我看我们以后会相处得很好的。但等等，再看这里："秘密地告诉他们。"

"你会秘密地告诉他们？好啊！"

朋友们，我刚想起一件事，看这儿，读读这句："我饿了。"

"呀，你懂我的意思吗？"这些中国人真聪明，其中一个男孩[54]早已爬出洞穴，朝他家跑去。啊，不会太远吧，我快饿死了！在等候时，我看看还有什么要学的东西。

"这是什么？我的脸？噢，这很好，近似顶好。不用担心了，谢谢！"他们都很好奇，越看越多。

"你们想知道为什么搞这么多口袋吗？嗯，有了它们，放东西很方便……譬如口香糖。想来点吗？但不要吞下去，只要嚼嚼就行了。噢，你知道口香糖了吧？不好意思，为什么，是啊，谢谢你，我想抽根香烟作为回报。真高兴你想到这个。我当然多谢你了——'谢谢你'像你所说的？"

让我们再试试这本小册子，看！你懂这个吗："这儿有人会说英语吗？"

"好！"他们指着个模糊的方向。

"他会来这儿吗？"

他们点点头。我很想知道他是哪类人，肯定是个中国人。

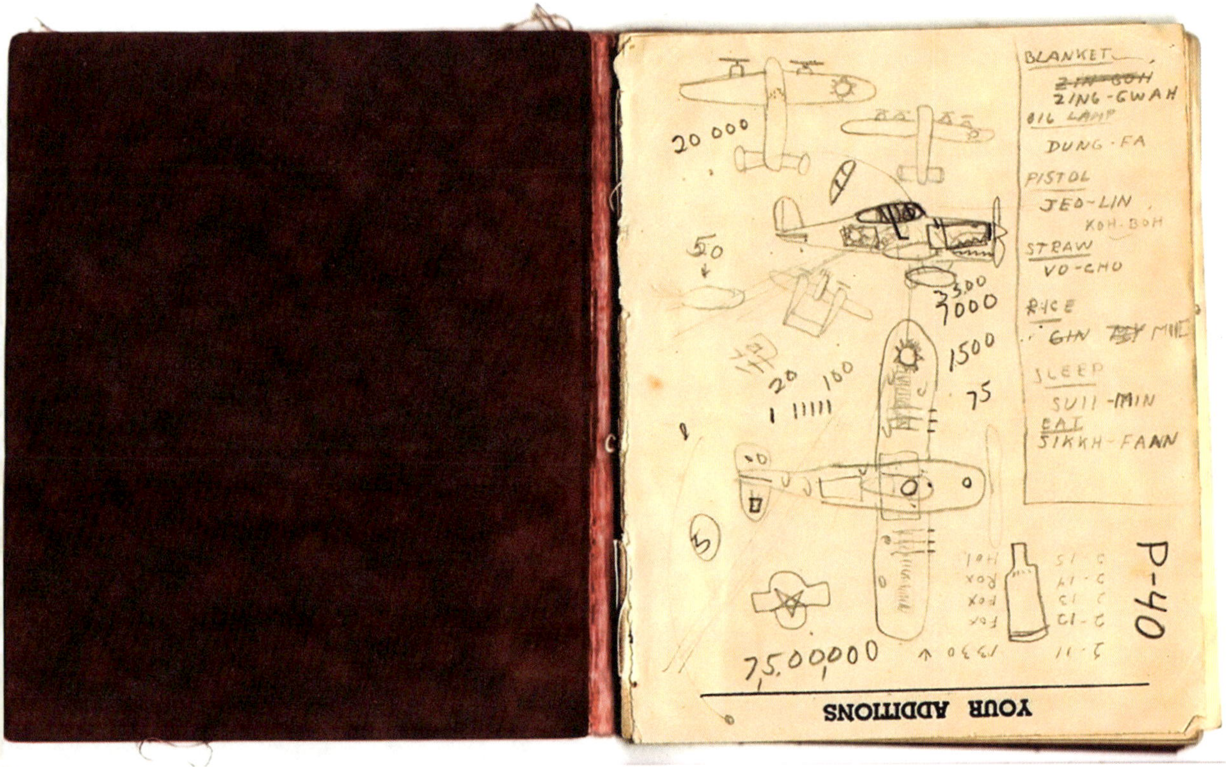

图 1.13　克尔中尉的空勤人员生存手册（最后一页）

　　"来，朋友，看这儿。我给你画图，我是怎么来到这里的，看仔细啊！看，一把伞，'落地'（这是我在教中国飞行员时学到的，意即'来到地面'）。看，我的飞机在这儿，一架日本飞机在这里和这里。砰！砰！砰！懂吗？'飞机不好，我落地，我放枪'嗖嗖'，日本人射击'砰砰'。'没错，你听明白了！飞机不好，落下，快跑以躲避日本人射击。"

　　"喂，喂！你们别一块说，嘘！对不起，我听不懂你们的中国话，我只能发音。而且，有人来了。'好不好？'（好还是坏）Ho？噢，是吃的东西！"

　　这是盛宴啊！三只水煮蛋，还是热的，还有一些煮熟的番薯。我连皮都不剥就

第十章
东西交会

吃开了。最后一道是英国兵营的热水——就是开水。我吃着，并向专心看着我的这伙朋友们报以灿烂的笑容，他们也开心地朝我笑，如此一来，气氛变得十分亲密。吃过晚餐，我们休息、抽烟，再次翻看那本小册子。

　　从附近的树丛中，传来微弱的声音，来了另一位客人。一个怪老头，身穿深色衣服，头戴一顶西式帽子。他爬进我们的地方，透过厚厚的眼镜打量我。经过一番思想上的挣扎，他用英语说了些欢迎辞。

　　"晚上好，先生。很高兴认识你。"

　　"嗨！你好！我也是啊，只是，我更高兴点呢！"

　　"你是美国的飞行员？"

　　"是的，我的确是。我叫克尔。"

　　"我嘛，叫润田[55]。"就这样，他英语讲得相当好，只是语速较慢。在接下来的半个钟头里，我们聊到了很多话题。

　　"日本人在找我吗？还在找，是吧？唔，你能帮我躲藏起来吗？你会的？太好了。如果你帮我忙，我会给你很多钱，是啊，很多！看，我这里就有一些，我还可以搞到更多的。我有枪吗？有啊！看，不用谢，我会保留它。这是我给你的一个礼物，是个防水的火柴盒，喜欢吗？就给你吧，明白吗？我们什么时候离开？天黑以后？我同意你的说法。静静地？噢，当然啦！面具？什么意思？危险？我对此已经习惯了。"

第十一章　寻找屋子

天一黑我们就离开了岩石的避难处，爬下山坡，朝我先前一直观察的小屋走去。我非常幸运能遇上这伙既友好又乐于助人的朋友，跟着他们我总是兴高采烈的，直至……哎呀！我从我们正在越过的狭窄田埂上，掉到了泥泞的稻田中，正好压着受伤的胳膊。中国朋友转回来，在我失去踪影的地方见到我，都捧腹大笑，我想这一定很可笑，只可惜我当时没有同感。

这事儿经常发生，他们"乐于"看到别人摔倒，尤其是掉到芳香的稻田中去。

我们继续前进，但并未走近小屋，而是在附近一片漆黑的树丛之中停了下来。我们在那里等了相当长的时间。

最后，我们听到一阵古怪的沙沙声，一个男孩抱着一捆稻草靠近了我们。啊！是一张床！他还带来一个布包和一支手电筒。一个较年长的男孩领头，我们开始沿着小路往山谷走，顺着铺满石头、水流湍急的小溪前进，一会儿在溪的左边，一会儿在溪的右边。我们没用手电筒，当然，他们个个都走得很顺畅，只有我不行，我那双笨重的军用皮鞋，一路上发出刺耳的声音，凡遇到凸出物我便绊倒，可他们连最老的一个都能在石头上跳来跳去而轻巧地不发出声响。到了山谷的深处，我终于连小路都看不见了，只能抓着最靠近我的那男孩的衫尾，由他领着我的两腿走。

我们停下来时，那男孩放下那捆稻草，润田轻声说："坐，在这里等着。"

我感激地坐下。其他人都走进了上面山边的树丛里，我在那里等着，心里直纳闷。

唔，这些家伙看来都挺乐于助人的，但他们到底能帮上多少？他们会相信我承诺的大笔酬金吗？他们会保守所有的秘密，不让日军或冷漠的邻居知道吗？要是日军变得精明了，用狗来追踪，怎么办？或者抓到了为我送食物的人怎么办……男孩们陆续回来了，润田走过来跟我说："没找到，我们回去。"

招呼打得多好呀！没找到什么呀？我猜是某个山洞。嘿，这些小伙子真不知帮了些什么！要是那么难找，那肯定是个超级好的躲藏处，可惜啊！

回程的路很难走，而且是上山。回到树丛之前，我不住地要求歇息；到达之后，我更需要作长时间的休息。然后，我们又出发了，这次像是要越过田野回到他们找到我的地方去。但也不见得如此，我们只是沿着靠石堆的小路一直走。我走得太累了，也管不了他们究竟要带我到哪儿去。但是我注意到我们走的是好一点的路，有点像"要道"，它引领我们到山的更高处，好像是朝着一个偏远的山隘。

没想到就在转往小沟壑处，我们便要离开大路，之后四处都没路，只有齐腰高的矮树和野草。我们走过那干涸的小沟壑，然后再多走几步，就到了对面。这儿到处是短草和零星的矮树。稍微领先一点的润田，在小树丛下四处摸索了一会便不见了！男孩们随后跟上，留在最后引领我的男孩，把矮树拉到一边，并把我推进一个漆黑的通道。我趴下伸头进去，用手四下摸索，但啥也没有。后面有人推了我一把，我就蠕动身躯进入等肩宽度的一个洞，再往下跌了一两英尺，就到了铺着干草的地面。当我坐着纳闷时，最后的那个男孩也进来了，然后他整理了一下入口。接着，有人打开了手电筒。

天啊！我真不敢相信，我没期望太多，不过这实在是太完美了！逗留这么一小会儿，我已经非常眷恋这个地方了。靠着手电筒的光，我能看出这是个圆形的房子[56]，上面不高处是拱形的天花板，地上铺了厚厚的稻草，墙壁坚固，还刷上了点釉。这地方直径约8英尺，除了出入的洞口、靠地板的壁龛和对面墙高处的小孔之外，四面的墙算是完好无损的。整个房子在地面之下，从山边向里面掘进去的，以前是一座把木头烧成炭的炉。过去，火把墙壁焙到石头般坚硬，因而房子密封得湿

气难侵。

润田看我在好奇地打量这个地方，就告诉我这儿的历史。他说在战争早期，香港附近的几个英军曾躲在这里。他的弟弟去年也曾在这儿暂住了几个星期，日军搜了半天，一无所获。他从壁龛拉出一张破烂、发霉的毯子，这和塞在门口的那张像是一套的，还有一件又烂又脏的旧雨衣，润田说这是他弟弟的朋友的。那朋友受了伤，后来还死在这里。（这个联想令我多振奋啊！）无论如何，山洞看起来是令人愉快的，对于这一天的进展，我是满意的。

其中一个男孩把手电筒的镜片取下来，然后把手电筒垂直放在稻草上，我们都盘腿围着它坐下。男孩通过润田翻译问了我无数个问题，我一一回答了。我又向他们展示了口袋中的东西：指南针、小刀、旗、钱，以及那个塑料盒等，他们非常感兴趣，喋喋不休地谈论着每件物品。他们想知道我的戒指是不是真金的，我的徽章表示什么级别，以及我怎样受的伤，我来自何方，又怎么来到这里。过了一会儿，外面传来轻声的呼唤，灯光立即熄灭，入口处的障碍物移开了，放进来一个人，接着再次堵上门，灯又重新打开。那人给我端上来一大碗米饭和鸡肉。呀！我开始津津有味地吃开了，而他们则惊诧地看着我不经意地用着筷子。我以前学过用筷子的。饭吃完时已经将近凌晨1点了，他们准备走了。润田觉得我还是留在这儿安全些，但是白天一定得留在室内。我欣然同意。其中一个男孩（阿忠）获委派留下来陪我，其他人就走了。

我和阿忠继续闲聊了一阵，他提供了充足的老刀牌香烟[57]。我们利用空勤人员生存手册作为谈话的媒介。"钢笔？"他指着我的口袋问，"自来水笔？""是啊，我有一支，瞧！"我向他展示，他很欣赏，接着他拿出一支用旧了的铅笔，向我展示并指出他想和我交换。嗯，我想我还是继续让他开心吧，于是我接受了交易，尽管我明白自己吃亏了。他继续说："全部都换？表！"是的，我有一块表，是印度的便宜表，我只是在开飞机时才戴，但也是块新表。我向他展示，显然他很欣赏，于是他又拿出一块德国造的怀表，示意要和我交换。嗯，该让他有多快乐呢？我摆

57

寻找屋子

出我自以为是精明的架势，仔细地看他的怀表——至少它还能走。好吧，成交，这次我非常肯定自己是吃亏的，但这交易使他安静下来。

我们在新鲜的稻草上躺下，他又从门口拿了张有霉味的毯子盖在我身上。天啊，能伸开腿脚、脱掉鞋子是多么舒服啊！这些天以来，我从未感觉到比现在更安全。我们很快就睡着了。

02 / 15 / 44

第二天我醒来时，阿忠已走了。我精神饱满地欣赏这惬意小房间的所有布置，门口走道与外面之间铺了些树枝。我从树枝堆往外窥视，看到50英尺外有一条小路蜿蜒爬到对面山上，高度跟我所在的地方差不多，而两处之间是个灌木丛生的陡峭峡谷。在小路的转角处，我可以看见跟我在昨夜所处地看到的几乎是一样的景象：在山谷的上方和稻田较低边缘处，是一列列像药丸盒子般的混凝土房舍，一派和平景象。

到了上午，太阳从门口晒进来。我尝试重新包扎我的伤口并整理一下，我感觉非常好。受伤的腿和双腕流出黏液，我便使它们处于太阳光柱下，整日随着光柱在地板上移动。后来，我把枪拆开，清理一下。我感觉到肚子饿和口渴，但却一点出去的意思都没有。

02 / 16 / 44

白天，有几个苦力扛着重物沿小路经过，这让我再次肯定，没有人注意到我住的洞。头天夜里，润田曾说过在香港沦陷之后，他弟弟和不同的英兵分别在这里躲藏过。我查看烟囱，仅是个小洞，但有一道气流直通上去。另一个较大的洞就是入口，但看上去似乎已经被石头、破旧和发霉的毯子塞满。我把毯子拉出来，再利用它把

门掩盖好。

黄昏终于来临。我从门孔往外望时，天已黑，零星的低云如常地自大海而来。7点刚过一点，小路出现一行黑影，穿过矮树丛朝我的山洞走来。我虽觉得他们是我的朋友，但当第一个人探头进来晃手电筒时，我仍然手握钢枪。我们认出了对方，七八个男人和男孩跻身进来。其中一个带了个布包，里面是些小蛋糕和水煮蛋，另一个带来了一壶热水，润田则包了一碗饭和一些炒蛋。我们掩饰好入口之后，他们就点上放在壁龛的小油灯，然后大家围在一起看着我吃。那当然是美味啊！

人群中有几张新面孔，因此我不得不重新介绍一遍我的珍品和装备。据润田讲，日军正在努力找我，还在监视这个山谷。唔，阿忠也在，他在展示他的"新"表。在我眼里，这是令人很讨厌的事，因为跟他交易所换来的怀表，上一次发条，只能走三个小时。但是，他也给我买了几包香烟和火柴当作礼物，所以我就稍稍地原谅他。

晚些时候，润田跟我第一次见到的几个较年轻的男孩进行了一场激烈的讨论。一开始是讲得很快的汉语谈话，后来就演变成一场激烈的争论。和我做交易的男孩和他的朋友，没等润田把话说完，似乎就要强烈地抗议和劝告他。偶然出现一张新面孔，我想他大概就是阿忠的爸爸，他让他们别争了，说了几句话。我的确对这个话题感到好奇，却怎么也琢磨不透谈话的内容，只知道是在讲我，因为他们常提到"飞行员"并看向我。在激烈讨论间的短暂静默里，我问润田，他解释说他们并不肯定这是个给我匿居的好地方。我接受这个观点。其实，不知怎么回事倒是件好事；可是后来我还是知道了，这又不是什么好事。

他们一直激烈讨论到 10 点之后。一开始，我把这事想得很美好，像电影似的。在敌人阵线后面的一个地洞里，一伙中国人正蹲在一盏微弱的黄灯周围，密谋一些巧妙的办法，但却始终无法达成共识。男孩们一浪接一浪言辞锋利的表达，使得润田越来越激动。他们完全当作没我这个人，也不理我尝试要平息他们。我肯定，在门外听起来，这就像一座即将爆发的火山。终于，经过一番嘀嘀咕咕和事后的思考，其他人全走了，只剩下润田一个人。

我再次尝试向润田打探他们争论的要点，但他说得很少。我提议明天傍晚他一人前来，因为我怕太多人，来来回回会在门前踏出一条小路。他立即表示同意，还说明天早上他弟弟会来。他在门口放置一些新砍的灌木，再次告诫我要一直留在洞内，然后就离开了。

那晚我没睡好，只因为一件事：几只老鼠一直围着我，在稻草中沙沙作响地移动。那张粗劣的毯子，霉烂得尽是破洞，很难靠它挡风，而老鼠总爱在我身上走过。洞内一片漆黑，当有老鼠在我脸上蹦跳时，我不由得神经过敏起来，后来干脆靠墙坐着不睡了。

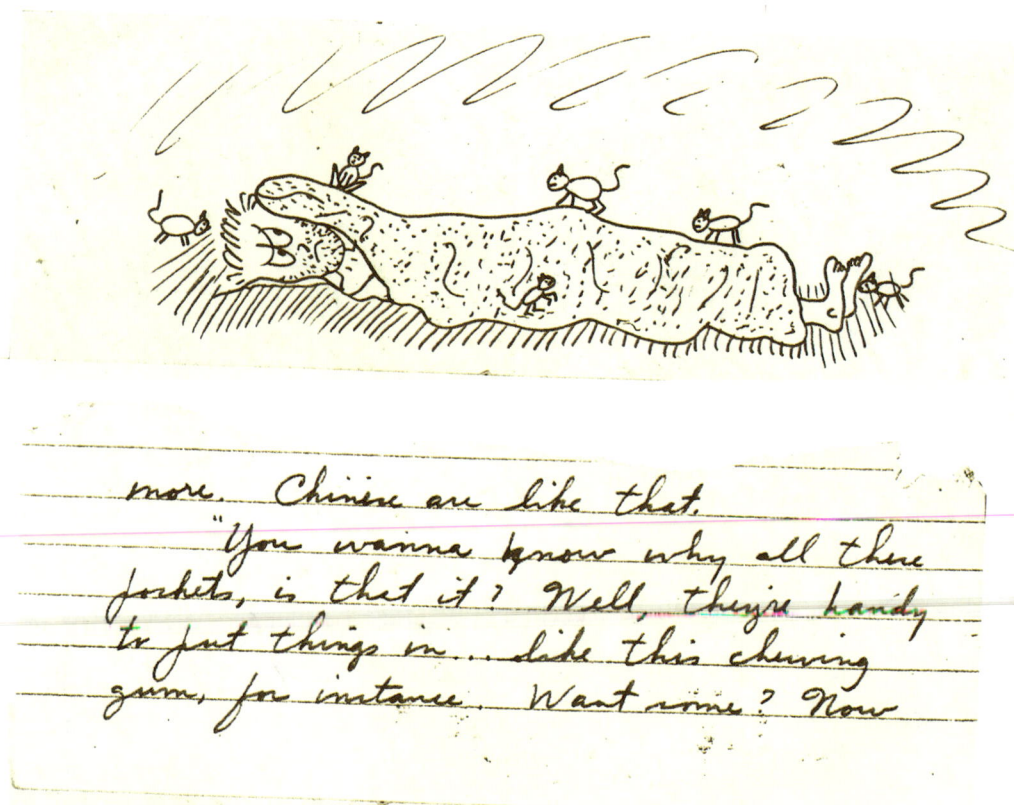

图 1.14　和老鼠一起睡觉

多云的天。约 7 点，我听见有人来了，我惊恐地往外看，只见一个身穿中国衣服的人。当他小心翼翼地走近洞口时，我看见润田正在对面的小路上，把一条茅草扭成圈圈，同时监看着山谷的上下，距我较近的人应该就是润田的弟弟。他来到门口，塞进一个破布包裹，接着就转过身，开始割野草和小矮树，然后堆放在入口的地方。当他和润田都感到满意时，就双双离去，而我则把存放在包裹里的一大碗冷饭和鸡肉拿了进来。

我想，他们的伪装工作做得不怎么样，矮树的断口都露出来了，整体的布置很不自然。我小心翼翼地把枯枝一点一点地拉进来，然后把新鲜的树枝整齐地排成正在生长的模样，效果很好。

9 点左右，来了更多的访客。我听见外面传来"嘘！嘘！"声，往外一看，见到一个衣衫褴褛的中国姑娘，她肩上挑着担竿，竿两头挂了柴捆。她用英语轻声呼唤"朋友，朋友"，放下重担，移开我小心布置的伪装。然后，她爬进来，换了些树枝，就开始和我说话。

"你是那个美国飞行员吗？我是李小姐[58]，我上司派我来帮你的。请你把你的名字写在这片纸上。你伤得有多重呢？你有食物吗？现在我们还不能冒险把你带走，但你在这里是安全的。不过，在白天，你千万不要外出。日本人正在山谷里搜寻。你有枪吗？那好！几天内会有人来找你的。"

她在门道勘查了好一阵才离去。我坐下，感到很惊讶。这么一个机敏的姑娘，肯定不会是个村姑。嗯，事情进展得不错。我当然会留在洞内！我点了支烟，打算躺下打个盹儿，感到非常安心。

那是什么？我被外面的声音吵醒。声音很是嘈杂，我的心怦怦直跳，我半蹲起来，通过树枝的掩护往外看。世界末日啊！一大队士兵刚沿着小路，越过小峡谷，是日本人！我浑身颤抖，掏出手枪，连呼吸都不敢。他们停了下来，唷！难道他们看到

第十一章
寻找崖子

这个山洞了吗？天啊，在这个山洞里是多容易被逮到呀，因为只有一个出口，而且一切都一目了然。可能有条小径通往这里，因为外面的灌木曾被踩踏过。

看过去大约有 15 个穿制服的日本人，其中一个有胡子，是高个儿，其他的都又矮又胖。他们都戴着古怪的制服帽、背着卡宾枪[59]，跟他们一起的还有几个中国男人和几个担着竹箩的中国女人。他们有的人坐下了，这明显是个歇息的地方，但那带头的却一直手持大枪，警觉地监视着周围。我担心他随时会往这里看，忧虑和恐惧快使我疯了。幸好头上一架飞机经过，那当官的便抬头注视飞机，我略舒了一口气。不一会儿，他下命令，整队人就起身，沿小路往上走了。我松弛得几乎倒了下来。他若派个士兵来这儿仔细看看，我绝无希望逃脱，可怕啊！

剩下的白天时间很难受。有些日军朝润田家走去，可能他们怀疑他，也可能他已经把我出卖了。我想起了昨夜的争吵……是不是他们在他身上发现了那盒火柴？或是发现了他准备了额外的食物？另一小队走过，才 5 个人，但他们没停下来。对我来说，每一刻钟都难挨，外面一有沙沙声，我就心惊胆战，每分钟都担心会有一个日本人的脸孔出现在透光的入口。我小心地藏好饭碗，收集所有的烟蒂和一切会让人知道我有外援的物品。

日光怎么好像永不逝去似的。到了下午 6 点 30 分，润田还没有出现。7 点，依然没来。8 点，也没见他来。我每分钟都在担忧，我想象可怜的润田正在招呼日本人，或正遭受日本人的折磨，逼他讲出我的藏身之处。等我听到润田的口哨声和他那熟悉的声音，我才彻底松弛下来。他爬进洞后，我随即掩蔽好洞口，他惊恐地小声对我说："日本人来我家，Mashee（没事），Mashee（没事）！噢，我担心！一定要没声音，没声音啊！"

我像往常那样吃饭、喝热水，他慢慢地继续解释日军并没有怀疑他，但他们的人到处都是，并派士兵驻守山顶，以便监视山谷的一切活动。日本兵趴在草地上，朝四周看。润田全身穿黑衣服，脸上甚至涂了煤屑，好让自己在黑暗中不会被看见。

我吃完饭后，他又开始了一个新的、令人不安的话题："村里有些人见过你，

他们想把你交给日本人！"

"是昨天在这儿的那些人吗？"

"是的。"

"我的天啊，这可是个困境。"

"你说什么？"

"没什么，我们能做什么呢？"

"钱，你有钱的，对吗？给我 3000 元，我给他们，他们就不会告密。"

"啊，就这样啊？好吧，拿去吧。还要多点吗？"

"不需要了，3000 元就够。我把它兑换成日本钱[60]，一给他们，全都搞妥。"

听上去怪怪的……对日本人来说，我只值 3000 元？真是好笑。不过，我当然最好还是把钱给他。

"好了，你拿去吧，多的 1000 元，算是赔偿我给你添的麻烦，以及给饭菜的费用，也请你给我带些衣帽来。"

"顶好。那么你就静静地待在这里，全部时间啊。不能有光，不能外出，我明晚再来。"

"好吧，润田，你也小心，我不想日军把你捉了。"

他悄悄离去，我躺着仔细考虑每件事，总觉得整件事有点不妥。那天夜里，我很想去另找一个新地方，但又觉得不好，那样游击队会跟我失去联络的。外面已经很黑了，月亮已下去，又多云。我匍匐出洞，坐在外面，但仍然犹豫不决。最好还是留在这里，润田这个人应该可以的，而且他说过一切会搞定的。村民也不见得想把我交出去，我猜想他们只是想捞点外快罢了，唔……

我在四周爬行，找到些小矮树，把它们拔出来，又费力地将它们重新种在通往山洞的那条踩出来的小道上。我用那小破刀掘了几个洞，把小矮树放下去，黑暗中，我用一只手把一切都尽量自然地打点好。完成之后，我坐下歇息，并仔细考虑更多的事情。那些农村的孩子看起来值得信任，他们给我带来好多食物，却不要任

何金钱当作报酬，甚至我把钱塞到他们手里，他们也没有要。唔，至于那晚激烈的争辩……

02 / 18 / 44

天色微亮，估计大约 5 点半吧。该死，让我离开这儿吧。我冲动地作出决定。一群又一群的日本人，一旦来了，我准会在这洞里给抓住的。但躺在树丛里的话，就算他们来了，我至少可以拔腿就跑。

我突然弯身进到里面去，并收拾好这个山洞，然后在入口处疏落地插了些树枝。接着，我便沿着斜坡朝小山谷下方攀爬下去，来到一处在雨季会有溪水流淌的地方。这里有一团藤蔓和一些矮灌木，我踩进去之后，又把身子塞进去几码深，然后小心地在藤蔓下面穿过，尽量减少滋扰。等我安顿下来之后，已差不多是白天了。此时开始，我必须完全地保持静止，因为丁点的移动都会牵动一大堆植物，也会造成藤蔓间一些长得高高的茅草不寻常的摆动。

12 个小时，就是下午 6 点了，6 点天就黑了。我觉得自己已经看了 1000 次表了。我到 9 点时会喝口水。现在开始，我不会再看时间，我要试着猜 9 点钟何时到来。应该差不多是时候了吧……一看才 7 点 10 分而已。我试试能否记得我们空军大队每个成员的名字，这可以消磨一些时间。现在我要背诵《海象和木匠》[61]。几点啦？8 点一刻！我要把美国空军飞行员培训基地[62]导师的名字一个个都说出来，诸如此类。

将近中午的时候，下了场毛毛雨。我一直透过树丛监察，根本没有人走近过山洞，只有几个中国人沿大路走过。我觉得离开舒适的山洞是件蠢事。起身回去？不，最好不要，因为那儿的情况比这儿更难受。

下午平静无事。我玩了些心算游戏，想象了 100 个不同的情景，把剩余的时间分成 16 等分、100 等分，等了很久，日光终于逐渐消退。我让自己坚持到 6 点，又

额外增添了 15 分钟。最后，当我爬出来时，我的身体已僵硬到几乎爬不回山洞了。正当我往山洞爬的时候，润田突然出现（这家伙是可以"隐形"的），他轻声地呼唤我。他之前发现我不在，正担忧得发狂，就怕日本人已经找到我了。

我们进了洞，把洞口封好，接着他拿出食物（对，是米饭！）和一包衣服。他催促我快点吃，说今晚我们会去另外一个地方。但我首先得刮刮胡子并穿上他带来的衣服。胡子刮得很潦草，因为他只带了一块小镜子，一薄片本地的肥皂和一把老式的吉利剃刀。距上次刮胡子至今已经一个星期了，我的脸因为曾经烧伤过，现在又起了凹凸不平的疹子，很难刮得顺当。我第一眼望进镜子，便明白了为什么每个人都指着我的左眼并表示同情——眼睛全红了！只有中间有个小黑点。唔，其实不要紧，我能看得很好，而且我不觉得有何不同。

刮完胡子，我穿上粗糙的网球鞋、衣服（一位英军长官遗留的军用雨衣），戴上一顶奇形怪状的帽子。我想到洞的深处，看看有没有留下香烟之类的东西，但润田催我出去，并说他明天会再到洞里来点火焚烧，那么就没人会知道这儿曾经有人住过。

我们沿着小路往他家走去，路程不是太远，我猜约半英里路吧。快抵达时，我们先在几棵树的黑影中停下来，润田吹了一下口哨，有一男一女从幽暗的屋子里走出来。男的是润田的弟弟——很久以前也曾躲在我那个洞里的逃亡者；女的是个弯着身子的老仆人，她拿着茶壶、空饭碗，讲了几个中文的单词后就径自回屋去。润田、他弟弟和我就起程了。

大致而言，我们的路线向东，先跨到另一座山谷去，然后攀登一个长长的山坡到一个山隘去。小路虽窄，但在比较陡峭的地方都铺了些石阶，半隐身的月亮发出暗淡的光，因此我们的进度相当不错。网球鞋跟纸一样薄，让我的脚底得到很好的锻炼，另外，鞋子走起路来很轻，几乎没有声音。可是，我的脚还是给我带来麻烦，经过两个小时不断追赶我那行动迅速的中国朋友，我差不多已筋疲力尽。整个行程是默默进行的，润田的弟弟一直走在我前面 100 码，而润田则保持在我后面 100 码。

终于，我们到达山隘顶，四周都是笼罩在雾气里幽暗的山脉和山峰。远处西南方可见香港岛淡淡的光辉，九龙就在左边一点点[63]。在山隘背后的地方，我可以看到一些灯和隐约的海岸线。

我们在这里等了一会儿。我尝试和润田聊天，可是他说得很少。我猜有人会来这儿和我们见面，如此而已。

两个中国青年忽然出现在黑夜里。他们的行动总是寂静无声，我始终感到奇怪——一分钟前，一个人也没有；下一分钟，他们就贴在身旁。他们跟润田和他弟弟嘀嘀咕咕着耳语，互相换些纸条之后便谈得更多，我嘛，就躺在草地上舒展着身体。然后，润田走过来说："现在，你跟他们走吧。"说时，他指着那对男女[64]。

我想问那对男女是谁，我们会走多远和我能否再见到他？但我没得到什么答案，只晓得他会永远地离去。我答谢了他们弟兄俩，握手之后，他们就起程回去了。

第十二章　男孩和女孩

关于他们俩，我知道的第一件事就是他们一句英文也不会。男孩约12岁，女孩大概15岁吧，两人个子都不高，都穿一身黑色的中式服装。女孩戴着一块黑色头巾之类的东西，她带了一个镀镍的手电筒，系在她肩上的白布环上，这使得她的保护色全然无效。很快，女孩就消失了，过了几分钟她才回来。她把带来的一个柳条编的篮子交给了男孩，另外，她背上又多了一大包用灰帆布裹着的东西。我百思不解此为何物，后来，我猜想这肯定是小船的帆。哈！今晚我们真的要离开了！这伙"船员"可真有点奇怪，不过，可能船上还有其他"船员"吧。我们开始往大海方向下行，由于我太疲倦了，加上这个夜晚看来不寻常，于是我从塑料盒里取出一颗"打气丸"（苯丙胺）吃。

唔，我们走啊、走啊，又走了更多路。开始时是朝着岸边的灯光走，然后又转往另一条路。上山又下山，走了大路又抄小路。离大海是越来越近了，而且，我有时可以看到流动的光影投在水面上的倒影。

女孩很吃力地背着那沉甸甸的大包，当小路越过陡峭的大石头时，就更吃力了。我同样是拖着一身的沉重前行，我的两只大脚趾都透过薄鞋踢到石头，有时石头还把我绊倒。

我们停下来一会儿，那女孩示意要我的外套，我递给了她，她就用这外套把略浅色的包裹给包扎起来。唔，我们一定是进入危险地带了。我们横过山腰，现在什

么小路都没了。山坡上的石地成脊状，或者就是狭窄而灌木丛生的小峡谷。总的来说，路很难走。在山下，大概 2 英里之外，是一片微弱的光，看上去像个镇。有一对车前大灯曾经掠过我们下面的大路。

我们终于停下来，四下张望之后，我们竟然往回走。我很恼怒，这些孩子是怎么搞的？迷路了？我们朝这朝那走了一晚上，但我肯定现在离我们出发的地方还不到 1 英里，但我还是得跟着他们走。之后，我们往山上走，接着又下山。他们像是在寻找什么。天啊，他们这样是永远也找不到他们的洞穴的。曾有人告诉我，那"打气丸"一旦失效之后，会令人易怒和急躁。我记得这些，但所有人和所有事儿仍令我生气。一路上，我碰撞已受伤的腿、摔倒并压着自己受伤的肩膀，又被荆棘和龙舌兰擦伤，跟着他们时，我一直在诅咒、大叫大嚷着抗议，但幸好他们完全不懂英语！

我们又停下来。当男孩在山边探路时，我和女孩就在那儿等着。我躺下歇息，抽了根烟，感到失望，看来今晚是不可能见到那只船了。这些该死的小孩是什么人？他们懂点什么？我们为什么会在这荒芜的山坡上呢？男孩回来了，像是成功了。他带领我们回转，越过一条多石的、干涸了的溪，那儿长满了亚洲种种锯齿形的植物，我们终于跨过了这可怕的河谷。再往下时遇到一块突出的石块，我爬上石块的中央，坐了下来。男孩拿着那个大包袱，悄悄溜进一丛特别茂密的藤蔓和多芦苇的草丛中去。女孩把柳枝篮放到我手里，并用手势示意它是用来盛食物的；还有香烟，她演示给我看，怎么在帽子下点燃香烟。

好了！我们终于取得了一些进展！他们带了这个篮子，的确考虑周详，这些孩子其实蛮不错的。她想跟我说什么呢？"b'y'll？"啊，一定是那块表。在手电筒的微弱光线下，她指着挡在我帽子下的表。绕着表面转了一圈到那儿（6点），他们便回来。噢，他们要离我而去，好的，妹妹，我明白了。你——去，你——回来，6点。"Ni hee, ne soong lin."[65] 什么？你听不懂我说的？我做出来给你看……是吧？"我睡觉。I sleep."你懂这个？好的，明白了，谢谢啊。男孩回来时已没带那包袱，

女孩指着他刚去过的地方，说："睡觉！"估计是要我睡在那灌木丛里，这正合我意。

离开时，她极其友好又体谅地拍拍我的手，这对我来说很受用。我曾经是极度地孤独。在过去的一周里，有99%的时间，我都是一个人度过的，身边没有一个我可以相信的人。日本人明知道我被困在他们几英里的领地内，而且他们还分分秒秒在巡查这个半岛。嗯，现在我知道，有些人是真的愿意帮我的。男孩和女孩离开后，我带着篮子爬进他们指示的灌木丛里 66。哦，看看这儿！是一捆稍稍摊开了的稻草和一条被子！这么看来，这就是那个笨重的包袱了。我重新整理了一下，把外套卷成一个枕头。啊，多亏那可爱的女孩一路上吃力地携带这东西，真好……我很快就睡着了。

69
第十二章
男孩和女孩

第十三章　白天

我醒来时，已是大白天，飞机就在我头上飞过。哇！我往外窥视，是架双翼的水上飞机，飞得很低，而且又残又旧——当然是日本的啰[67]。哎呀，把你的破旧货开走吧！它在我头顶上飞过，每只机翼都有个大红盘。我知道在这个位置他是看不见我的，所以我不用担心。接下来，我往下看昨夜有很多灯火的地方。对！是一个镇，还有个泊满船的小码头，好像还有几艘大汽艇。是的，有一条路，也许今晚我们会搭乘其中的一艘吧？可是那些日本人可能早就盯上它们了。（直到几个星期后，我才知道这个镇叫西贡。难道说这是个为搜捕而设的主要的卫戍部队和总部吗？）

我看了篮子里的东西，啊！里面有两包老刀牌香烟，还有吃剩2夸脱的蛋糕。这蛋糕很有意思——褐色，又脆又硬，是用米粉、猪油和温水煮过的糖浆做成的。很明显，他们是把这面团倒在一块叶子上冷却，所以蛋糕底子仍粘着叶子[68]。很好吃，但是非常的干，没一滴水，该死！我应该往小袋里装点水。

整天坐在芦苇里，既宁静又有阳光。有几个放牛的孩子走近我，我不得不马上低下身子；那飞机又在我头上飞过，但飞得并不低；有一群家伙找到了我，是鸟儿。它们有点像松鸦，蓝色的，在芦苇上空摇荡、尖叫、啁啾，而我却很不自在地竭力使自己不被人注意。小畜生！当然，我也想到自己正在侵占它们的"财产"。

快入黑之前，我开始出去走走，看看我那些年轻的朋友究竟来了没有。我决心要警觉点，要在他们站在我面前之前，先看到他们。唔，我听到他们来了，至少在

10 英尺以外。这次是两个男孩，其中一人是新来的小伙子，他递给我一张便条。

是什么呢？嗯？借你的手电筒用一下。这，在被子下，是一张地图！粗略地画了半岛、箭头和一艘船。

地图下方整齐地写着："先生，过来这里，我现在带你回家！"

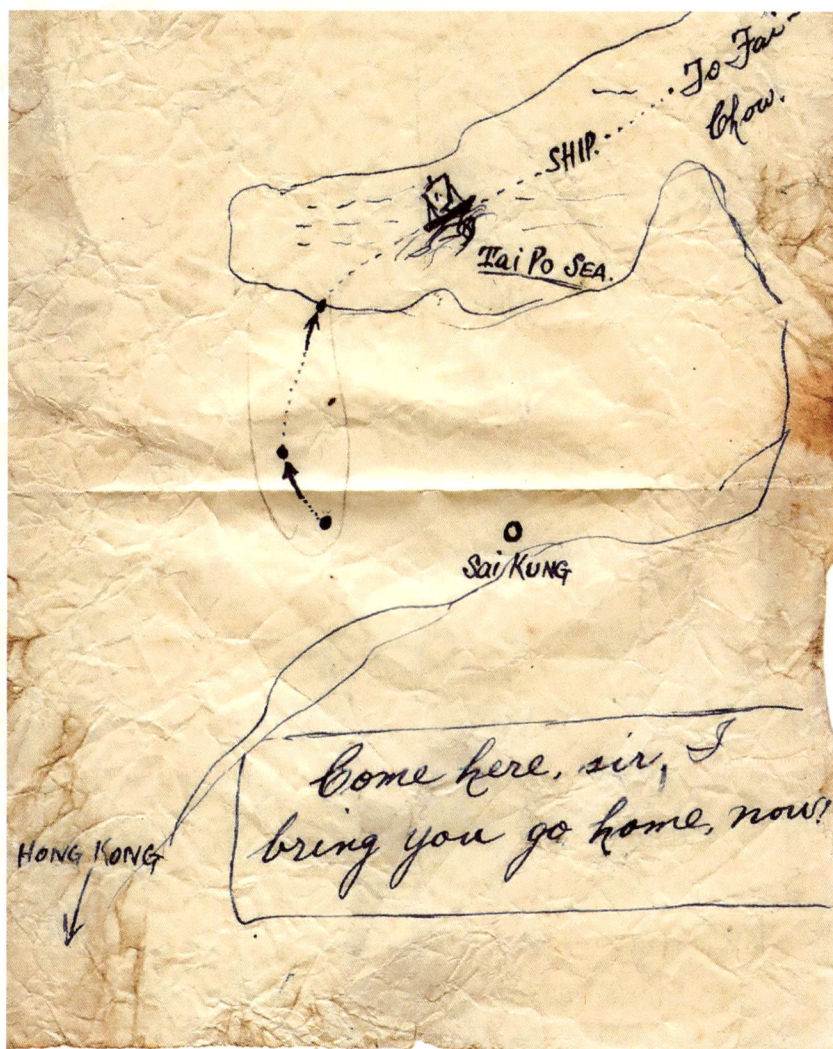

图 1.15 "先生，过来这里……"便条

啊，这是一个大惊喜！我们要走了，要离开这里了！我欣喜若狂！想到我所有困难马上就要画上句号，太好了！

我们绑好了那包袱、稻草和其他一切，就朝着和昨晚来时差不多的路出发。我急切地走着，行进得不错。走到一条大路，我们悄悄地沿着它走，然后走进另一个山谷去。

当其中一个男孩继续在前面走时，我们就在黑暗的树丛里稍停了一会儿，然后，他回来带我们到一间长形的中国式屋子。狗儿开始狂吠，男孩去让它们安静下来。我们穿过门廊，一扇厚木门已微开着迎我们进去，接着门又谨慎地关上了。穿过几间绕着中间水槽的暗黑房子，我们走进了屋子尽头一间很小的房间，里面有一盏没有玻璃灯罩的灯，正亮着微弱的光。屋里都是人，我被带到小桌子旁的椅子上歇息。奇怪，那位炭洞的李小姐怎么在这儿[69]？她向我报以微笑，接着，一个年轻军官开始发言。

"我是詹伙生[70]，这便条是我写的，这是我们的队长。"他指着一个皮肤黝黑、正咧嘴而笑的瘦弱青年[71]。"我们欢迎你。"詹伙生的英语讲得蛮好的，我也做出表示满意的答复。

在屋里的椅子上坐着，我感到受欢迎。墙上的大钟，每刻钟都会发出深沉的嗡嗡声，屋子里挤满了男女老少。那些年轻人（大约有6个）的大皮带都插着看似危险的手枪，也有一袋袋的子弹。

我们互相比较各自的枪。我看到的第一支枪是日本制造的，我好奇地望着这枪的主人。他咧着嘴笑说枪的旧主人已经不再用它了。其他的有比利时、英国、德国制造的毛瑟枪[72]，全都附上20发单盒和长枪管。

虽然他们挺礼貌地打量我的枪，却并不怎么重视它，我想是因为里面子弹不多吧。我们刚开始谈论我口袋中的物品，詹伙生带英国口音说道："中尉，我们带你去吃东西。"这时，最年长的妇人拿了几碗米饭来。大家像平时那样客气地推让叫别人先吃，我只好拿起筷子开始吃。他们全都看着我并极力表示赞赏。餐单是米饭

和放在桌子中央的一大碗煮熟了的竹笋，后上的还有特别的汤水——海参和一种青菜。我们还用小茶杯喝茶。孩子们拿着饭碗站着吃，用筷子吃饭的速度是我的 5 倍。一条小狗在四周转来转去，期望接住难得的食物碎屑。屋子里充满浓烈的家庭气氛。

晚饭后我们谈得更多，讲到我是怎么到这里的，我在桂林做些什么，我身上为什么有那么多口袋。反过来，我又问他们是谁。他们指着空勤人员生存手册上代表"游击队"的那个词。他们还说日本人正在找我，而且离我们只有几里而已。然后，他们又向我保证他们会帮我逃走。

叫"黑仔"的队长不会讲英语，就叫詹伙生当他的翻译。我不怎么理会这个极瘦、但很热情的家伙。他年约 18 岁，穿着一身黑衣，蓄着长黑发，一张脸非常黝黑。他有一种傲气自信的态度，总是引人注目，我不由得打量他的全副军备——一把上等的、涂过油的枪，一枚日制手榴弹，一条日本军官腰带，一支英国制自来水笔，还有我先前给润田的防水火柴盒。嗯，有些东西肯定是兜过圈子才转到这儿的。翻译解释说"黑仔"是个绰号，意思是"Black Boy"，并且说他是个勇敢的青年，走到哪里都受人敬仰。嘿，依我来看，虽然他用的是银色烟嘴和象牙筷子，也不算是个怎样的角色。

接下来是试图洗澡。他们带我到前门外一个半遮掩的小室，里面有一个大木桶，盛满了冒着热气的水。他们离开后好久，我都只是把水往四处撒泼，因为我得小心别让热水烫了我依然是皮肉裂开的手腕和脚，不过我至少彻底地洗了头和脚，多少洗得干净些了，感觉很好。

大概半夜，我们集合好，准备出发。我不知道要去哪里，我又一次天真地想象，是去那艘充满希望的小船。出发前一分钟，我发现我的塑料盒不见了，去哪里了呢？糟了，一定是丢在来的路上了。假如被日本人捡到？这就是个信号。我把情形向詹伙生解释了，他答应第二天一大清早，就派遣一个小男孩到那条路线上去找。

我向那家人道谢之后，我们就出发了。这次我们一行 7 人都是有武器的，我感觉安全了很多。小路直下山谷，一路上大家都如常的沉默。除了我，我无法忍受一

直走在漆黑的路上。

一小时后，我们来到一间幽暗、寂静的屋子 73。初步环视之后，我们溜进了屋里，然后再闩上那道厚重的门，门外留了人放哨。我被带到后面一间小屋，里面有宽大的竹架子，他们示意让我把它当床用。屋子里所有的布置不过是一块作枕头用的木头（真的是木头）和一张霉臭的被褥，但我很开心，终于可以躺着睡觉了。

02 / 20 / 44

凌晨 3 点我醒了，摸索着穿上鞋子之后，就睡眼惺忪地走进了大厅。平常的小灯照着屋子里杂乱的景象。我现在的 6 位伙伴（黑仔和詹伙生已经留在第一间屋子里，这里是 3 个男人和 3 个男孩）正在小台子旁的长凳上清理他们的枪，一个年纪很老又驼背的妇人正在准备食物，还有三四个小孩在当跑腿的。其中一个……不知为什么，竟是小鬼！他还是戴着那顶好看的帽子，他见到我盯着他看，就咧嘴笑着走过来。即使我不是惊诧到目瞪口呆，我也无法问他，因为这里的人一个都不会讲英文。我只是惊讶地站在那里，其他人认为这是个大笑话！

我们靠吃米饭和蔬菜来填饱肚子，而小鬼特别地关照我，不断地塞食物给我。我试图猜想再往下会发生什么事情，然而事情的确神秘。为什么他们那么使劲地清洁枪械？为什么这么早吃早餐？难道我们要在大白天跑着赶路吗？不知为什么……队长没跟我们在一起？所有人都把毯子卷起来扛在肩上，我多次后悔自己没多学点中文，就连我认识的几个字，读出来他们都听不懂。我也发现广东话和国语存在很大差别。黄青副队长 74 提到行程会继续。他就是我所理解的广命游击队员，比一般中国人要重要得多，满脸的麻子，脸上没什么表情，但仍可大致看到他的仁慈。我们跟着他出去，外面一片漆黑伸手不见五指，其中有一个男孩牵着我的手领路，开始沿着小路，直接冲着山脊顶走去 75。

这次的攀爬十分艰难，山脊太陡，我老是往下滑，路又那么长，用尽了我所有

的力气。在一处稍平坦的地方，我们坐下来休息，我有机会看了看四周。当露出第一缕晨光，我可以看到四周起伏不平的群山的昏暗外形。那个我们快要越过的山谷，又长又深，农夫只找到几块地方种稻米，小溪下游的尽头是个狭长的海湾。

黄青没让我们休息太长时间。不一会儿，又出发了。这次，我们要越过山坡到一处多石的荒野，要从山顶滑下一大片斜坡，才能到这块乱石和藤蔓纠缠的荒芜之地。穿越山坡时，这些中国人轻巧地跳来跳去，像群山羊似的。我尽管有个离我很近的小男孩帮忙，但还是一英寸、一英寸走得十分费力。走到了一个特别的、多突出物的地方，他们把我沿着悬于山上突出的岩石壁放下，而另一个中国人则在我下面，把我的脚安放在狭窄的踏脚的地方。我们下降到一个阴暗的洞穴，接着滑下大石，降落到深处的石堆，然后十分小心地靠着手电筒的光，爬进一个形成于破碎石块和巨砾之间的嶙峋洞穴[76]。我们就像从煤堆里、乱石上、摇摇欲坠的石板里挤出来的蚂蚁那样移动着，才终于来到一块奇形怪状的空地。由于昏暗的晨光从层叠的石板间透入，才不至于漆黑一片。在一个角落，有一堆新鲜的稻草铺在一个石架上。

我们这伙人解散了，各自穿过石头间数不尽的通道溜走，最后只剩我和一个小伙子。我们爬到稻草堆去，我脱鞋时，他铺开被褥，并用他的枪和皮带当枕头。再也不必做无谓的客套了，我们蜷身入被，很快就睡着了。

第十四章　原始人

　　我们在洞穴住了两个星期[77]。时间当然过得很慢，但因为有伙伴和明确的希望，所以比先前的日子好多了。

　　一直都是那5个人陪我，那个有痘疤的黄青（中国人认为能从天花痊愈过来的人，凡事都会幸运），既幽默又能干；沉默的大陈[78]约28岁，是队里第二舵手，亦是个物资总管，他提供香烟，另外，还一丝不苟地记录我吃什么、花了多少钱；苦脸的廖患严重的疟疾[79]，他就是和我合盖一条毯子的人；李[80]是个没有耐心、爱傻笑的年轻人，连一分钟也安静不下来；而小陈[81]是另一个坐不住的孩子，14岁，整天跟在我后面，要我教他英文单词。我倒是无所谓，我们每天花几个小时交换词汇，但当他觉得闷的时候，他会边闲荡、边玩弄他的自动手枪，而我就担心枪走火伤及我们。更糟的是，他会拆开他腰带上的手榴弹，是一种英式手榴弹[82]，我明白它是怎么运作的，看得出他也懂。另一枚日本造的我就不懂了，所以当他开始松开它的各个部件时，我就拔腿跑到石头后面躲起来，还得是块大石头。

　　他们都睡得晚，我会在8点左右起床，坐在外面靠近入口的地方，把昨晚的米饭吃完。然后思索，并晾晒烧伤的地方。那该死的腿仍叫我心烦。来这洞穴的途中已经使伤口裂开，似乎复原得不理想，还好，手臂不再疼痛，从外表上看已经无碍，所以我没有为它担心。

　　下午，我开班授课，通过应用那本空勤人员生存手册、图画和很多手势，我们

图 1.16　早上，克尔中尉看见洞外的蝙蝠

谈及了很广泛的话题。我画地图向他们展示战争的情况以及站在我们这一边的人。他们虽然地理知识不强，但对进程却出奇地了如指掌。除此之外，他们对距离的意识也很薄弱——他们似乎认为坐飞机去美国只是几小时的路程。我教他们英语，他们觉得很好玩，就又教我一点广东话，我们彼此诅咒日本人。说到这里，其中一个人站起来，指着我们山谷里的一组房子说："日本人的房子。"天啊，这么近！

第十五章 明天来临

又过了一天。廖总爱用红色毯子蒙着头睡，看上去就像一堆没形状的东西。乱石间缝隙透入的间接阳光，把冰冷的洞穴微微照亮，很是宁静。我在当作床的稻草堆里四处摸索，找到了我的香烟和打火机。这是黄青曾咧嘴笑着给我的东西，别致的包装……上面尽是日本文字。那次他刚"夜出"归来，我便猜想到他怎样得到这些罕见的香烟。后来，我把烟盒上的文字翻译出来，我就明白了，上面写着"皇军发给——不许转售"，是军队基地商店[83]的物品，还是上等的呢。

我醒了，但仍然躺着，直到 9 点钟，才稍微看看洞穴四周，想着哪块石头抵着哪块石头，正纳闷它们是如何做到的。前一天，我已经整理过"床垫子"（拿起稻草，平衡一下稻草下面的石头），所以我并不着急起床，而且，我越能长久地保持安静，小伙子们就越能睡得长久。要不停地引起他们的兴趣，又要使他们合理地顺从，真把我搞得相当累。当一小束阳光穿过头上的裂缝照射进来，洞穴似乎暖和了一点，我就悄悄地爬过廖，去把水瓶、锡饭盒收拾好，然后爬到我们洞穴的入口。到了那儿，我就惯常地伸手到架上取食物，接着便享受早餐。从塑料盒取出两包牛肉汤粉调味料，我觉得正好用来洒在干冷的饭上。忙了差不多一个小时，我才让自己去看表，嗯，前面将是漫长的一天。

当我听到树叶沙沙响和鞋子的刮擦声时，我想是那些小家伙四处蹦跳的时候了。他们进洞的方式跟我们一样，似乎都是从我们头顶上下来。当我见到一双中国

克尔日记
东江纵队营救援华美军飞行员克尔中尉脱险纪实

人的脚从入口顶处的石壁溜下，我就缩进去，躲起来，掏出手枪，接着我就见到那张挂着笑容、有痘疤的脸——黄青！天啊，我还以为他仍在床上呢。他挥动豪放的臂膀，用那句还记得的英文说："我们走！"

走！离开这里！这消息太好了，我等这几个字等了很久了！他很高兴见我如此开心，但当他见到我尴尬地把自动手枪收回皮套时，他得意到几乎从高处掉了下来。他看着手枪，微笑着说："日本——全走！"他张开手臂横扫了一下，仿佛每一个日本人一夜间都已返回东京。"啊，我猜想你一定知道……"我赶忙收拾我的行李。

几分钟之后，我们全都在入口处集合完毕，准备出发。男孩们快乐得像云雀一样，就连大陈也浅浅一笑，廖则为盼到一张真床而欢快。我戴着磨损的旧帽子，穿上补得很好的外套，还有那双破底露脚趾的帆布鞋，带上塑料盒，还把军用鞋子搭在肩上。大家都准备妥当。

大白天攀爬石头似乎很怪。黄青阔步迈开，我们都学他的样子。我的腿感觉不错，今天又是个美丽而晴朗的早晨，啊！一切都顺利！我们下到山谷的房子，我们之前曾在这儿吃过晚餐。老妇在准备午饭，男人在门阶上享受阳光，孩子们在帮忙做家务：男孩拿着树枝绑成的扫帚，女孩在一块肮脏的木板上，用刀砍着些不知什么种类的肉，三只狗则试图"帮她的忙"。

我们像是在等什么东西。大部分时间我都留在屋里。为了散散心，我叫李拿出刮胡子的工具。像往常一样，老的少的都围上来看我刮胡子。在镜子里，我看见我的眼睛依旧红着。

午饭吃得很特别，一块肉饼、少许咸鱼、两棵菜和汤及米饭。吃过后，我们在附近坐了一两个小时，然后以黑仔为首的一伙人到了。詹伙生当翻译，我就开始跟着了解新闻：日军前一天才停止搜捕，我们会去司令的屋子，最近游击队进行了几次袭击，传闻在城市一家店铺的橱窗见到美国飞行员的降落伞[84]……所有消息都很有趣。

图 1.17　刮胡子

　　我们谈了很长时间。我要詹伙生尽他所能画一张我们这块地区最完整的地图，可是效果很不理想。詹伙生在地理和距离方面，真是个笨蛋。我问他到司令的屋子有多远，他说20里，就是7英里吧？结果比这远得多了。我们4点出发。离开之前，我向周围的人道谢：多谢老乡、李、廖，总之，跟每个人都说："ja-ja-ni-beau-mau"（谢谢你为我做的一切），而他们则以满脸的笑容和一大堆我听不懂的广东话来回应我。好人啊，他们所有的人都是好人！离别前，我把所有的一切都看清楚，并且牢记在心中，这样我就能够在将来的某一天，回到这里——这所房子和附近的洞穴。在过去的两周，这里曾经是温暖的家，而且使日军的搜捕徒劳无功。

克尔日记
东江纵队营救被华美军飞行员克尔中尉脱险纪实

第十六章　悄悄上路

我们一行 6 人：黑仔、詹伙生、黄青、大陈、小陈，还有我。黄把一整袋硬糖一点点地传给我们。黑仔心情怪怪的，一直跟小陈喋喋不休。我感觉良好，一直在欣赏风景。

小路沿着陡峭山谷的一个面，直通大海。在下面，我们见到一些小屋，另外，在每个可以平整的地方，都挺危险地开垦了稻田，山谷下的小溪流经瀑布，人们在那儿开掘出灌溉渠，四面八方把水引到不同的小稻田去。

尽管我们原来所在的山肩位于海拔几千英尺的地方，但是日落前，我们已经到达海湾。我们并没有在旷野上走很多路，而是走山边的小河谷。正当我们要进入另一个和我们基地平行的大河谷时，黑仔叫我们所有人停下来并趴在草地上。

我侧身移动到詹伙生那里，问他为什么停下来。

"在前面，下一个地方就是日军基地。"

"哦。"

"没有太多人。这是个金矿[85]，那些都是指挥工作的人。去年，也在这个时候，我们袭击了他们，杀了所有的日本兵，但日军总是回来。"詹伙生解释说。

"我们今天打算做什么呢？"

"我们悄悄地走。完全入黑之后，勇敢的黑仔会带着他的'驳壳枪'[86]先行，黄青会殿后。"

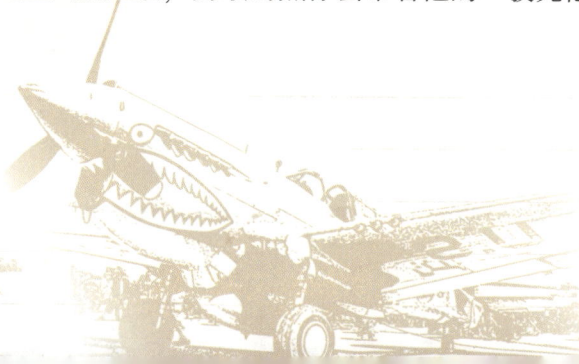

我们再次动身时，繁星全都出来了。每人都手持长枪，黄向我示意，要我也拿好自己的枪准备好。我们爬下斜路，深入狭窄的山谷，小陈正好在我前面指路，沿溪而下，过了石桥，躲躲藏藏地经过一组幽暗的屋子。这里地势险要，除了越过这些屋子就别无去路了，还好我们刚刚在屋子的下面，这里有很多灌木和石块作掩护。当我们差不多走完时，一只狗突然狂吠起来，我们只能按兵不动，这令我紧张了一长段时间。由于没引来什么人查看，最后我们散开成一队继续前进。

接下来，我们走到一条很窄的路，但却是踏得很结实的，路上还明显有木头车经过的痕迹。一路上我们都为此而困惑，后来我们得出明显的答案——这路开出来是为了送金之类的矿石到码头或精炼厂去的。我们以急速的步伐前行，各自相隔50码。我开始疲倦，腿也阵阵颤动起来，可是那些中国人却若无其事。我们爬过一道低矮的山脊，宽阔的海湾就展现在我们面前，但是在下面深处。我们可以看出那白色的路是通向陡峭的山下，并在远处海边的码头终止，看似很远。

下山到一半路程，我们在一处平坦的地方停下休息，这儿有个明显的记号，是一方大石头，上面有英文字[87]：某某炮台、某某炮队。这些英国人看来是颇完备的，虽然他们的防卫计划在1942年时不怎么奏效。

这次休息时间很安静，我们靠着一些石头、抽着烟，观看对岸灯光沿着看不见的路缓慢地前移。那海湾有几英里阔，海岸线是我所见到的最不规则的，我又想起了独自在这郊外寻路的烦恼。

黑仔站起来，我们的休息就结束了。下山剩余的路程很难走，因为我小腿那烧伤的部位裂开了，很不方便，也制造了种种麻烦。还有鞋子破了，脚趾从破孔突出来。来到沙滩的平地上再次休息时，我很高兴。我把帆布腰包的碎布塞进已经破损的鞋子里面，并且从内衣撕下布条包扎我的腿，伤口处的结痂已有点松动，每走一步都会触痛它，而这绷带可以阻止这种摩擦。

我们沿着沙滩走了一两英里，然后选了一条小路，穿过一处蓬乱灌木丛和零星几块农田的地方。黑仔忽然动了唱歌的念头，所以沿途他都激动地高唱着中国的悲

壮歌曲。我则生气地嘀咕着，在这个时候发出声音真是该死，不管怎么说，他以为自己是在哪儿呢？然后他又开始兴高采烈地和詹伙生大声谈起话来，后来又听到大声的争执。

他突然要我们停止前进，我们就在小路上坐下，伙生走过来和我谈话，黑仔则留心听，要求把每个问题和答案都翻译出来，经过情形如下：

"克尔中尉，你记得第一次给你食物的人吗？"

"当然记得。"

"你记得那个会讲一点英文的润田吗？"

"是的，润田，我记得他，他是好人。"

"唔，你有所不知。告诉我，他有没有问你要钱？"

"钱？是的，他要过，你要知道他需要钱给那些想向日军告密我在哪儿的人。后来，他把钱给那些人了。"

"多少钱？"

"3000元。"这似乎有些不妥。我觉得最好我自己也问些问题。

"为什么你要这么问？难道润田不是你们一伙儿的吗？他带李小姐来，还为我冒险，到底还是有人向日本人告密了吗？"黑仔听到这段翻译时，变得非常激动，他向伙生快速而详细地讲了一大段话。后来伙生转译给我听：

"润田是个大坏蛋，他并没有告诉我们，你跟他在一起。是小鬼，那个第一天和你在一起的人，是他告诉我们的。润田想得到你给他看的钱和金戒指。他从城里带来他的弟弟要把你杀掉，但因为你经常身怀手枪，所以他们不敢下手。当我们听到你的下落，黑仔就去告诉他，不能伤你一丝一毫。那些村童告诉我，润田打算把你交给日军，但他们不容许他那样做。润田是个非常坏的人。"

"嗯……"我开始明白一些事情：在炭洞发生的争执，那魁梧的兄弟，我离开时润田那愠怒的样子；还有某日傍晚，他带来食物时，我在洞外，他焦虑不安。

"是啊。"我说，"但润田带食物，美味的食物，甚至我穿的这身衣服。"黑仔大

怒，伙生听他说了另一惊人信息，就翻译给我：

"那些衣服全部是黑仔的，所有的食物都是黑仔给的钱，就连你用来刮脸的剃刀也是黑仔的。"

"哦。"我想最好不要说关于另加1000元去结清所有餐费的事。黑仔极其恼火，而润田曾经对我还不错，不管他的理由是什么。

可是，黑仔还没有息怒，他伸开四肢伏在小路上，从他的背包取出纸张，借着伙生手电筒发出的光，开始激昂地写信，一写就是好几页，始终不住地嘀咕。写完了，就滴少许墨水在"指环图章"上，接着在最后一页上用力盖章。他还大声呼喊黄青，生气地发布了10分钟的指示，最后才把信交给黄青。黄立即朝我们来时的方向赶回去。当黄青回到这里时，我不敢想象如果我是润田现在会是怎么样！

我手脚不利落地站起身，我们重新上路，已经凌晨3点了，相当冷。野外有越来越多的耕地，我们路过幽暗屋子时，狗又在吠。我们绕过一个小村落，微向后转，走近一栋稍稍远离其他楼房的建筑物[88]。敲了好一阵门，门开了，一个年老妇人出现，黑仔讲了几句话，她就领我们到一间单人房去。墙上的架子上放了装着蛋糕、奇怪干货的瓶和罐。我们从唯一的台旁拉出长凳，老妇端上一盏没灯罩的小油灯和一个土制茶壶。一个稍年轻的男子从楼梯上下来，跟我们打招呼，他刚才一直在阁楼上睡觉。他用英文跟我说："先生，早上好！你今天好吗？"

他看上去很聪明，不像属于这偏僻商店的人，难道他就是头号人物（司令）吗？很快，我就看出他跟游击队员很熟络。他低声跟黑仔讲了好半天话，又递给黑仔一把折叠起来的小纸和一些整齐的目录。说完话，他取下一些硬的米饼和更硬的糖果赠送给我。他又靠近我打量了一下，然后跟伙生讨论我的背景和特征。

我们正在休息，门外传来一个声音，油灯立即被掐灭，屋里的人迅速拿出枪械。当老妇隔着大门盘问时，我们都鸦雀无声地坐着。一会儿，走进来五六个带枪的小伙子，油灯再次点亮，黑仔在跟他们讲话，但听上去有点厌烦。这些家伙站在一旁，胆怯又好奇地偷看我，黑仔说完话，又把他们差遣到外面去。

伙生解释说，他们是一个哨兵招来的农夫，他们发现我们一伙人在路上时，以为我们是日本间谍。这伙中国人很警觉，幸好我们无须避开他们。

我们5点离开。之后的时间过得太长了，我变得僵硬和疲惫。我们再次取道崎岖的山径回到深山，有好几处地方步哨会突然从黑暗的灌木丛中走出来，高举手枪挡住我们前行，我再次推测，我们正在走近那神秘的头号人物的屋子。

没走多远，一间大屋隐约地出现[89]，我们走进那有围墙的大院，接着有人悄悄引领我们到下一层一间幽暗的房间。灯亮时，一群原来睡在架子似的床上的中国人，迅速起来集合。其中一个青年用流利的英语向我介绍，他叫汤姆士·王[90]。我们礼貌地交谈，然后我又向他展示我那各种各样的珍品，其中最吸引他的是那面旗和那本空勤人员生存手册。他仔细研究旗上的"官印"，并叫其他人过来看。我其实并不晓得那旗是什么意思，我指着它说："蒋介石，顶好！"他们却看似想回避。

"你知道我们是谁吗？"汤姆士问。

"知道，你们是游击队，一种不穿制服的军队。"

"嗯，不错，还知道点啥？"

"我想就这么多了。我猜你们是国民政府支付薪水的、从事破坏之类的活动，你们还是什么呢？"

"我看得出你不懂中国政治……以后，头号人物会给你解释的。"汤姆士说。

我问他在哪里学的英文，他为什么有英文名字？他解释他在一所教会学校念书多年，名字是在学校念书时起的。毕业后，他曾在一家商店工作，他期盼能赶走日本人，那他就可以返回香港工作了。

喝过一轮茶之后，他们拿来了一些被褥，安放在其中一张坚实的床上。汤姆士向我保证：在这里我是安全的，而且我可以留到明晚。我高兴地躺下，没脱衣服就立刻睡着了。

第十七章　更多、更多的路

第二天早上，他们带我到离屋子不远处去检阅游击队，约有 30 人，全部是年轻人，装备是大左轮枪和难以归类的来福枪。那展示品是英国制的布伦轻机枪[91]。跟军队一样，他们列队站立[92]，我们则像正规的检阅官一样，在队伍的上上下下察看各式武器。看来，黑仔是位备受尊敬的指挥官，而他的人都是训练有素的。

当天，我们大部分时间留在大院内。黑仔和汤姆士外出处理事务时，我留下，由一个年长的男人照顾。他整天喝茶，我只好休息。

天黑时，我们到附近一间屋去吃晚饭。食物是一流的，有鱼有鸡，还有大量热气腾腾的米饭。詹伙生对人最和蔼可亲，大家都兴高采烈的。后来黑仔病倒了，他患上了疟疾而且病情严重。他躺在粗陋的床上，叫伙生把他找得到的被子都堆在他身上，直到他不再感到冷，发烧使他呻吟并辗转反侧。我们无助地坐在他旁边等。到 11 点的时候，黑仔坐起来说我们要动身了。我们不想让他跟我们一起出发，但他坚持着，伙生告诉我这是他的脾气，不管怎么样，他都会走的。

我们朝着大海出发，从第一步开始，我的腿就疼痛。天啊，一走路就痛！从脚背到膝盖都肿胀，烧伤的部位一直发炎、流脓。虽然如此，我们仍继续走，一个小时后，我们到达了一个宽阔的海湾。

我们停在一棵大树的树荫下等候。几个人去了附近一间屋子，过了好一会儿，他们坐着小船回来了。啊，我想，这下我们总算要离开这个半岛了！沙滩很浅而且

很多石头，所以要有人把我托在肩上，送到小船上去。海水那么冷，我可不羡慕他们担任这种任务。

船大约10英尺长，靠后面的单桨推进，我们吱吱嘎嘎地划出海湾，朝着对岸缓慢行进。不到半小时，我们就到了陡峭海岸的阴暗处，我又被托着走。因为路途这么短，我失望地认为我们仍在半岛上，只是朝头号人物的屋子多走了一小段路罢了。

那儿有条小路，它直通世界上最高的山，我肯定它是最高的山 93，可是我们还未真正启程，我已经感到精疲力竭。于是，我们停下来歇息，在吃"打气丸"之前，我根本就站不起来，我一直待着不动，等到其他人都开始不耐烦了。我又步履艰难地与大伙走了几百英里 94。最后走进一间白色的大屋，狗儿当然又吠个不停。有人示意一个男孩去让狗安静下来，其他的人就停在附近幽暗的地方。我想这次可糟糕了，因为我的腿疼得很厉害，我感到浑身不适。黑仔轻声地与某人商量了一下，然后叫他离去。过了一会儿，那个人拿了一壶热水和一支多节的手杖回来。热水和第二颗药丸很管用，我终于能坐起来，换了一块新的、紧一点的绷带在腿上。伤口一直流了很多脓水，使得我的鞋袜都湿透，膝盖和腹股沟的淋巴结也胀痛。尽管沿路的风景是那么壮丽，但这样的行程并没有多少乐趣。

我们重新出发，很快就到了山的陡峭部分。小路其实是穿过树丛的一条又窄又深的冲沟，它斜得像一段阶梯 95。我喘着气数着每一步——112，113，114……149，150，当我数到150时，我就要求休息，好吧，再多走50步……189，190，191……我可以走到200的，然后再加入字母，E……F……G……H……X……Y……Z……"不要嘛，不要嘛。"那是我要求停下来休息的方法，我想，意思是"不用赶"。反正，他们明白我想要什么就是了。

我们会坐下来，而黑仔又会很逗乐地走回来。这或许只是我一厢情愿的想法，但这让我尽快坚定地再次上路。我们会谨慎地抽支烟，然后我又跟跄地站起来，接着我们又出发，我继续我的数学游戏，他们则轻松地攀爬。

我们要去的山隘像是越走越远，走了很久以后，山坡不像之前那么陡峭了，我

87
第十七章
更多，更多的路

们正越过一个高地的草场。身后下面是我们之前渡过的小海湾，四周是连绵不断、烟雾弥漫的山峰。山顶是令人失望的，我曾以为从那里可以眺望大海，怎料到看见的是更多的山脉。

在这山顶只休息了一会儿，便再次出发，黑仔又一个人赶到最前面去，把我们落在后头。前面约1英里外，有一片稻田，我希望我们的行程到此为止。可惜不是，越过稻田后，我们还得踏着磨损的石头铺成的小路，穿过一小片树丛继续往下走。那儿漆黑一片，我们还没走多远，我就重重地摔倒，没法再站起来。男孩们簇拥过来，拉着我那受伤的手臂，十分殷勤地试图帮助我，毫不介意我一连串最无礼和暴躁的咒骂。他们坚持要帮忙，我却越来越愤怒，因为他们的动作显得那么笨拙。我终于在盛怒中站起来，跟跟跄跄地在黑暗中走到他们前面。这样实在不行，我不得不谦卑地落后，抓住一个男孩的衫尾，由他一路引领。幸好，我们不久就到了一间屋，黑仔笑盈盈地接我们进去。

我越过黑仔，径自走到那个架子上空置的木板前，直接瘫软在上面，感觉一辈子没像今天这么疲倦和焦躁。

天亮之前，詹伙生把我弄醒，说我们该动身了。我茫然地看着他，动身？他踌躇地解释，在不远的地方，有所"草房子"。我吃力地站起来之后，就被半扛着出了门。过了些小耕地就来到了灌木丛，那里隐蔽了一间茅草盖的小屋[96]，里面有一张简陋的床。他们小心地把我移进小茅屋，替我盖上一张有气味的棉被，就让我愉快、宁静地睡着了。

呼！

第十八章　我现在带你回家

　　我在一个比较悠闲的环境中醒来。阳光穿过竹编席的裂缝口，射入几十道探照灯般的光线，空气暖和而又充满春天气息。大陈靠坐在门道上，在沉思中注视他那肮脏的脚趾。当他听见我坐起来，就转身向我微笑，并打手势示意我继续休息。但我却对这最后抵达的地点感到好奇，于是起身，走向他正看守的地方。往外看，我见到几个人安静地在稻田里工作，几间聚集在一起的屋子，几头奶牛散落在山坡上吃草。一切是那么富于乡村风味，一切是那么宁静。

　　这么美好的早上，似乎最宜睡觉，于是我又回到床上——一个简陋的架子铺着薄薄的稻草，并伸开四肢躺在发霉的被褥上。睡过山洞和潮湿的中国房子之后，现在睡在光亮、空气流通的地方当然感到宽心。在入睡之前，我花了几分钟快活地回顾我变得较好的命运。

　　当天稍晚些时候，我被一个不速之客给弄醒了。那个麻脸、咧嘴的黄青回来了。他没跟我打招呼就先递给我一双鞋，示意我把鞋穿上。接着研究那本复杂的武器手册，然后就向我传达怎样装弹药、怎样扣扳机。他看起来并不是太兴奋，我自然也和他一样。我小心翼翼地掏出空勤人员生存手册，向他提问：

　　"离这里最近的日本人有几里路远？"

　　他轻蔑地耸耸肩说"Lu"（"Lu"指的是房子），就把头偏向稻田对面的一些农舍。

"就在那里！"我惊叫道。

他点点头之后，就不理我了。然后，他觉得解释一下更礼貌一点，于是拍动双臂、扮母鸡咯咯地叫，接着他拿出一些钱来。

"日本人来买鸡吗？"

看见我懂了，他便演示第二幕。这次他来回摆动他的手，冷笑着说"Mieux, mieux"（没有，没有）。

"那么他们什么也没有得到？"嗯，你为所有的鸟儿和我做了件好事。

他继续往下做手势。在这过程中，我留意到他手腕上有只似曾相识的表，我因此靠近看看。他打断了我的傻看，干脆伸出手臂让我好好认一下这是什么。我的表！那只很久以前我和那个男孩在炭洞里面"交易"的表。再看向他时，他又一次咧着嘴微笑，他肯定在欣赏我惊呆的模样。他甚至伸手从袋里取出厚厚一叠纸币递过来给我审视，那是我的钱！那和我曾经给润田贿赂村民的纸币一模一样——我知道，因为纸币的编号全都按顺序，而且我记得第一张的号码。对，4000 元，全数在此。哎呀，看，这张纸币有点不同。润田肯定是用了一张，然后要从自己的钱包拿一张出来凑数！关于那次交易，我知道得越多，心就越疼，但是跟黄青聊天很困难，就算有那本空勤人员生存手册也帮不了很多。

他把钱放回原来破衣内的隐蔽处，同时咕哝说着什么头号人物之类我不懂的事。他意思是他"正在期待着头号人物"[97] 吗？不知道，可以肯定的是他保存了钞票和我的表。

下午晚些时候，我躺下沉思着黑仔那罕有的写信能力、黄作为收藏品中介人的高超才华、润田究竟还能琢磨出什么所谓帮助美军的勾当呢？小陈从田野那边过来，带了茶、青菜和一碗米饭。他在附近坐下，我吃饭时，他就跟黄和大陈说话，很明显在讨论日本人想买鸡的事，他又如何使日本人出丑。他们似乎对这个话题很感兴趣。

我吃完饭之后，小陈拿出一小盒吸水棉花，并指着我的腿。我一直不想理睬这

块"特别防区"，因为我知道它是不会好起来的，可是我不能再回避了。拆开那污秽的破布，大家都在看，唔，令人厌恶。我把剩茶倒在伤口上，然后用树枝夹着棉花轻轻地在伤口周围戳，当然是黏糊糊的了，轻触一下已像熊熊火烧一样。我唯一能做的只是以棉花团抹它，然后再用烟包里的白纸盖在伤口上，之后再绑回破布。不算太好，或许到下一站时，会好一点。

刚日落，他们就都走了，留我一个人在这儿猜测和沉思。这夜的行程不见得对我有利。我开始想这位司令一定在四处奔波，而我们别说与他见面，就连赶上他都做不到。要怀疑我这些东方朋友的忠诚，那是不可能的，但肯定很容易不知不觉对他们的效率产生不信任。尽管如此，过去一个月来困在日占地区，如今我们还是自由的，身体尚算健康，目前情况而言，这就是如愿以偿的结局了。

我在抽第三根烟时，小陈来串门，叫我去那组屋子，其他人在那等着呢。我们没有进行集合仪式，就动身越过稻田的堤埂和梯田，朝大海的方向走去。这是个清朗的夜晚，开始的半小时，我的进度不错，主要因为大部分是下山的路。

我们来到一条宽阔的路，岁月使这条路用的石板变得光滑。一切都会令人满意。然而，不一会儿，石板路变成了石阶，我们又要像攀登月亮般爬山。这个夜晚给我的印象是蜿蜒山边无穷无尽的阶梯。

寒冷的午夜之后，我们登上了最后的山峰。从迎风的山峰上，我能看见一片大海，我肯定接下来的路程是无法以步行继续的了。

人们一般习惯登上山顶就停下来休息，这次大家各自分开来坐下，首次静静地观赏辽阔的太平洋，它一直延伸到远处烟雾弥漫的黑暗之中，壮观的全貌把我们每一个人都迷住了。这是他们世界的边缘，也是他们对与事实相关的知识的极限，可是，在这弯虚空的地平线的那一边，来了敌人——根据传说和白人所言，那边，即超越边缘以外，另外还有土地。然而，人们又如何知道这些呢？疾风中我在颤抖，隐藏在黑暗与无涯大海之中及以外的事物，也会令我产生原始的恐惧。当我感到隔开我和我家的不仅是千里之遥，还是人类在两边几个世纪的差异，我不禁寒毛直竖。

下山到一半，我们刚经过幽暗的树丛，有人举着来福枪，走出小路，拦住我们。我只是被吓了一小跳而已，因为经大陈轻声说了一句，哨兵就认得了，我们又可以继续前行。如此的步伐让我感到行程已接近尽头，我精神爽利地憧憬着，终于可以好好地休息了。

我很肯定，屋子就在前面 [98]。我们爬过几级石阶，越过庭院来到中门，树丛里的屋子只是黑漆漆、死寂地堆在一起，毫无生命的迹象。

小陈敲了敲门，然后微微推开，悄悄走了进去。过了一会儿，有人拿着小油灯，把门打开迎我们进去。在昏暗的房里，我四下张望，这居所并不如我想象中头号人物应有的奢华。然后，有几个人从靠墙的台旁站起来，其中一个人向我走来，伸出他的手。

"我们欢迎你光临，我叫佛朗西斯 [99]。"

"嗨，你好吗？我是克尔。"

我们握手之后，他带我走到台那边，台上的大灯让我看见在等候的男女的样貌。

"克尔中尉，这是我们的司令，国梁 [100]。"

"很高兴和你见面，司令。莫非你就是我一直听到的头号人物？"司令是个消瘦的中年男子，他微笑着转过身去，要佛朗西斯为他翻译。佛朗西斯跟他交谈了几句话，便对我说："是的，他就是那个其他人一直向你提及的头号人物，他想让你知道，他欢迎你来。"

我说了些客套话，就向四周每个人点头。走到那妇人面前时我点了两次头。为什么呢？因为她是曾到润田那炭洞探望我的李小姐！她向我报以微笑，说她很高兴再次和我见面。我坐下来想，中国真是小，所有角色都会出现两次。佛朗西斯拿来一大杯咖啡状的饮料。哇！咖啡？我渴望品尝爪哇的咖啡味道，并已经开始道谢。但他却说："没有咖啡，这是加牛奶的英国茶。"

"啊。"不过茶很好，又热又浓，还加了真正的美国炼乳。然后又端上了炒蛋，并配以一把正规的餐叉。见到我挥手拒绝餐叉而改用筷子，他们都十分高兴。其实

我用得很笨拙，纯粹想卖弄一下罢了。

佛朗西斯的英语真流利，讲得一点也不慢，词汇又丰富。他告诉我他是在广州一所教会学校学的，而且曾经在香港为美国人工作。打一开始我就喜欢他。他的笑容真诚，也比大部分中国人更有幽默感。整顿饭我都在和他聊天，他询问我的经历，我则问他关于游击队的事。那位领导人国梁颇有兴致在旁边看着，亦会叫佛朗西斯问我很多东西，李小姐则把我的答案翻译给他听。

我问他们怎么知道我在润田的那个洞穴，后来我才知道是小鬼告诉了他父亲，而他是个游击队员，所以他把话传给了头号人物。于是司令派遣李小姐和黑仔，一个去看我，另一个去警示润田，要他对我的安全负责，并且不能拿走我身上的任何东西。我的老朋友黄青听到谈话中提及润田这个名字，便插嘴跟头号人物聊起来，又把纸币、指南针、腕表、笔放在我前面的台上。佛朗西斯说他们对润田曾拿走这些东西感到很抱歉[101]。

我曾把这些物品给了润田，然后他们又把物品给收了回来，还给我，好多人是第一次听说此事。于是大家开始议论纷纷，我则边休息边庆幸能和这群既机智又友善的人走在一起。

随着对这新地方的新鲜感的消退，我开始意识到自己的疲惫，可能因为我倦容满面吧，佛朗西斯建议我去用他们在楼上为我安排好的床。我没多做推辞就接受了他们的好意。一轮鞠躬和道晚安之后，我就爬楼梯去小阁楼了。床是一块阔木板架在长凳上搭成的，上面有很硬的床垫，还好，床的硬度是平均分布的。佛朗西斯徘徊左右，帮我脱鞋、放好枕头，同时又问了我一连串问题及状况。就在这个时候，我忽然觉得非常冷，浑身发抖，就像黑仔某次疟疾发作一样。其他人知道了都表示关心，一个个从楼下冲上来把一床床棉被盖到我身上，还给我添热茶。佛朗西斯肯定我染上了疟疾，我也开始这样想，但因为他们没有金鸡纳霜（一种抗疟药），故此没什么可以做的。幸亏他们及时帮我加温，最终使我在苦恼中也能入睡。

第二天，我感觉好多了，只不过腿上多了几种颜色，瘀肿更厉害了。当我开始

四下活动时，有只手拿着一杯热腾腾的茶出现在阁楼边缘，随之而来的是兴高采烈的佛朗西斯。当我喝茶时，他坐在那简陋的床边并说出令我关注的消息：今晚我将会再次起程。

我很高兴见到病情有好转，但过去三日的不幸，我记忆犹新。

"说真话，到下一个地方到底有多远？"

"啊？不太远，过了山，再走一点点。"佛朗西斯回答道。

"告诉你，佛朗西斯，我觉得今后的三四天里，我走路应该是不行的，能推迟一段时间吗？"

"不行啊，今晚的一切已准备就绪，很多安排已在进行，也包括很多人。今天会有个中国护士来料理你的腿，事事都安排妥当了。"

"你是这样想的吗？你们都挺能吃苦耐劳的，我们美国人就未必比得上你们这些'徒步旅行者'了。"

"当然，当然，我知道你们美国人，都有车的，不是火车，就是小汽车、快艇等。美国是个很美妙的地方，人人都住在大……啊……摩天楼。日本军队来之前，我经常到香港的美国电影院去的。"

"啊，你就是这样学会讲那么地道的美语吗？现在，我想你肯定怀念'双票制'[102]吧？"

"双票制？我不知道这部电影，是新片吗？克尔中尉，我有个问题，原来那部名叫《乱世佳人》[103]的故事片即将在香港上映，不幸的是日本人先到了，你能告诉我它的故事吗？"

"嗯，整个故事吗？哇，那够写·本书呢。我的意思是故事太长了，而且我没信心讲得完整啊。"

"这么长吗？但我还是非常想听，另外，我也想请你解释一下美国南北战争[104]。也许晚些时候，等你可以的时候再讲吧？"

"好吧，晚些时候，一定可以。另外，在战争时期，这里附近怎么样呢？还有，

老润田跟黄会过面之后，在他身上又发生什么事呢？”

"润田？那个你遇见的坏蛋？他是个坏家伙，而且不按照我们的方式行事，他已经'被带出去杀了'[105]，像你们的詹姆士·卡格尼[106]在电影中说的那样。啊，我太喜欢美国电影了！告诉我，你知道约瑟夫·E·布朗[107]吗？他是最出色的——真是个饶舌之人啊！”

"你不是开玩笑吧！当然知道了。在我离开桂林之前，约瑟夫·E·布朗还在我们基地呢，怎么样？他就在中国。”

"见不到他可真遗憾……告诉我，他又演了哪些新片？”

"我们晚点再说这个，好不好？让我们下楼去看看我走得怎么样了，你可以帮我穿外套吗？”

头号人物就在一楼一张台子旁，台子上铺满了打开的便条，大陈坐在他对面，处理写不完的单子。他们欢迎我，并叫佛朗西斯告诉我，一会儿就吃饭了。

佛朗西斯扶我试着在小屋的周围闲逛，但我走不远，因为我的腿坏透了，我感到虚弱又疲乏，所以他拿来一张长凳，我们就靠着墙在日光下坐着。我向他讲述了美国南北战争的历史。

午饭是一流的，有鸡蛋、鸡和米饭，还有煮熟的青菜，我真的很喜欢。汤算是最后一道菜，他们说可以涮一下饭碗。我应他们的要求，解释我在空军的工作、我是谁、我如何来到中国、又如何降落九龙。我用小图画来解释我的遭遇，他们就一个一个地传阅，而且他们显然非常欣赏我的画，头号人物国梁要求保存它们，问我是否能替在座的大伙儿画肖像[108]。我一向认为我的人物画并不讨好，也顾虑自己不能把他们画得真实，所以想推辞，但最终还是被说服了，结果把他们画成神气的一群。除了李小姐看后有点嗤之以鼻和说得不多之外，其他人都欣喜若狂，还委托佛朗西斯在画上加上名字和适当的头衔。

欢闹之后，我们回到较严肃的话题。用餐期间和之后，小陈不断拿来折叠的纸条交给头号人物，他看过后有时会写点简短的回复。正当我在画画时，众人就某张

纸条商议，佛朗西斯找到机会告诉我，让我离开的安排已经确定了。

"可是，佛朗西斯，你有没有告诉司令官今天我走路还不太好？"

"有啊，这些司令也已安排好了，你应该看到小陈带来不少纸条吧，都是从很多我们监察日军的据点带来的，有一些是从其他游击队的司令官那儿带过来的。很多士兵会在沿途保护你、接应你的。"

"喂，请告诉司令官，我原先真不知道，他的下属在这件事情上竟是如此的周详和内行啊。"

"嗯……司令叫我告诉你：'我们有自己的做法。'"

"你们当然有了！你们在这方面还挺精明呢。刚进来的，是那位护士吗？"

一个带着野战背包的年轻女孩[109]刚进来，靠门等着。佛朗西斯用中文跟她讲了我遇到的麻烦，她会意地点头，然后帮我松开肮脏的绷带。因为它们黏住伤口，她叫人送上一锅热水，一点点地把绷带浸泡，让它们与伤口分开，直到完全清理干净为止。她操作得非常轻柔和熟练，又用擦亮的剪刀修剪，直至一切都显得自然、整洁。除了热水，她并没有用任何抗菌物品，她的药箱里也只带了几小卷药用的纱布和三四件外科医生的工具。但佛朗西斯说，在他们队伍里面，就只有她一人负责照顾伤者。他补充说，她曾经在一所英国人办的中国医院当护士，还有，当我抵达大陆时，照顾我的护士都会跟她差不多。

下午，我又睡着了，再次醒来是因为听到窗外机关枪的哒哒声！当佛朗西斯冲上楼告诉我"不要紧！不要紧！"时，我半个人已下了床，床单、枕头、毯子乱成一团。

"什么事？"

"我们的战士带回刚夺得的一挺机关枪，正在演示呢！司令官叫我通知你，我来晚了一步，等会儿还有手榴弹的演示，可别担心啊。"

"嗯，难道日本人听不见吗？他们不会猜疑吗？"

"日本人？他们所有的人在哪里，我们都知道。在我们周围，一个日本人也没

有。他们也知道我们所有的人，可他们就是怎么也抓不住我们。如果他们来小队人马，我们就跟他们拼；如果是大队人马，我们就钻进山里去。"

"听上去不错……嗯，跟我说说黑仔这个人吧，他是做什么的？什么使他那么精力充沛呢？"

"黑仔？他呀，真是我们的一员猛将！大家都叫他黑仔，连日本人也这么叫他，因为他行动迅速，没有人看得见。很多次他进城，去拿敌人的东西。他掏枪的速度那叫一个快，跟在美国电影里看到的一样！你见过他那支上等的枪吧，是从一个日本高级军官那儿夺来的。射击嘛——他能击中飞鸟。有一次，他正在城里朋友家的一间小房里，然后有很多日本兵从四面八方来了，带头的人破门而入，黑仔便射、射、射，一边射击一边跑，回到家竟毫发无伤，从不害怕。谁要是拿下黑仔，日军有重赏。"

"真是条汉子——他确实对我也很好呢。他患了挺严重的疟疾，是吗？"

"是非常严重，非常厉害啊，有时他会抱病几天。很多次从外面回来都染上疟疾。在这里，我们很多人都患疟疾，没什么办法啊。"

"肯定棘手，没有金鸡纳霜之类的。我曾想把我戴的这个银翼徽章送给黑仔，当作礼品，可他不肯接受。"

"是的，我们谁也不会拿走任何属于盟军飞行员的东西，这是我们的一个原则。"

"你认为请头号破个例，允许他拿这个徽章，会怎么样？"

"我看看吧。另外，要告诉你，给你坐的椅子到了，你行走就不会有麻烦了。"

"椅子？噢，你是说有人抬着走的轿子吗？这是个极好的主意。希望你们有很多人一起搬运吧。感谢你们想到了这些，我确实十分感谢。"

"我们很乐意帮助你，因为你抵抗我们的共同敌人——日本法西斯主义者。到吃饭的时候我会叫你的。"

下午晚些时候，小陈叫我下楼，他扶我下楼后，就带我到门边，打开门，让我

第十八章
我现在带你回家

往外看。天啊！好像全世界的游击队都在外面一样。他们散开在石院周围和附近的山坡上，所有人都带着长枪、机关枪之类，还有手枪、手榴弹和卷起来的被子。总共好几百人，每个人看上去都那么敏捷，就像我在这里遇到过的人一样。

头号跟他们在毗连的屋子里，我在那里跟佛朗西斯、头号及他的两个副手——大陈和黑仔吃了顿愉快的晚饭。

吃完饭，我又提出要送礼物给过去数周帮过我的伙伴。费了很多口舌，头号才答应我给他们每个人送些礼物，但他们也必须送给我一些礼物。我给黑仔飞行员佩戴的银翼徽章（他一直都很欣赏），给大陈的是防水指南针，给黄的是些美元，而给小陈的是从空勤人员生存手册上撕下来的几页纸——他正在学习大写英文字母。为了报答我，小陈给了我一张5元的日本钞票，也给了黄一张10元的；黄拿来从他一件旧外套上摘下来的袖章，佛朗西斯解释，这是从一个跟部队失散了的日本军警那儿夺来的纪念物；至于黑仔，他给我一张含照片的军用通行证——看上去好像我们空中射手的牙科证，佛朗西斯告诉我，这是从一个奉命来拘捕我的日本密探头子身上取来的，已经是上星期的事，那人被干掉了。

傍晚天色还亮的时候，我们已经整装待发。随身物品集齐之后，我就蹒跚地绕到屋后，去看那张"椅"，这"椅"不像在博物馆看到的那些镶满珠宝、挂了流苏的豪华物件，只不过是张安放在两根竹竿间的椅子[110]，就像在大湄城见到的普通餐椅[111]差不多。两个中国人在旁边站着，当我走近这个运输工具时，他们随即站好岗位，各站在竹竿的一端。当我坐好时，他们就把这套东西抬上他们弓着的肩膀。我坐在上面，让几个同伴在下面像野兽般扛着，这既不牢固又不好看的平台左右摇摆，我感到有点傻乎乎的，也觉得不太民主。但不管怎么样，我被搬到建筑物的前面去了。转弯时，我听见有人发号施令，瞧！所有游击队员已整齐地按军阶列队立正！

抬轿人扛着我也立正，我则因病在歇息，很是引人注目。头号作了开场白，也向众人致辞。结束时，掌声如雷响了很长时间。在我身边的佛朗西斯叫我也致辞，

我就说感谢他们的帮助，盼望不久就能把日军赶走，诸如此类。佛朗西斯翻译得很详细，我怀疑他加进了自己的意见，那当然获得更多的掌声了。

头号让他们进行兵器示范，虽然看上去没有两件武器是同一个国家制造的，但他们却演示得很灵巧。然后约三分之一的部队步操离去，我们不久也跟着另外三分之一离去，我估计余下的也将会离开，他们是负责殿后保护的[112]。起初，行进得不错，路挺好，地势也平坦。开始上山时，我回望身后我们曾短暂住过的一组组屋子，所有的女人、小孩跟老人家都出来挥手、叫喊。这令我既自豪又谦卑，因为他们这些人竟能如此冒险来帮我，他们拥有的很少，其实大部分都已经失去了，但他们仍愿意将余下无私地与一个朋友分享。这些中国人，是何等的令人称奇和有美德啊！

那两个抬着我这椅子的小伙子非常辛苦，路陡峭不平，遇上那些急转弯和难行的路，又需支持、垫路、扭曲地强拉着行走。偶尔还需卫兵帮忙。我讨厌自己要别人那么兴师动众，但对这个交通工具则十分满意。佛朗西斯四下指挥着抬轿人，并不断地向我讲解当地的地理环境。

在山顶上那个很接近我们前一夜停留过的地方，我们停下来休息、抽烟，这次同伴多了很多。我还可以跟佛朗西斯聊天，我不住地问他关于游击队的事，比如他们穿什么样的制服和如何互相辨认……结果，他的回答让我大感兴趣。

"你怎么会明白游击队？我们极少物资，跟正规军不同，他们配备很多枪，一式一样的，可我们衣服也不一样，有些队员甚至连鞋也没有，有些仅穿稻草鞋，我们什么也拿不到。然而日军还是很怕我们，而且我们就在他们中间住了两年。我们还有一个有力的'朋友'——黑夜，我们不怕黑夜，黑夜经常帮助我们。我们在黑夜中打仗、在黑夜中生活、在黑夜中行军。是的，这就叫：'黑夜是我们的制服！'"

就是这样的，这些人总能充分运用手上拿到和拥有的资源，而其他人可能已经说这场仗是没有希望的，只能等待救援了。虽然物资如此缺乏，他们似乎仍然意志坚定，有信心最终能胜利。

对抬轿人来说，下山比上山难，因为我们是背着月亮而走，因此走在前面的小

99
第十八章
我现在带你回家

伙子很难在松散的碎石和沙砾上找到立脚点。有几次，当他滑倒，而轿子突然倾斜时，我已经准备跳轿，但他们最后还是能走到下面的山坡去，没有发生任何不幸事故。我们朝着一个小湾或港湾之类走，在横越一片错落山边的梯田之后，出现在一个多石的海滩上[113]。

离岸几码的地方，我很高兴见到两艘大渔船。在前面的一伙人已在滩上聚集。当那两个精疲力竭的轿夫把我放下时，他们全都簇拥过来向我道别。佛朗西斯解释，我将被转交到另一支游击队——海军[114]。我想，他会跟我在一起，而其他人则留下来。我又简单地致辞，佛朗西斯热情洋溢地翻译。与各级军官握手之后，我正蹒跚地走向水边，友善、忠实的小陈向前赶了一步，把我的一双军鞋还给我，这双军鞋从我们第一次见面起，他就开始一直为我保管着。

两个赤着上身、结实的中国人把我举起，穿过冰冷的海浪把我送到那最近的、正上下摇晃的船那里。上船是件棘手的事，在旁帮忙的人总是拖拽着我受伤的手臂，另外，抬着我的小伙子既要跟海浪搏斗，又要在铺满大卵石的滩上行走，这显然是件苦差事。最后我们终于上船，但立即跌进了那隐蔽的驾驶员座舱，或者是客舱，总之是靠近船尾的位置。佛朗西斯敏捷地随后跟来，又开始向船上的人介绍我和解释状况。

我对这艘船很感兴趣，它长约 30 英尺，宽 7~8 英尺，有桨亦有帆，覆盖着船尾的是一张拱形的织席。几个人用竹竿把我们推往较深海处，另外几个人将船舵重新放回铰链点上。两艘船都扬起了帆，不久，我们便起航了。回望岸边，我向默默目送我的人挥手。虽然从我跳伞降落九龙开始，我每天都盼望这件大事的来临，可离别在即，我却感到难过。那些人给予另一种族陌生人的无私帮助和友谊，是我这辈子都不会再找到的东西。

"嗯，佛朗西斯，我们已在归途上了，嗨！我们快要登陆自由中国的某一部分了吧？"

"自由中国？哪有这个地方，没有，我们甚至没法到达国民党军占领的地方，

日军看守得太紧了，我们就是到了大陆那边，仍然在日占范围内。"

"我理解……我敢肯定你们这些人懂得用最好的方法去弄妥这件事。嗯，为什么我们有两艘船呢？"

"在海上，我们有很多不利之处。日本船有引擎，所以航行速度会很快，他们有强力的枪炮。在这艘和另一艘船上，我们有很多小型枪械。瞧（他拿起勾在船舱墙上的一支），就连你们的汤普森冲锋枪[115]也有。但是如果日本船遇上我们的船，那它就完了，我们牺牲了很多战士。我们的策略是，我们有炸药，如果日军要掠获我们的船，我们会等两艘船靠拢时，引爆炸弹，跟日本船舰同归于尽。今晚，我们的另一艘船装载了炸药，如果有日本舰来到……"

"啊？！"

当我们驶进更开放的水域时，海浪增大了，飞溅的浪花使船舱成了一个很吸引人的庇护所。有人体贴地递上毯子和几壶热茶，佛朗西斯则拿了一袋煮熟的鸡蛋。我们一直谈话，直到风声和船舰吵闹的咯吱咯吱声让我们无法听到对方的声音才停止。海面波涛汹涌，风把船吹得东倒西歪，但我们能做的很少，只有在墙脚抱住双腿，随船飘浮。月亮消失已久，低云洒着雨，可控制舵柄的三个人却漫不经心地传着香烟。

两个小时后，我们进入一个小岛背后的小港湾[116]，佛朗西斯告诉我由于风浪会增大，所以晚上就停在这儿。对，我们已在大陆但还没到达预期的地方。岸上有几栋残破的建筑物，应该是曾遭到日军的袭击吧。屋前停泊了一两艘跟我们这艘差不多的船。我们尽量靠近其中的一艘船，然后我被推着、拉着跳上这艘船，之后又被扶上一个用竹竿搭成的码头，终于走到了陆地。其中一人往屋子走，惊动了所有的狗。我在岸边颤抖着，他回来后就带我们到寓所去。

哎呀，那镇上[117]有股令人难受的气味，相对来说，九龙的农民在当家方面是比较文明的呀。清新的海洋与这肮脏地方的对比实在太强烈了。我们走进一家店铺，我断定，他们卖的鱼已死去很久了。然后，一个圆眼的男孩拿着一盏微亮的小灯来见我们。他领我们登上楼梯，到一个在屋顶下的小房，里面几盏灯一起发出光来就

"璀璨"得多了。佛朗西斯给我安排了一张床铺，又扶我上床。那晚，我抽了点时间特别感谢他们让我住在这么惬意的地方，当然还感激他们让我终于踏上了归途。

图 1.18　端着灯的男孩

　　第二天下雨了，还特别冷，在这段时间里，这样的天气并不多。我没有外出，留在床上跟佛朗西斯聊天。此刻，我不能再聊《乱世佳人》了，于是就草草地开始向他撰述一个故事，当这部电影将来能在香港上映时，我的故事一定会令他混淆得一塌糊涂。

午饭不错——煮小豌豆，不过是连豆荚的，还有各种各样的鱼，全都添加了原放在佛朗西斯口袋里，包在一张折叠的纸里的"灰尘"。

"这是胡椒粉，英国人用的！"佛朗西斯骄傲地说。

差不多黄昏的时候，我们收拾好东西准备回到船上去。镇上的人们见我们向岸边走，都感到好奇，却只是偷偷地看我们几眼，仿佛他们都不想知道太多。运送我的人冲过海浪把我带回平底帆船，过程很顺利，没有造成什么混乱。

此刻刚天黑，除海浪声外，四下一片寂静。我们大致往西南航行，看起来不对劲，但佛朗西斯说一切都已安排妥当。

两小时后，我们徐徐驶近沙滩，提起船舵之后再往浅水地方驶去。到水深及腰处时，几个人把我和佛朗西斯抬上肩膀，朝岸边走去。几个身份未明的人正等候我们，他们引领我们向内陆走，而全身湿透的运送人又冲浪回到船上。然后船就起航，并消失在海上的迷雾中。

几分钟，一座似曾相识的建筑物出现在一个小山岗上，竟然是一座大教堂[118]。我们穿过一道道开向空旷大海的大门之后，来到一道小侧门。佛朗西斯轻轻敲门，然后我们就在那儿等。

"How come the church, 佛朗西斯？"

"How comes the church？抱歉，我不懂……是我们去教堂？"

"对不起，我的意思是：这是间什么教堂？我们下一步又怎么样呢？"

"噢，打仗前，这教堂属于意大利人的，他们都离开了，我们的人就把它改成兵营。"

就在这时，两个拿着来福枪的人从教堂墙边黑暗树丛后现身（我跳开1英尺），但我们的人跟他们说了些什么之后，才发现原来都是朋友。其中一个哨兵猛力敲门，比先前佛朗西斯要肆无忌惮得多。不一会儿，门从里面开了。我们进去之后，门又关上了，这里的主人随即点了两盏小油灯。这个小房间没有什么家具和摆设，但见十几个人和衣睡在铺了稻草的地板上，主人带我跨过他们进入另一房间。在微弱的

第十八章
我现在带你回家

灯光下，佛朗西斯和另一人把一道旧门安装在锯木架上，然后用毯子盖好。

"你安心在这儿好了，中尉。睡个好觉！"

"肯定的，佛朗！那就早上见。"这是我第一次在教堂里舒适地睡觉[119]。

黎明时，佛朗西斯端了一杯茶来到我身边，还哼着他那首"喜乐"歌，他说他是从以前的教会学校里学的。

"对了，中尉，今早我们找了个人帮你剪发、刮胡子！"

"听来不错啊，我肯定是毛茸茸的了。麻烦你帮我下来，让我出去，还有，谢谢你的热茶。"

哎呀！才走两步我就深信自己不会想走路了。过去几天的休息，并没有让腿好起来，它仍旧又肿又臭。

"理发店不远吧？我希望。"

"啊，你的腿仍很痛吗？不远的，他就在外面等着，能走到那儿去吗？"

"当然可以，有这根拐杖，我就可以单脚跳过去，继续带路吧。"

外面天气很好，阳光普照，很暖和，那些中国人都靠着房子暖和的墙，在享受早上的一根烟。草地上，有一张厨房用的椅子，一个人待在一盆热气腾腾的水的旁边。

理发师！

"早上好！你应该可以帮我剪走一些'稻草'吧？"

"他不会说英语。但是，当然可以啦。"佛朗西斯说。

理发师努力地用他那把剃刀和那块救生圈牌肥皂[120]，帮我刮掉胡须和头发，连前额和耳朵的细毛都去掉。剃完了，他走进教堂取出一面加了外框的大镜子出来，在我面前握着镜子。啊，行，我恢复本来面目了，我的红眼已差不多变明亮了，脸上的烙印也已褪成平滑的红斑，一点也不坏。"谢谢，老兄，好手艺啊。嗯，佛朗西斯，今天还有其他事吗？"

"我们留在这儿，或许你可以多讲点好莱坞电影吧，我非常喜欢听啊。"

"好吧，让我看看我是否想得出更多的，可是，别忘了我也要问点关于你们的事，

你们有多少人呢？"

"这里吗？大概 30 人吧，但眼下这个范围有很多游击队，这里的人甚至有一份印刷的报纸 [121]，并在民众中有很多很多的朋友。早餐之后，头号人物 [122] 的翻译也会来，他会告诉你，我们在这个国家做了什么事。"

"嗯，他叫什么名字？"

"翻译吗？雷蒙德·黄 [123]，他的英语最好，非常有教养，在广州大学接受教育。"

"他也是个影迷吗？"

"喔，你在开玩笑吧，他当然也喜欢跟美国人谈，我们都想练习美语和学习俚语。"

我们就这样从早上一直聊到吃完一顿"早午饭"，这顿饭是米饭加青菜。约 3 点钟，一个男孩走过来，把藏在长袜里的一团纸递给佛朗西斯。他读过后说："我收到消息，有一群日本兵在沙滩上。"

"是吗？有多远？多少人？"

"仍然很远，但我们不会等他们了。纸条上说了，很快就有人来接你走，我们现在就要打点一下。"

他给士兵的头传了话，显然这个头儿的级别不如佛朗西斯那么能管事。所有人收齐装备，并把教堂里的稻草清理出去，然后从教堂里把游击队活动的证据清理掉。

后来，来了两个中国女孩 [124]，其中一个带了卷起的担架，她们穿得好像士兵一样——网球鞋、蓝色棉质制服、草帽，脸上挂着笑容。

所有的人都聚在那儿看我出发，女孩们展开担架，示意我躺在上面。其他人见我抱臂平卧那副傻兮兮的模样，都咯咯地笑起来。

第十八章
我现在带你回家

克尔中尉所写的回忆录到此结束，后续的资料讲述了其余的故事，请看其他部分。

资料

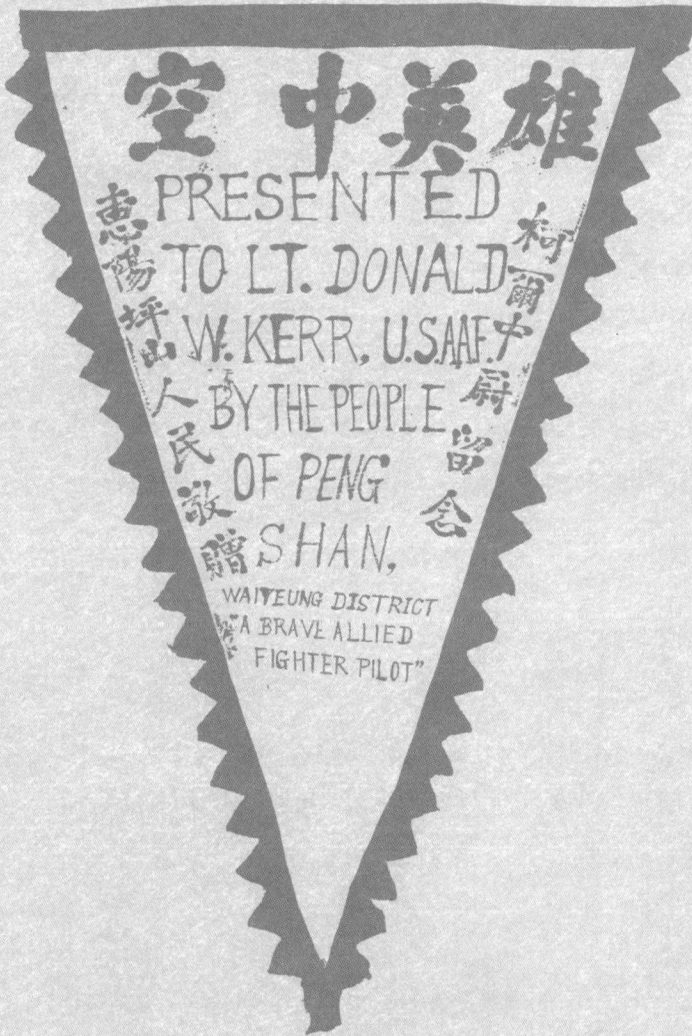

空 中 英 雄

惠陽坪山人民敬贈

PRESENTED
TO LT. DONALD
W. KERR. U.S.AAF.
BY THE PEOPLE
OF PENG
SHAN,
WAIYEUNG DISTRICT
"A BRAVE ALLIED
FIGHTER PILOT"

柯爾中尉留念

克尔中尉写的故事，从他 3 月 10 日在土洋村教堂被抬走就结束了。为了完成他返回空军基地的这段故事，还有一些资料需要补充，由他的家人整理出来，详见下列五组附件：

1. 克尔中尉写给他妻子维达·克尔（Vida H. Kerr）和弟弟威斯利·克尔（Wesley C. Kerr）的信件。他们的信件的摘抄部分以"致维达信"或"致威斯利信"标示。

2. 英军服务团（BAAG）的记录。英军服务团于 1942 年在中国建立，主要为第二次世界大战中被日军监禁的盟军成员提供帮助。创建人是赖廉士·赖特（Lindsay Ride）中校。在惠州有一个 BAAG 的传送站。来自 BAAG 的节选均以"英军服务团资料"标示。

3. 中美空军混合团（CACW）第三大队第三十二中队的官方历史，以"中美空军混合团资料"标示。

4. 克尔中尉在他的空勤人员生存手册（Pointee-Talkee）上手写的笔记，以"空勤人员生存手册笔记"标示。

5. 俄尼翁出版社（Orion Books）1990 年出版的卡尔·莫斯华兹所著《从翅膀到翅膀》一书，以"《从翅膀到翅膀》"标示。

1944 年 3 月 10 日

英军服务团资料：

10 日晚上，他被转移到了往西几英里外的另一个村子，因为他的伤口发炎，不能行走了，所以他在那里一直住到 3 月 18 日。游击队给了他适当的医疗，于是到 18 日，他可以行走了，不过仍有些困难。

致维达信（逗留在某村时）：

大约 50 个带枪的人和那些咯咯笑着运送我的女孩排成一长列队离开。在沙滩和山路上一步没停地走了约 4 英里，他们甚至气都不喘一下！我却仍然说不出一个字来。

3 月 11 日

致维达信（在中国房子）：

今天的形势如何？我很吃惊地听闻昨晚深夜在我们与国军[125]之间有伪军（想与日本人妥协的人，暗中收日本人的钱，自然是坏家伙）进攻我们！天啊！这样一个环境，通信不良，也不大安全。

就我自己而言，我的腿好多了，红肿都减退了，不太痛，只是还不能走动。手臂已没问题，整体健康不错。

现在，想听听我描述今天上午我住的地方吗？这是一间非常典型的中国房子。在房间前面，我们见到一头可怜的大黑牛（有干草就完美了）。越过它是一间带屋檐的房间，中央是一个凹下的浴缸[126]，还扔着一些来自旁边厨房的厨余，一群小鸡正在啄食。还有一条狗和一只猫。在同一排的第三间房间，你很有品位的丈夫正在那装饰了稻草和红毯子的野餐桌旁逍遥着呢，在他周围是三排吸着鼻涕的小不点孩子，褐色的眼睛不眨地盯着我每个动作和审视着每个细节。

3 月 12 日

致维达信：

今天的行动很少，大多数时间在休息。我忠实的翻译被召回了，换来了一个新的翻译[127]。一样是那么和蔼和讲流利的英语，而且消息更灵通些。他跟我讲了许多

关于中国政治的实情，还给我看了有关我的行程和现时所处位置的精确地图。太好了，我们所在的地方不属于任何人。伪军在这儿，日本人在那儿，其他不友好的部队在另一方向。将军[128]给我一封信，说他如果有可能，很想见我，但是目前的战斗使得他相当忙。他派来一位主治大夫来看我的腿和胳膊，大夫说待 5~7 天，我就能走得很好，而我的胳膊只是严重的扭伤。

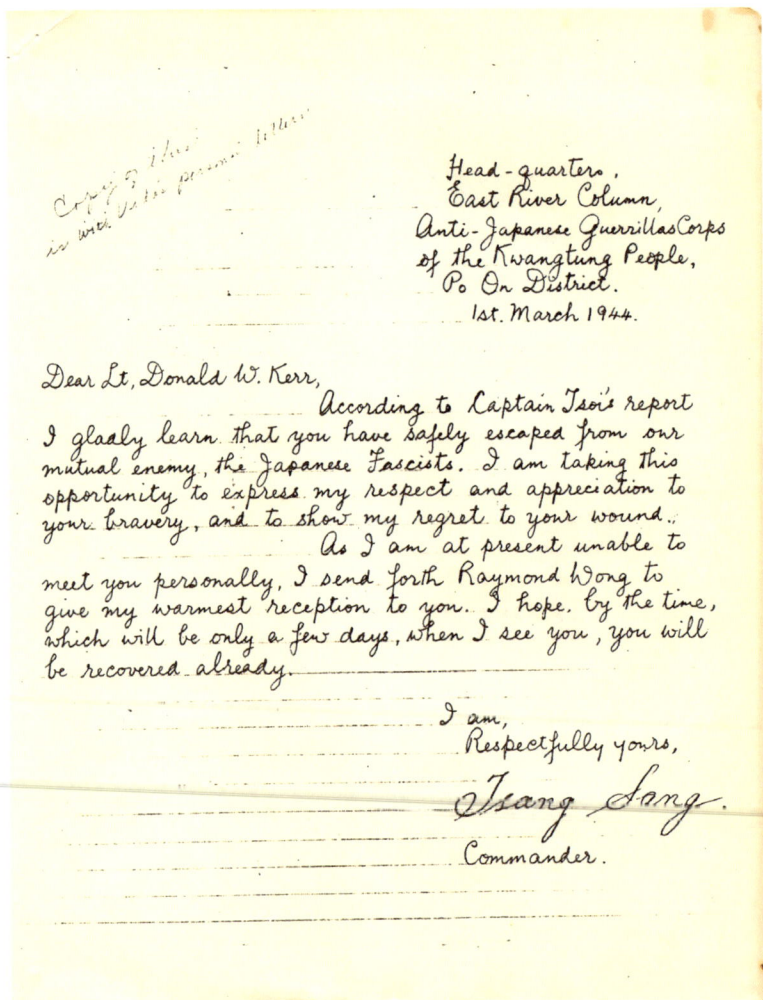

图 2.1　曾生司令员的信

克尔日记
东江纵队营救援华美军飞行员克尔中尉脱险纪实

有个小男孩[129]照顾我的生活细节。他带来食物、洗脸盆、香烟（日本烟），并且为我做任何事情，由洗袜子到剥花生。我穿中国人的衣服，因为我的衣服正在洗呢。他们甚至为我找了个蚊帐！

3月13日

致维达信（在一个中国房子里）：

白天，我不时坐直一会儿，和翻译聊会天。他是个不错的伙伴，而且很健谈。他跟我讲了许多关于这些人的故事，还解释了他们的组织和目的。食物是很好的，有米饭、鸡、鸡蛋、萝卜苗和卷心菜。不久前，在一个地方，我们吃到了最好的东西，有鲜虾、龙虾、章鱼、鳝鱼（各种各样的鱼）、绿豌豆，甚至还有一大串一大串的香蕉。所谓"甜点"，就是浓缩了的甘蔗汁，都好吃。

3月15日

致维达信：

在小木屋周围的事情不是太忙碌。我们安静地生活着，只是公鸡一大早就长鸣。还有，中国人有时激烈地争论，我听了半天，什么都不懂。为避免太多小孩打扰，我在房门上贴了张条子，把孩子们拦在外面。

阿明（这是我那个忠实的小助手的名字）给我削了1码长的甘蔗、剥了一大堆花生，因此我都不想吃其他食物了。当地的军事形势是平静的，而我的身体状况在继续好转。这儿现在的一切都显得不错，再计划一下几天后出发。英国人有个前哨站[130]，中国军队在那里控制了局面。那将是我要到的第一个真正安全的地方。

3月18日

致维达信：

今天我开始向自由中国进发！到处都已整装待发，而我也已经穿戴好了，急着出发。尽管我再三抗议说我已经能自己走动了，或者几乎能自己走了，但听说还是准备好了一顶轿子 [131]（是巡游用的）抬我。我猜想正午就出发……

前面提到的将军来了，我们谈了很久，并一起用餐。他带来一个女翻译 [132] 和一个厨子 [133]。他在那儿吃的时候，食物也丰富多了，有香蕉、木瓜和菠萝，还有很多鸡。他是个看上去年轻的家伙，说话风趣而又周到。他告诉了我许多关于中国和中国人的事儿，一些令人惊奇的事儿，还有当地战况的有趣故事。他给了我许多要交给不同人的信件，还给了我一份他手下绘制的精美地图，展示出我曾经在这周围的旅程。

他带来一部非常好的照相机 [134]。我希望上午稍后的时间，我可以拍一些照片。啊呀，如果需要，他们什么都可以造得出来。

图2.2　克尔中尉于1944年3月18日在土洋村后面的山坡前为东江纵队战士拍照（从左至右：黄作梅、周伯明、曾生、林展、饶彰风）

英军服务团资料：

　　18 日下午，他坐轿子去坪山，当晚抵达。

致维达信：

　　他们为我开了个欢迎会，搞得好热闹。燃放了大量的鞭炮，作好多的演讲。我对着小学生、中学生、普通人以及英语初级班的学生发表演说。小学生给了我一束花，中学生给了我一截甘蔗和一袋糖果，镇上的长老赠送我一面锦旗，上面写有中英文的文字。我出席了中国将军给予的各种宴会，的确吃到了一些真正的中国食品。

图 2.3　坪山人民赠送的锦旗

3月19日

英军服务团资料：

他早上坐轿子离开坪山，晚上到达淡水。

图 2.4　轿子

3月20日

英军服务团资料：

坐自行车离开淡水，大约下午 4 点半到达惠州 [135]。

致维达信:

接着我们坐在自行车上继续走。我坐在放行李的架子上（看一个满脸胡子的"中国人"，穿着长袍，坐在自行车后座上，的确有点怪怪的），虽然很不舒服，但是速度很快。许多地方有正规的交通工具。我们的护航队约有 30 辆自行车（由于土匪的关系，这里的出行者都结伴而行）。

图 2.5　骑自行车穿过小山丘

中美空军混合团资料:

我们突然接到消息——克尔的安全已经有保障了。我们本已对他不抱什么希望，但是现在我们得到可靠消息：他很快就会回到我们中间，而且状态特别好。听到这个消息，人人都感到高兴。

3月21日

空勤人员生存手册笔记：

我在基督复临安息日医院[136]真正的弹簧床上，美美地睡了一个好觉……直到听见日军轰炸机的炸弹声，我立即从被窝里弹起来，跑下楼时撞上前面拿着杯子装满茶的人，茶水洒满了楼梯。

图 2.6　惠州的轰炸

图2.7 楼梯上的茶（美国人在惠州）

中美空军混合团资料：

　　克尔上尉的预期归来引发很多惊喜。是的，他已于 3 月 1 日晋升为上尉，正好是他跳伞下来后的第 19 天。所有来自英军服务团的消息都说他肯定安全了，正从该团在惠州的据点往回赶呢。所有人都焦急地期盼见到他，因为大家一直都很喜欢他。

空勤人员生存手册笔记：

　　3 月 21 日，由惠州坐船到老隆。叶将军送来了香蕉，并帮助修好了船的前舱。通过英军服务团给叶将军回赠了香烟。

图 2.8　叶将军（叶敏予）

克尔日记
东江纵队营救援华美军飞行员克尔中尉脱险纪实

證明書

（證明書正文為毛筆手書，豎排，內容略）

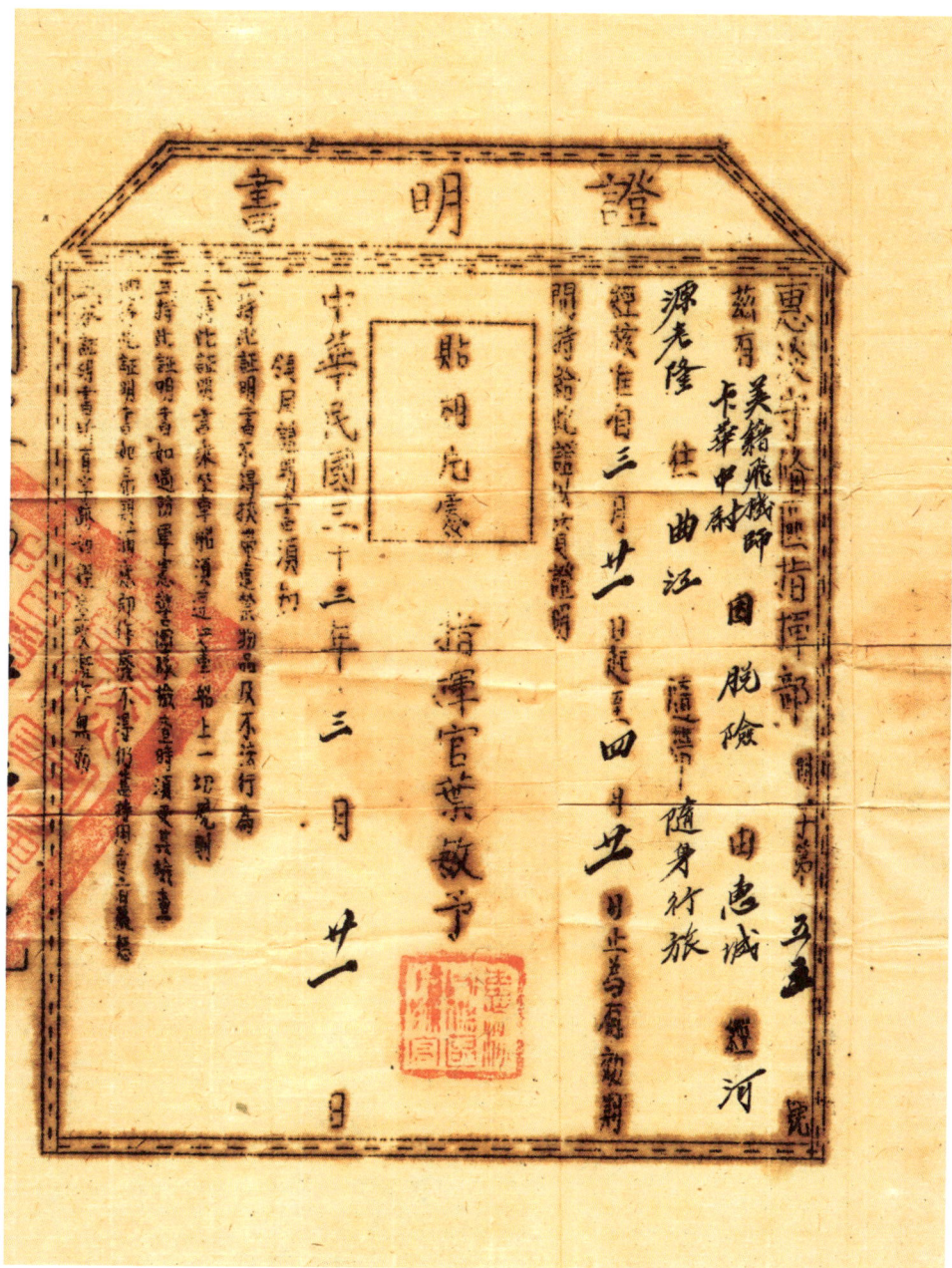

图 2.9　国民党军队惠淡守备区指挥部指挥官叶敏予（即叶将军）发给克尔中尉的证明书（由惠州经河源老隆前往韶关曲江）

致维达信（写于印度的一家医院）：

后来在河船上再待了几天，另有一天坐轿子，有两天是坐又老又旧的木炭车，翻过一条十分恐怖的高山路，然后再坐火车（很不错的火车），最后乘飞机结束旅程。在河上的行程非常惬意。坐在甲板上，看着许多水上人家，用鸬鹚、各种网和鱼栅来捕鱼。一切顺利，而且周围风景如画。船是由一部别克牌的残旧引擎驱动，烧着木炭，冒着黑烟。只有中国人，才能让这么旧的东西依然运作。一位欧亚裔的英国中士[137]陪我。他能讲中国话，而且人很棒。

致威斯利信（1944年5月30日写于印度的一家医院）：

到了最后的几天，我们（一位英国中士和我）坐着一辆烧木炭的卡车，像一部1937年的雪佛兰旧车（我将把它画出来）。在陡峭的小路上（几乎总是这样！），领班不得不站在外边，而且还得打开鼓风机，让气体发生器里的火烧得更好些。车顶上有一桶樟脑油，当启动和爬高山时才用。他们用了一种美国人意想不到的方法补轮胎——使用一些螺栓和铁线来固定补丁。

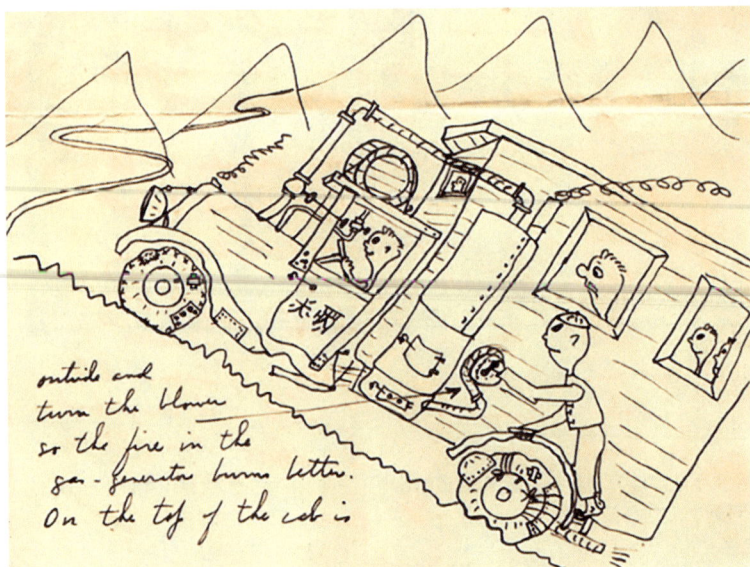

图2.10　烧木炭的卡车

克尔日记
东江纵队营救援华美军飞行员克尔中尉脱险纪实

3月29日

《从翅膀到翅膀》：

3月29日，他被击落一个半月之后，坐着自行车去桂林。

图 2.11 坐自行车去桂林

中美空军混合团资料:

29日, 19点30分, 唐纳德·克尔在缺席了48天后, 终于回到了他的基地。缺席期间的36天是在日军占领区度过的。他很瘦, 还有几块跳伞前烧伤的伤疤。还有, 由于左胳膊的神经受了伤, 他左手不大灵活。他说了这次苦难经历给他的影响。尽管承受伤痛, 他还是收集并公布了一些非常重要的情报。这对将来要进入那个地区的人们提供了很大的帮助。

所有的人都出来和上尉及他的英国同伴, BAAG 的道格拉斯·格林中士 (Sergeant Douglas Green) 见面。庆祝宴会进行到很晚, 居然还找到一瓶酒来为他祝贺, 大家共度了美好的时光。

致威斯利信 (1944 年 5 月 30 日, 写于印度的一家医院) :

是啊, 因为还没有接到出发往下一站的命令, 我仍栖息在治理我的"工厂", 别管将去什么地方。传闻说要再把我派到印度某地方去教书, 那是和我第一次到印度的同一个地方。好吧, 那倒也不会太坏。我现在已经完全好了, 也准备好了, 可以让我换班去趟美国了吧。

致威斯利信 (1944 年 7 月 15 日, 写于印度的一家医院) :

好了, 我现在回到这里, 几乎就是老地方。你知道的, 就是去年此时我所在的地方。几天之前, 得到一些令人鼓舞的消息——在这里待三个月后就回家, 听起来真不错。

在这里又是当教师那种工作, 这次是教美国人。挺不错的地方, 虽然现在很潮湿, 但是之后就一直是干燥的。我已经完全复原了, 希望今天就上课。嘿! 希望还记得怎样教吧!

图 2.12　克尔老师在上课

致威斯利信（1944 年 9 月 3 日在印度写给威斯利·克尔的一封明信片）：

像往常一样搬到这里来了。人人都没什么事可做，我又回到原先的工作状态——教学。目前，中国学生[138]多了点。

看上去我可以按期回去，说不定还能早一点。10 月份吧，我很有把握。你放心，我已准备好得不能再好了。一旦接到回家的命令，我马上起程，绝不耽误！肯定是坐飞机的。

欧洲的消息看上去不错，那里今年就该打完了。当然，这里还不行。中国的时间走得慢一点。

图2.13　唐纳德·克尔与妻子维达·克尔的合影

（摄于唐纳德·克尔平安抵达美国宾夕法尼亚州的匹兹堡，克尔在中国已从中尉晋升为上尉。请注意在他右边口袋的上方，骄傲地别着一枚中国空军的翅膀）

注 释

1. **克尔中尉**：唐纳德·W·克尔（Donald W. Kerr）（1914—1977），出生于美国宾夕法尼亚州的匹兹堡（Pittsburgh, Pennsylvania）附近。中学毕业后，当过摄影师和飞行员，并拥有自己的摄影室，后到卡内基理工学院（Carnegie Institute of Technology）学习土木工程。1941年应征入伍被派到美国陆军工程兵团绘制地图。珍珠港受袭后被调到美国陆军航空队（Army Air Corps）。在1944年2月11日执行轰炸香港启德机场任务时任美国航空队一级中尉、中美联合空军飞行员指挥兼教官，隶属于美国陆军航空队中美空军混合团（CACW）第三战斗机大队第三十二战斗机中队。是本日记的作者。

图 3.1　克尔中尉

2. **中美空军混合团（CACW）**：Chinese American Composite Wing，成立于 1943 年 10 月 1 日，隶属中国空军，机身上一律带有中国空军标志，包括 8 个战斗机中队和 4 个中型轰炸机大队。与其他中国空军单位不同之处在于，它在战区的活动接受陈纳德将军和第十四航空队的统一指挥，所有飞行员与机组成员由中美两国的空军人员混编而成。团中并肩作战的中美两国飞行员克服了文化和语言上的障碍，转战中国各地，创造了辉煌战果。

3. **P-40 战斗机**：P-40 战斗机由美国寇蒂斯飞机制造厂于 1937 年开始设计生产，是飞虎队的主要装备，也是太平洋战争初、中期美国陆军的主力战机。P-40 主要对手是日本零式战斗机。对比而言，P-40 机动性不如日本零式战斗机，但具有较高的俯冲速度。因此，飞虎队往往采用高速俯冲，打了就跑的战术，避免与零式战斗机纠缠。

图 3.2 地面由国民革命军士兵守卫的 P-40 战斗机

4. 东江纵队：东江纵队全称为广东人民抗日游击队东江纵队，于1943年12月2日正式成立，司令员曾生，政委林平（尹林平），副司令员王作尧，政治部主任杨康华。1938年10月15日，广东东莞模范壮丁队成立；同年12月2日，惠宝人民抗日游击队成立；1940年9月，两队合并，成立广东人民抗日游击队；1942年3月，改名为广东人民抗日游击总队，这就是东江纵队的前身。东江纵队从一支弱小的队伍发展成为北撤（1946年6月30日）前拥有1.1万多人的劲旅，是中国共产党领导下华南抗日游击队的旗帜。北撤部队后编为两广纵队，隶属中国人民解放军第三野战军，留下的部队发展为中国人民解放军粤赣湘边纵队。1949年，两队会师，参加了解放全广东的大小战役。

图3.3　东江纵队战士在操练（1944年3月18日克尔中尉摄于广东惠阳土洋村东江纵队司令部）

港九大队是东江纵队领导下的一个大队。1942 年 2 月 3 日在香港新界西贡黄毛应村，成立了广东省人民抗日游击总队港九独立大队。主要活动于香港、九龙和新界。编制 800 人，下属 6 个中队，分别是：西贡、沙头角、元朗、大屿山中队以及市区中队和海上中队。1943 年 12 月 2 日改名为东江纵队港九大队，大队长是蔡国梁，政委是陈达明。在该区域营救克尔中尉的行动中，主要由港九大队具体实施。

5. **英军服务团（BAAG）**：British Army Aid Group，是一支在第二次世界大战中日战争时期活跃于华南地区的英军情报部队，战时属英军驻印度总部情报科，由原香港大学教授赖特上校（Lindsay T. Ride）组建，负责收集日军情报、接送重要人物潜出或进入香港。他们的贡献主要是从战俘营中协助战俘逃脱，并偷送药物和其他必需品进出战俘营。营救过程中，英军服务团获得东江纵队港九大队积极合作和保护。日本战败后，英军服务团被并入香港防卫队。

6. **安德鲁·H·克尔**：Andrew H. Kerr，于 1953 年在美国宾夕法尼亚州的匹兹堡附近出生，是克尔中尉的长子。安德鲁和他的妻子凯瑟琳（Kathleen Iberg Kerr）参与了克尔中尉的回忆录《我现在带你回家》的收集资料及编辑工作。2009 年，他们也曾跟随弟弟戴维拜访东江纵队老战士及重走其父亲当年被营救的路线。

图 3.4　安德鲁·H·克尔

7. **戴维·C·克尔：**David C. Kerr，于1955年在美国宾夕法尼亚州的匹兹堡附近出生，是克尔中尉的次子。2005年他因工作关系到了深圳，开始不断地寻找救过他父亲的东江纵队老战士。他之后多次来华拜访老战士及他们的后人，重走当年他父亲走过的逃生路径。

图3.5　戴维·C·克尔

8. **维达·赫斯特·克尔：**Vida Hurst Kerr，1913年出生于美国宾夕法尼亚州的匹兹堡附近，1942年8月8日嫁给唐纳德·W·克尔。2006年去世，时年93岁。弥留之际，她还一再嘱咐两个儿子安德鲁和戴维要为父亲了却感恩的心愿，到中国寻找帮助他们父亲脱险回家的人，向他们道谢。

9. **飞虎队：**1941年4月，从美国陆军航空队退役的克莱尔·李·陈纳德（Claire Lee Chennault）在美国招募飞行人员到中国，组成美国志愿航空队，由中国政府付薪，为中国作战抗日。志愿航空队为了吓唬日本军人，在飞机头部画上鲨鱼头。1941年12月，航空队在昆明上空第一次作战取得胜利，第二天昆明出版的一家报纸上便使用"飞老虎"一词来形容志愿航空队的飞机。志愿航空队里的中国翻译见到后，将其翻译为"Flying Tiger"，并告知陈纳德。队员们也觉得这个名字很好，于是陈纳德将志愿航空队命名为"飞虎队"。飞虎队一般而言所指的就是美国志愿航空队，这个名称狭义上并不包含之前的第十四国际志愿大队以及之后的驻华空军特遣队或第十四航空队，与后来同样获得飞虎队徽称呼的中华民国空军第五大队也没有直接的关系。然而如今两岸的许多新闻媒体乃至大部分的民众依然一律以"飞虎队"称呼所有抗战期间驻华的美军作战单位，甚至连非陈纳德所指挥，空袭东京后降落于中国浙江的杜立德机组人员，以及装备 B-29 超级空中堡垒驻防于成都的第二十轰炸机指挥部都以"飞虎队"称呼，使"飞虎队"成为一个广义的名称。

10. 疣猪：Warthog，亦简称"猪 Hog"，A-10 雷霆 II 攻击机（Thunderbolt II）的昵称，是美国空军的单座双引擎攻击机，负责提供对地面部队的支援任务，包括攻击敌方战车、武装车辆、重要地面目标等。其基本设计目的是提供近前线的空对地火力支援和同时能携带大量武器、弹药，必须有优异的续航力，并且能涵盖大范围的作战半径。

图 3.6　A-10 雷霆 II 攻击机

11. 我：本书用第一人称叙述，"我"即克尔中尉本人。

12. 某日：指的是 1944 年 2 月 11 日。

13. 桂林二塘机场：位于桂林市郊，中美空军混合团在中国广西桂林的基地之一。克尔中尉当时
就驻扎在此。

BRIEFING IN TWO LANGUAGES. Chinese and American flyers of the Composite Wing re-
ceive their instructions from a squadron commander before taking off for the day's
mission.

图 3.7　1944 年，中美空军混合团的中国和美国机师在桂林二塘机场（左起第四人为克尔中尉）

14. 闷在机场等警报：当机场观察哨站发现空中有敌机在活动时，警报杆上会升起一个警报球，即是单球警报；如果升起了两个球，意味着敌机正朝我方机场飞来；如果升起了三个球，我方战机就得紧急起飞截击敌机。同时也会用锣声来发出警报，慢节奏的锣声代表单球警报，节奏稍快的锣声表示双球警报，连续密集的锣声则意味着三球警报。

图 3.8　桂林机场，一个士兵升起警报球

15. 这两个中队通常隔日早上轮班：本来 2 月 11 日当天是轮到第三十二战斗机中队当值的（在早上看守警报），因为他们刚接到任务，所以便由第二十八战斗机中队代替做警报的职责（"战斗机中队"，克尔日记简称为"中队"）。

16. 玛莉·珍救生衣：Mae West life vests，是 1928 年由彼得·马库斯发明的第一个充气救生衣的昵称。玛莉·珍（Mary Jane）是当时美国女影星，以性感著称。以玛莉·珍作昵称是指救生衣在充气后形似该女影星的丰满胸部。"Mae West"与"Mary vest"谐音。玛莉·珍救生衣是二战期间美国陆军航空队配备的飞行制服组件之一。

17. 涂些日本旗：飞行员在击落敌机后会在自己的机身上喷涂战绩标记，击落越多，标记越多。下图里的飞行员手指着的那些日本旗就是标记。

图 3.9　在战机身上喷涂日本旗表示击落敌机的数量

18. 启德机场：香港的前民用机场（1925 年 1 月 24 日至 1998 年 7 月 6 日），位于九龙城区。
1941 年 12 月 24 日，香港被日军占领，启德机场迅速由民用机场改建为日军在南中国海最大
的空军基地，和广州天河机场、海南三亚机场互相支援，扼守住日军视为生命线的南中国海至
南太平洋的空中运输要道。为了夺回制空权，美军轰炸机从 1942 年 10 月底起，连续不断轰
炸日军占领下的香港启德机场，务必将其军事设施完全摧毁。

图 3.10 日占时期的启德机场，兴建了交叉跑道（二战后，港英政府重铺跑道，再予使用）

19. 零式战机：零式舰上战斗机，是1940年至1945年日本帝国海军的主力舰上战斗机，亦是日本在二战时最知名的战斗机。零式战机是日本海军产量最大的战斗机，代表二战前日本航空工业的最高水准，也是日本帝国海军的象征，总计生产1万多架。此款战斗机之所以会取名为"零式"，乃因为当时的军用飞机是采用日本皇纪的后两码来冠名的。零式战机在1940年（日本昭和15年）正式由日本海军采用，该年正好是日本皇纪2600年，后两个数字刚好是"00"而取名。在战争初期，零式战机以爬升率高、转弯半径小、速度快、航程远等特点压倒美军战斗机。但到了战争中期，美军使用新型战斗机并击落缴获零式战机后，研究出它的弱点，便使零式战机慢慢失去优势。到了战争后期，零式战机成为日本"神风突击队"自杀爆炸攻击的主要机种。

图 3.11　日本零式战机

20. B−25 轰炸机：北美飞机公司自主研发的三人座双引擎轰炸机。经过一系列的修改后，这架飞机的正式编号为 B-25。载弹 1200 磅，航程 1200 英里，速度大于每小时 200 英里。B-25主要由美国陆军航空兵配备，美国海军也配备了相当数量的 B-25。1943 年 3 月，在华的 B-25轰炸机数量达到了 70 余架（另说 50 架），成为一支重要的打击力量。轰机场、扫铁路、清仓库、拔地堡、炸车队，给予日军相当的杀伤。除轰炸敌军重要目标外，也积极支援地面部队作战，来自 B-25 的威胁常使日军作战、行军和补给等受到极大牵制，为中国最终胜利创下了重要条件。

图 3.12　美军 B−25 米切尔型轰炸机

21. **桂林秧塘机场**：当年桂林有市区二塘、秧塘和李家村三个机场，飞虎队指挥所就设在秧塘机场的一个山洞内。 由于和二塘机场相距很近，两个机场的飞机经常一起执行同样的任务。现在李家村机场易名为桂林奇峰岭机场，仍在使用中；二塘和秧塘机场则已荒废。秧塘机场旧址已于 2015 年建成"美国飞虎队桂林遗址公园"。

22. **僚机**：编队飞行中跟随长机的飞机或直升机。长机和僚机是空战中的战术队形，长机为主，僚机为辅。长机作战经验要比僚机丰富些，长机对敌机进攻时，僚机负责观察、警戒和掩护。

23. **四机编队**：又称四指队形，由德军的王牌飞行员维尔纳·莫尔德斯开创，是以一架长机配合一架僚机为一小队，再由两小队组成一中队形成"四机编队"。由长机负责攻击，僚机在长机的左右负责护卫，这就如同人的四根手指，中指、无名指代表两架长机，小指、食指则是两架僚机。这种编队彻底革新了早期的密集队形战术，不但可以互相掩护，而且简化了复杂的编队，让飞行员有更多的精力投入战斗中，成为当时通行的一种基本战斗队形。

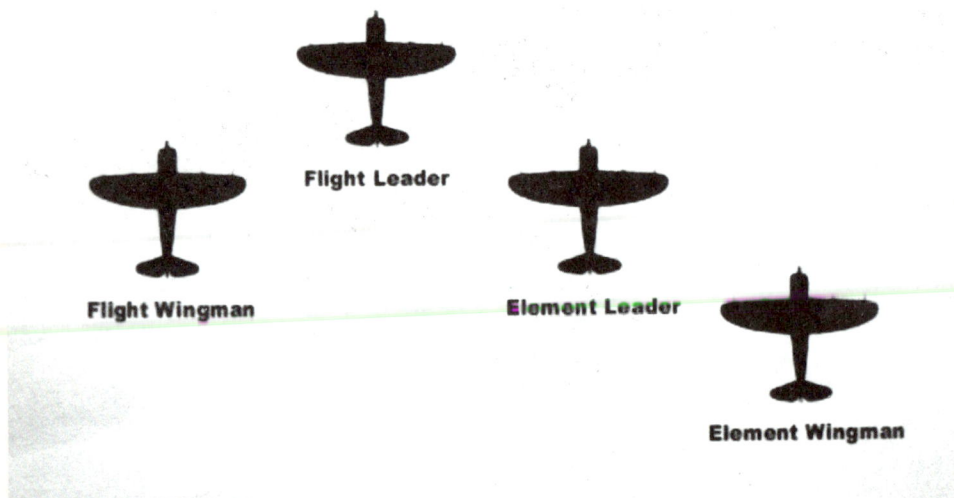

图 3.13　四机编队

24. 中国币：中华民国时期国民政府发行的法定货币。1935年11月4日起使用，至1948年由金圆券取代。

图 3.14   1940 年发行的法定货币

25. P–38、P–51、P–47：美国空军中性能、表现更优异的战斗机。

　　P-38"闪电"式战斗机是洛克希德公司二战时期生产的一款美国战斗机，能在2万英尺高度以每小时360英里飞行的拦截机。这架飞机可以执行各种任务，包括俯冲轰炸、水平轰炸、对地攻击和侦察，以及在机翼下加装副油箱，成为远程护航战斗机。P-38在太平洋战场西南部得到了最广泛也是最成功的应用，击落超过1800架日本战机，是在美国陆军航空队的战机中击落日本战机最多的。

图 3.15　美军 P-38 "闪电" 式战斗机

P-51，绰号"野马"（Mustang，美洲野马），是美国海陆两军所使用的单引擎战斗机当中航程最长，二战期间欧洲与太平洋战区战略轰炸护航最重要的机种，并且一直使用到朝鲜战争结束为止。P-51的机身设计短小精悍，搭配有着"层流翼"设计的主翼，这使得 P-51 拥有绝佳的飞行性能。

图 3.16　美军 P-51 战斗机

P-47 雷霆式战斗机（Thunderbolt），是美国陆军航空队在二战中后期的主力战斗机之一，也是当时最大型的单引擎战斗机。除了在空战中表现优异，P-47 更适合于执行对地攻击任务。P-47 在太平洋上的主要对手是日本的零式战斗机。零式战斗机轻巧灵活、爬升性能好，曾在太平洋上空横行多年。与它相比，P-47 在爬升速度、转弯半径和俯冲捡起等性能上稍逊一筹，但在速度和俯冲性能上却毫不逊色，尤其是火力和生存能力，在当时的战斗机中是最优秀的。美军飞行员根据两种飞机的优劣长短，摸索出一套扬长避短的有效战术，使 P-47 在与零式战斗机的频繁空战中连连获胜。

图 3.17　美军 P-47 雷霆式战斗机

26. 东条英机： （原文 Tojo）中岛 Ki（Nakajima Ki）-44 型机。日本陆军二式单座战斗机中岛 Ki-44，绰号"钟馗"，盟军绰号"东条英机"，是日军在二战中的高空拦截型战斗机，1940 年至 1944 年共生产 1175 架。Ki-44 大量投入实战是在 1942 年末，主要对付美军的 P-38 战斗机。P-38 通常只要一次射击就能击落日军的轰炸机，而零式战机对采取打了就跑战术的 P-38 却无法追击。Ki-44 正好具备俯冲速度快、平飞速度快的特点，可以对付采取打了就跑战术的美机，所以对 P-38 恨得牙痒的日军在 Ki-44 服役后给它起了个"钟馗"的名字，专门用来"打鬼"——P-38，希望 Ki-44 能像钟馗捉鬼一样把美机打个精光。

图 3.18　日军中岛 Ki（Nakajima Ki）-44 型机

27. 褐色的大山：1944 年的香港启德机场，位于现在新蒲岗一带，其西北面及东北面是狮子山（海拔 495 米）、慈云山（海拔 488 米）和大老山（海拔 577 米）。观音山位于此三座山之间。当年香港的山脉没有现在那么多树木，四周只见秃山处处和红褐色的花岗岩。

图 3.19　在启德机场上空拍摄的照片（可看到狮子山和克尔中尉跳伞降落的山坳——沙田坳）

28. 风自西南吹来：这阵风使克尔中尉的降落伞从启德机场向沙田观音山方向漂移。

29. 圆形的深坑：20 世纪 30 年代中期，港英政府曾在香港多处兴建了防卫设施，包括碉堡、机枪阵地及战壕等。日军占领香港时，除利用了英军的这些防御工事，还增建了不少军事设施。这些"圆形的深坑"就是日军在观音山上修筑的高炮阵地，是当年霸占启德机场的防空火力网之一。

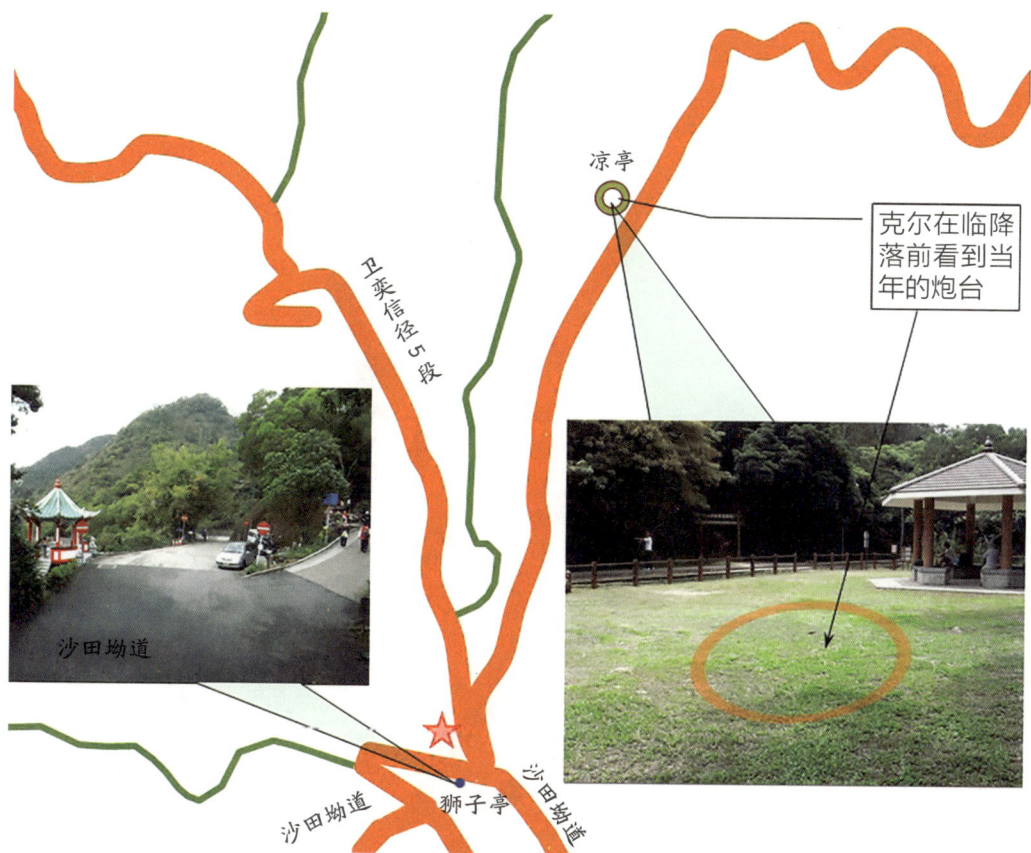

凉亭

克尔在临降落前看到当年的炮台

卫奕信径 5 段

沙田坳道

沙田坳道　狮子亭　沙田坳道

图 3.20　克尔中尉跳伞降落的地点与附近原高炮阵地位置（★是降落的地点，◎是原高炮阵地位置，战后被填平，现在是靠近茅笪村郊野公园的一个烧烤场）

30. 混凝土马路上： 在狮子山和大老山之间的山坳叫沙田坳，有一条沙田坳道，是当年沙田和新界往来九龙之间的交通要道。沙田坳附近有几个乡村，包括十二笏村、茅笪村、观音山村、芙蓉别村等，当年部分村民在克尔中尉遇难初期也曾提供过援助。克尔中尉降落的地点，就在现在的沙田坳道狮子亭附近。

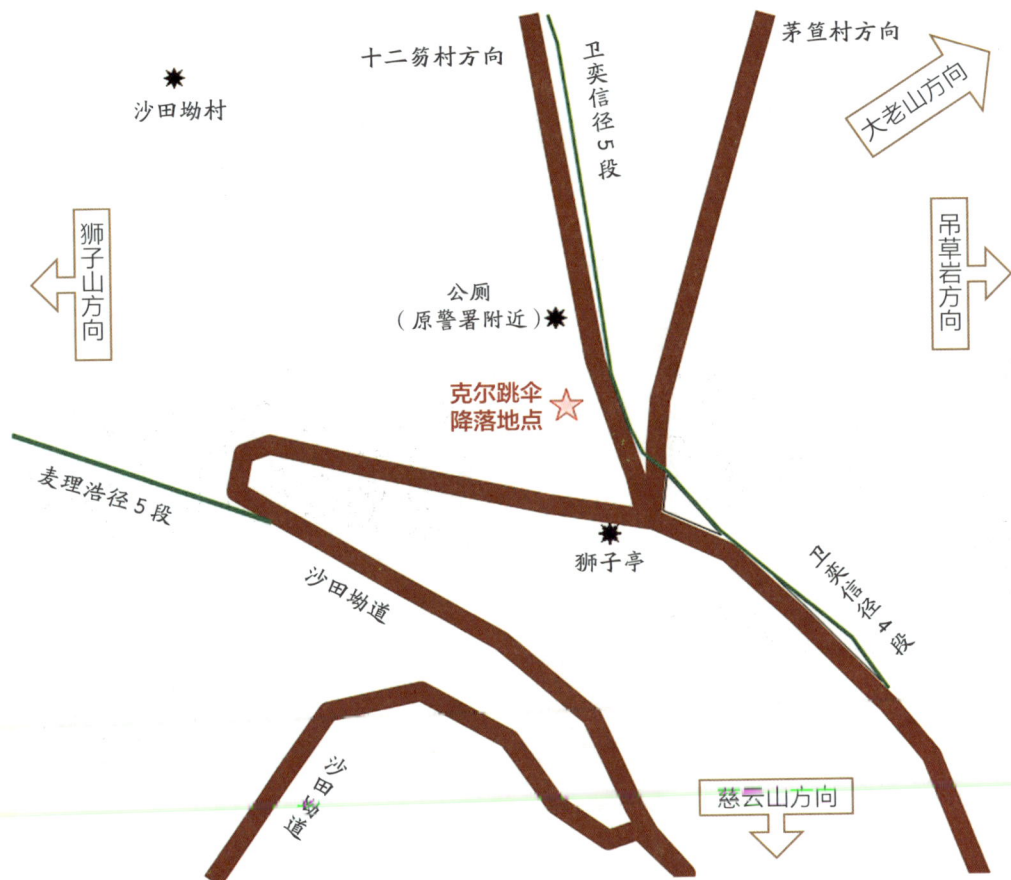

沙田坳村

十二笏村方向

卫奕信径 5 段

茅笪村方向

大老山方向

狮子山方向

吊草岩方向

公厕
（原警署附近）

**克尔跳伞
降落地点** ☆

麦理浩径 5 段

狮子亭

卫奕信径 4 段

沙田坳道

沙田坳道

慈云山方向

图 3.21　★是克尔中尉战斗机被击落后跳伞降落的地点

31. 小屋：当年的沙田坳道上有一座港英政府的警署，在日军进攻时，英军很快就放弃了九龙防
　　线退到香港岛，该小屋就是当年因为英军撤退而空置的警署。

图 3.22　沙田坳道现今实景（右边那条路通往茅笪村，左边那条路通往十二笏村，公共厕所后面的山坡上，
就是当年警署的位置）

32. 中国旗（血幅）： （原文 Blood Chit）旗上文字将飞行员描述成中国人民的朋友，并请求在飞行员回基地的过程中提供帮助。实际尺寸：20 厘米 ×26 厘米。这是当时国民政府发给出击的飞虎队机师的身份证，被称为"血幅"。请注意左下方的序列号码，每个人编号不同，克尔中尉的"血幅"编号是 05982。

33. 小鬼： （原文 Small Boy）这就是那个叫李石的男孩。李石（1929—2009），香港沙田牛皮沙村人，时任东江纵队港九大队交通员。当时东江纵队一般将 16 岁以下的小战士统称为"小鬼"。1944 年，港九大队已经建立了完善的情报交通网络，交通总站设在西贡区深涌村，共有 6 条交通线，分别行走不同的路线。交通员非武装人员，任务是收集和传递情报及信件。李石是第五条交通线的交通员，负责联络西贡圩、北潭村和市区中队。他就是在送信给市区中队途中目睹克尔中尉负伤跳伞逃生的。

图 3.23　交通员李石（小鬼）（摄于 1954 年）

34. 三个大眼睛的中国小孩：这三个小孩就是茅笪村的三兄妹，哥哥洪瑞清（当年 15 岁，现已故），姐姐洪贵英（当年 9 岁），弟弟洪瑞泽（当年 7 岁）。茅笪村是一客家村落，于 100 年前由沙田黄泥头村分支过来，有洪、郑两姓。村民多割草担往九龙城出售，亦有种花和橘作为贩卖用途。

图 3.24　茅笪村的洪瑞泽和他的姐姐洪贵英

35. 来福枪：Rifle，为一种钢制长枪，单兵肩射。因枪膛内刻有螺旋状凹沟的来福线，可使子弹
    射出后旋转前进，在膛外飞行时形成陀螺仪式的稳定效果，保持射击方向。

图 3.25　二战期间美军使用的 M1 加兰德步枪（来福枪的一种）

36. 像动画片终场时，翻山跑的米老鼠一样：一些米老鼠动画片在终场时总是播映米老鼠疯狂
    地在山上跑，像是要逃避某种情境。米老鼠是华特·迪士尼于 1928 年创作出来的动画形象，
    是迪士尼公司的代表动物。

37. 点四五的配枪：对美军制式 M1911A1 手枪的称呼，由于其使用弹种为 .45ACP，口径为 0.45
    英寸而得名。由美国人约翰·白朗宁设计，自 1911 年起生产的点四五口径的半自动手枪，推
    出后立即成为美军的制式手枪并一直维持达 74 年（1911 年至 1985 年），经历了一战、二战、
    朝鲜战争、越南战争以及波斯湾战争。

图 3.26　点四五口径半自动手枪

38. 需要用来福枪狠狠地射击：来福枪有效射程为 500 米前后。相比之下，克尔中尉手持的点四五口径半自动手抢，射程太短，无法击中目标。

39. 好像他刚刚见到了中国所有的龙一样：李石向克尔中尉躲藏的相反方向跑下山去，目的是引开日军。在西方人眼中，龙是恐怖的动物。

40. 丝绸的、急救用的中国地图：这幅中国东部的地图是放在克尔中尉的"塑料盒"里的。这是美国空军在每次飞行任务期间提供给飞行员的。按地图的比例看，在空中是很有用的，但在陆地上用，则显得不够详尽。

41. 香港防卫区：指的是驻港英军在 20 世纪 30 年代修筑的醉酒湾防线（原称 Grasett 内防线），起点为新界葵涌一带的醉酒湾（又称垃圾湾，现已被填海，就是葵芳一带），经过金山、城门水塘、毕架山、狮子山、大老山，直至西贡牛尾海，全长约 18 公里。其中位于毕架山至沙田坳的一段，以及城门水塘一带的城门碉堡，均成为 1941 年香港保卫战的主要防御点。防线建有地堡、机枪阵地及战壕等，但日军仅以两天时间就将防线突破了，英军的司令命令醉酒湾防线以及其他在九龙作战的士兵南撤至香港岛。

42. 狐狸洞: 逃生路线图上的第一个地点。克尔中尉将自己脱险所经过的地方手绘了一张路线图，在上面标示了8个点，★点是他跳伞降落的地点，"狐狸洞"就是图上标示的①点。位置大约在茅笪村到观音山村之间，即现在的麦理浩径5段，暂未确定准确位置。下图为克尔中尉当年手绘的逃生脱险路线图。

图 3.27　克尔中尉当年手绘的逃生脱险路线图

43. 我明天才去想：指的是电影《乱世佳人》中的一句著名台词，意思是：有很多的麻烦事，我不想去解决任何一件，以后再说吧。

44. 贝尔沃堡伪装工程学校：美国军事工程学院自 1918 年成立以来，一直以位于弗吉尼亚州的贝尔沃堡为基地，直至 1988 年迁离为止。军事工程学院包含不同门类的研习范围，其中一个训练内容就是如何进行军事伪装工程。

45. 菲利普·莫里斯：Philip Morris，全球最大的香烟生产商之一，菲利普·莫里斯香烟也是该公司旗下主打最早生产的烤烟型香烟。1847 年，菲利普·莫里斯在英国开办了一个小商店，生意兴旺；1919 年投资者迁居美国，联合成立菲利普·莫里斯公司。公司生产的万宝路牌卷烟销售量占世界第一位。

46. 打气丸：（原文 Benzedrine）一种能激发体能的药物。

47. 《三十秒跨越东京》：1943 年泰德·劳森写的《三十秒跨越东京》一书，其中讲到美国飞行员面临艰苦和危险，被友好的中国人护送到美军基地。这些飞行员里有泰德·劳森中尉，他在 1942 年著名的"杜立德行动"里轰炸东京之后，飞行到中国降落。

1944 年的电影是由斯宾瑟·翠西主演的。该电影名为《东京上空三十秒》，历史背景是 1942 年 4 月 18 日，美军 16 架 B-25 中型轰炸机破天荒自航空母舰"大黄蜂号"成功起飞轰炸日本东京、横滨、名古屋、神户及新潟等地，为时 30 秒的惊天一击，震撼日本天皇与军方，为 1941 年日本袭击珍珠港事件报复。当他们完成任务返航时，飞机出了故障，在迫降的时候，机体严重受损，飞行员也受了伤。中国沿海军民冒死营救他们，在日本兵扑来前，将他们安全转移。

历史记载日军很快就对这次轰炸行动进行了报复，发动了"浙赣会战"。在 3 个月的战役中，日军在中国浙江和江西两省 500 多平方公里的地域，所有美国轰炸机队员曾经到过的乡间民房，都被烧毁；所有村民不论老少，都被屠杀，毁灭近百个村庄。日军还大量使用细菌武器，施放霍乱、伤寒及腺鼠疫等的病毒。在此次行动中被日军杀害的人数达 25 万之众，比后来广岛、长崎两地原子弹爆炸中死亡的人数还要多。

在克尔中尉逃生的过程中，"杜立德行动"及执行任务的美军飞行员被中国军民营救的故事，成为他在逃生过程中重要的参考。

图 3.28　美军航空母舰"大黄蜂号"上准备出发轰炸的 B-25 轰炸机

图 3.29　营救杜立德将军机组的中国军民，他们为拯救杜立德机组付出了生命的代价

48. 户外生活：指野外露营和捕猎作食，常作为闲暇娱乐活动。《户外生活》是一本关于打猎、捕鱼、求生和露营的杂志。

49. 九号招待所：（原文 Hostel 9）克尔中尉在二塘空军基地军营睡觉的地方。

50. 匹兹堡的巴特尔利特街 5731 号：（原文 5371 Bartlett Street in Pittsburgh）克尔中尉和维达·克尔在宾夕法尼亚州的家庭地址。该处是克尔中尉岳父母在美国的住址，当时他的夫人在此居住。

51. T–O–C B–A–T–T–E–R–Y O–B–S P–O–S–T：路边石碑。这是醉酒湾防线地区，有一系列英国人设置的防卫站。这条线从醉酒湾延展到西贡的山里面。"Battery"是个炮兵组合（加农炮），"OBS"是瞭望站一词的缩写。

醉酒湾防线上的军事坐标指示牌。香港政府渔农自然护理署于 2005 年设定了一条"战地遗迹径"，即麦理浩径 5 段从大老山至毕架山约 9 公里的路段。当中整理介绍了 17 处包括军事坐标、机枪堡、战壕及地洞等军事遗迹，让游人在郊游之余，了解香港在二战时期的情况。

图 3.30　现在战地遗址中仍保留的部分军事坐标

52. 细小的峡谷： 逃生路线地图上的第二个地点。该处暂未确定准确位置。

53. 四个人： 四个年轻人是沙田观音山村民王石、王观生、王华金等。观音山村至今约有 300 年历史，村民为王姓客家人，除以耕种维生外，更兼以砍柴、烧炭和织麻染布。村外有一个十多二十英尺宽的炭窑，村民把砍伐得来的柴枝烧制成木炭。

54. 其中一个男孩： 沙田观音山村民王石，时龄 16 岁，当年一人爬出洞穴朝家走，拿回食物供给逃生的克尔中尉。65 年后，戴维到香港寻找其父亲当年足迹，所有地方都已面目全非，灌木变成树林，小径淹没在草丛中，全靠 80 多岁的王石带路才找到克尔中尉曾经藏身的炭窑。

图 3.31　王石

55. 润田：沙田区芙蓉别村人，时龄 50 多岁，懂英语。该村有 200 多年历史，村民为丘（邱）姓客家人，以种稻及菜为主，也有养猪，自给自足。但由于交通不便，村民多已搬离原址，该村现已无人居住了。

图 3.32　现在仍存在的芙蓉别村路标

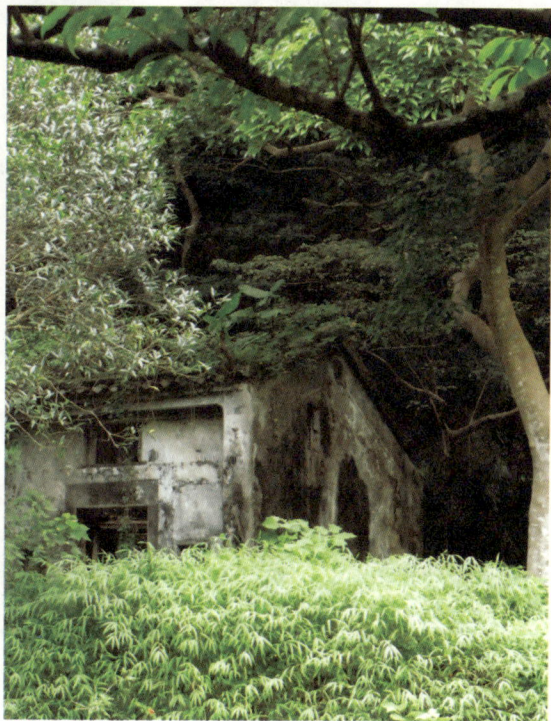

图 3.33　荒废的村屋

56. 圆形的房子：即炭窑，逃生路线地图上的第三个地点。位于观音山村和芙蓉别村之间的一个
山谷中的炭窑，至今仍保存完好。

图 3.34　炭窑外观

图 3.35　炭窑内观

57. 老刀牌香烟： （原文 Pirate）英国香烟的牌子。20 世纪 20 年代中期，整个华南地区香烟市场绝大部分为英商英美烟草公司所垄断。既有高档的适合所谓上层人士吸的三炮台牌，同时又有低档的适合劳动大众吸的欢迎牌和老刀牌（又叫海盗牌，广州人也叫派律，即"pirate"之粤语读法）。因为欢迎牌烟味较淡，而且常常偷工减料，所以不受人欢迎。而老刀牌则是用"三炮台"烟叶的下脚料配制的，烟味较好。当时香烟市场几乎被老刀牌所占领。

图 3.36　老刀牌香烟

58. 李小姐： 李兆华（1924—1999），出生于马来西亚吉隆坡一华侨家庭，原籍广东惠阳淡水。1939 年回国参加广东人民抗日游击队，1940 年 2 月加入中国共产党。1941 年 12 月调入东江纵队港九大队，从事民运工作。1944 年营救克尔中尉时是东江纵队港九大队民运干事。

图 3.37　李兆华

59. 卡宾枪： （原文 Carbines）一种有短枪膛的轻型来福枪。原指骑兵步枪，又称卡柄枪、马枪、骑枪，是枪管介于手枪与步枪之间，子弹初速略低、射程略近的轻便步枪。它的构造和普通步枪基本相同，其中文名称源于英文"Carbine"的译音。

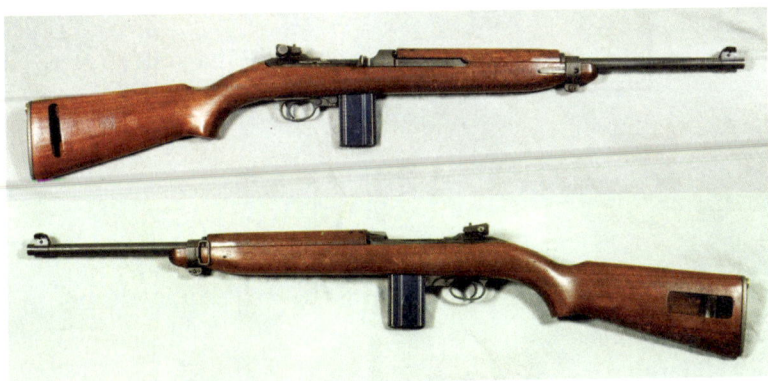

图 3.38　M1 卡宾枪

60. 日本钱：日本在历次侵略战争中都会在占领地强制发行军用手票，简称"军票"，以此金融手段来掠夺当地财富。日本占领香港时，即将军用手票列为香港的法定货币，其后更立例规定市民除军票外不能持有港币和其他货币。但1945年日本战败投降，日本军票顿成废纸，很多市民一夜之间失去全部财产，而日本政府却从未向被占领国的人民换回军票。战后几十年以来，手持军票的香港市民向日本政府要求赔偿，至今都未成功。

图 3.39　日本军用手票

61. 《海象和木匠》：（原文"The Walrus and the Carpenter" Poem）该诗出自路易斯·卡罗尔1872年的小说《穿过镜子以及爱丽丝在那里找到了什么》，是克尔中尉最喜欢的诗歌。《海象和木匠》是来自《爱丽丝奇遇记》书中第四章中的一首长诗。这首诗以童话梦幻般的笔法，讲述了海象、木匠和牡蛎之间的故事，在文学史上是十分有名的作品。

62. 培训基地：（原文 Spence Field）美国空军在乔治亚州莫尔却的高级基地，专为培训单引擎飞机的飞行员。

63. 九龙就在左边一点点：（原文 a little to the left was Kowloon）克尔中尉一定是把香港和九龙的位置弄反了，因为从这两个城市的东北方向来看，九龙应该在香港的右边才对。

64. 那对男女：这是游击队员。男的未能确认姓名。女的名叫陈玉莲（1925 年出生），香港新界西贡人，1944 年营救克尔中尉时是东江纵队港九大队民运人员，在西贡一带活动，包括芙蓉别村和黄竹山村。

图 3.40　陈玉莲（摄于 1946 年）

65. "Ni hee, ne soong lin"：客家话"你在这里睡"。克尔中尉逃生经过的村庄大部分是客家村庄，他在日记中引用的地方语言均是客家话。

66. 爬进他们指示的灌木丛里：逃生路线地图上的第四个地点。该地点在西贡半岛昂平和北港之间的山脊上。

67. 当然是日本的啰：1944 年，香港启德机场驻扎有日本的水上飞机中队，负责水上侦察、救援等工作。

68. 蛋糕底子仍粘着叶子：糯米糍粑，又叫茶粿，是传统客家小食，与糯米糍相似。材料主要是糯米粉与粘米粉，再加入茶叶粉或艾草，使其带有茶香，然后包入甜或咸的馅料。这种小食在以前的香港村落很流行。

图 3.41　传统客家小食——茶粿

69. 李小姐怎么在这儿：这儿指黄竹山村，是李小姐（李兆华）当年做民运工作时的其中一个落脚点，也是当年短枪队常来的地方。当年的黄竹山村在沙田区马鞍山附近，现已搬迁到西贡区的黄竹山新村。

70. 詹伙生：（原文 Chung Young Sing）即詹云飞（1924—2010），香港沙田插桅杆村人。1944 年营救克尔中尉时是广东人民抗日游击队东江纵队港九大队短枪队队员，懂英语。詹伙生手写给克尔中尉的地图及文字说明，65 年后由克尔中尉的次子戴维又带回中国。

图 3.42　詹伙生

71. 瘦弱青年：（原文 Hok Choy）刘锦进（1919—1946），东江纵队港九大队手枪连连长。即刘黑仔，出生于广东宝安县大鹏镇（现深圳市宝安区大鹏镇）。1939 年加入中国共产党，同年参加东江抗日游击队。1941 年至 1944 年，任广东人民抗日游击队惠阳大队手枪队小组长，港九大队短枪队副队长、队长。刘黑仔作战神勇，被誉为"神枪手"。他在九龙、西贡和沙田一带，神出鬼没，袭击日军，出色地完成运送武器、护送文化界名人、营救国际友人、打击汉奸土匪、收集军事情报等任务，成了名扬港九的传奇英雄。刘黑仔在营救克尔中尉脱险的战斗中，表现出色，克尔中尉写信感谢东江纵队，称"刘黑仔为我再生父亲"。1944 年 12 月，东江纵队组成西北支队和北江支队，刘黑仔任西北支队参谋兼短枪队队长。1946 年 5 月在一次战斗中牺牲，年仅 29 岁。遗憾的是，至今都未找到一张他的照片。

图 3.43　刘黑仔画像

图 3.44　深圳大鹏烈士陵园刘黑仔墓

72. 毛瑟枪：（原文 Mauser）长枪筒的半自动手枪，有时带有木头的肩座。毛瑟（德语：Mauser）是一个德国的枪械制造商，1874 年开始生产旋转后拉式枪机步枪，初期业务主要为德国军队提供枪械，现在变成民用枪械的生产商。毛瑟枪有各种型号，世界各国仿造的不计其数，大部分手动步枪几乎都是根据它的闭锁机构设计改进而成。

图 3.45　多国仿制的德国 C96 型毛瑟枪

图 3.46　西班牙仿制的 Astra Model 900 毛瑟枪

73. 幽暗、寂静的屋子： 这是石垄仔村，村民都姓吴，是当年短枪队常驻留的地点。村的后山有许多天然石室石洞。石垄仔村南面便是黄竹山村所在地。当年的石垄仔村在沙田区马鞍山附近，现已搬迁到西贡区的新石垄仔村。

图 3.47　现已荒废的旧石垄仔村

图 3.48　在旧石垄仔村仍保留着一间吴氏家祠

74. 黄青副队长：（原文 Wong Cheng）黄青是当年广东人民抗日游击队东江纵队港九大队短枪队副队长，护卫克尔中尉行动小组负责人之一。

75. 直接冲着山脊顶走去：在旧石垄仔村后面就是鹿巢山，有香港最大片的石林，是以奇岩怪石而闻名的"鹿巢山石林"，其中一部分又称为"石垄仔石林"。

76. 嶙峋洞穴：逃生路线地图上的第五个地点。此山洞位于旧石垄仔村附近，有几个出入口。

图 3.49　旧石垄仔村附近石洞

图 3.50　石洞的另一个入口

77. 两个星期：日军围困沙田观音山 17 天，克尔中尉一行人在山洞里待了两个星期。

78. 沉默的大陈：即陈金伯，时龄 28 岁，当年是广东人民抗日游击队东江纵队港九大队短枪队队员，担任物资总管，管理支出。

79. 苦脸的廖患严重的疟疾：廖是与游击队有联系的村民。疟疾是由蚊子传播的疾病，会引起发烧、发冷并侵袭红细胞。

80. 李：李是与游击队有联系的村民。

81. 小陈：即陈勋（1926—2005），原名陈约瑟、
陈才，出生于香港西贡盐田梓村。1942 年参加
广东人民抗日游击队东江纵队港九大队短枪队，
随后加入了中国共产党。1944 年营救克尔中尉
时是港九大队短枪队队员。

图 3.51　陈勋

82. 英式手榴弹：第二次世界大战中使用的英式（米尔斯）手榴弹，俗称"菠萝雷"。另外两款
是日式（九七式 及九九式）手榴弹。

图 3.52　英式（米尔斯）　　　图 3.53　日式（九七式）　　　图 3.54　日式（九九式）

83. 军队基地商店：（原文 PX：Post Exchange）军队基地的小商店，士兵可以在那里购买小物件。

84. 降落伞：驻香港日军出动了1000多人（当时驻香港日军总兵力在4000人左右）对沙田、西贡
进行"大扫荡"，使用了所谓"铁壁合围""穿梭扫荡"等战术，搜捕克尔中尉，以为飞行员

无法逃脱，还可以把游击队一网打尽。港九大队采取一系列"围魏救赵""调虎离山"的行动。主要有：处决住在市区九龙塘的汉奸陆通译；夜炸启德机场的汽油库和飞机库；在市区散发传单，打一场"纸弹战"。这几个行动作用很大，1944年2月28日，日本人包围沙田、西贡，17天后，一无所获，开始退兵。为了保存颜面，就将克尔中尉的降落伞放在市中心的一个橱窗展示，谎称已经逮住了美军飞行员。

85. 这是个金矿：（原文 gold mine）这恐怕是不正确的翻译，它更像是铁矿。这是马鞍山铁矿场，香港最大的工业矿山。根据记载，铁矿业始创于1905年。在香港被日本占领的1942年至1945年期间，日军视矿业为重要的军事资源，接管了马鞍山矿场，并大肆扩充，当时在矿场工作的矿工，多达1500人。马鞍山位处沙田的东北面，雄踞沙田与西贡之间，是香港第四个最高的山峰。马鞍山有两个山峰，较高及靠背的一座山峰，称为马头顶，海拔702米，其西北之副峰为674米的牛押山，两山峰之间的山脊下弯，形如马鞍，故而得名。

图 3.55　马鞍山

图 3.56　当年的铁矿石由此矿场码头装船运往日本

86. 驳壳枪：（原文"Bo-ho"）克尔中尉的中文发音，意指一种全自动手枪。

　　毛瑟 C96，又称驳壳枪，是一种由毛瑟在 1896 年推出的半自动手枪，后经改进，推出了全自动 / 半自动可转换型。因全自动型其枪套是一个可作为枪托的木制的盒子，所以在中国又称为"盒子炮"或"匣子枪"。另外，在中国还有快慢机、自来得、大镜面等别称。

图 3.57a　中国仿毛瑟枪造的"民国十七式"7.63 毫米手枪

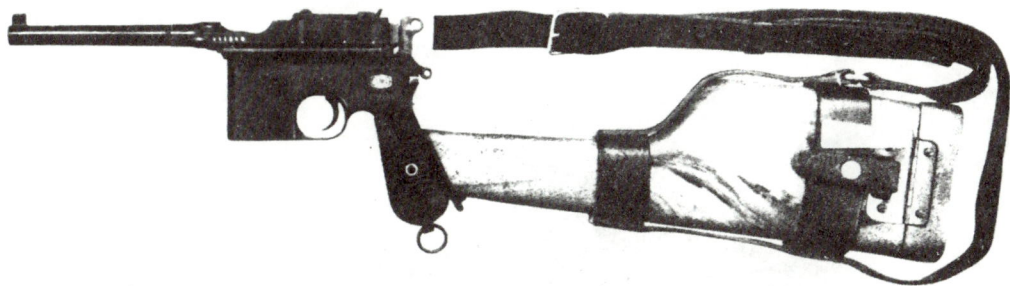

图 3.57b　可将木盒枪套安装为手枪的枪托

87. 上面有英文字：（原文 leveled out place……English letters）可能是醉酒湾防线的另一段。

88. 远离其他楼房的建筑物：这里是深涌，位于新界西贡半岛的北方，企岭下海的出海口，为一客家村落。当年港九大队在西贡设立了交通线网络，交通总站设在深涌。

89. 一间大屋隐约地出现：逃生路线地图上的第六个地点。从深涌到狮地，中间有一小村叫南山村，离白沙澳村不远。南山村曾经是游击队的一个训练基地。该村现已荒废。

90. 汤姆士·王：（原文 Thomas·W）未能确认此人。

91. 布伦轻机枪：（原文 Bren gun）一种直径 0.303 英寸、可装送弹夹的半自动冲锋枪，以气体操作，并有空气冷却装置。又称布朗轻机枪（Bren），是第二次世界大战中英国军队的轻机枪，曾装备了抗日战争时期的中国军队。布伦轻机枪良好的作战能力使得它的使用范围十分广泛，与美国的勃朗宁自动步枪一样，能够提供压制和支援火力。提把与枪管固定栓可快速更换枪管。装有两脚架，亦可以装在三脚架上以提高射击稳定性。

图 3.58　布伦轻机枪

92. 他们列队站立：30 人队伍、轻机枪 1 挺。按照港九大队的 6 个中队编制，除了城市中队和海
　　　上中队，每个中队都编有长枪队和短枪队。这支队伍应是西贡中队的长枪队。

93. 最高的山：蚺蛇尖（Sharp Peak），海拔 468 米，并不是香港最高的山，但由于山顶尖峭，山路险要难行，被视为香港险峰之首。该山的另一官方英译 Nam She Tsim，取用"蚺"字的另一读音"南"，坊间一般亦俗读和俗写成"南蛇尖"。

图 3.59　蚺蛇尖

94. 走了几百英里：由于克尔中尉很疲倦，距离对于他就显得很长。

95. 斜得像一段阶梯：从狐狸叫往蚺蛇坳、大浪坳的山路崎岖不平，有些路段非常陡峭，碎石浮沙遍布，要手足并用。

96. 茅草盖的小屋：逃生路线地图上的第七个地点。当年克尔中尉乘小艇到达狐狸叫附近上岸之后，沿蚺蛇尖西面的蚺蛇坳、大浪坳行走，在现今的麦理浩径 M40-41 附近，再经咸田去到大浪西湾的西湾村，而这两间小屋在大浪坳附近。

97. 正在期待着头号人物：（原文 looking out for Number One）美国俚语，意思是照顾自己的利益。而游击队队员口中的头号人物，就是当时港九大队的大队长蔡国梁。

98. 屋子就在前面：逃生路线地图上的第八个地点。西湾村，又称大浪西湾。大浪湾一共有 4 个海湾，分别是西湾、咸田、大浪和东湾，而西湾因地处大浪湾以西，故称西湾。大浪西湾全村姓黎，祖先来自东莞，开村至今已有 700 年历史，全盛期居民约 250 人，除以渔农为主，也会靠卖柴为生。

图 3.60　西湾村，又称大浪西湾

图 3.61　远眺大浪湾，最高的山峰就是蚺蛇尖

99. 佛朗西斯：英文名 Francis，即谭天（1916—1985），读书时用名谭思勉。出生于香港，家住油麻地，少年时期就读于基督教会办的英文书院，能说一口流利的英文。1941 冬参加东江纵队港九大队，曾参与营救文化界人士、国际友人、港英政府的官员。1944 年 2 月，参与营救克尔中尉的行动，当时在东江纵队港九大队大队部任英文翻译。

图 3.62　谭天（摄于 1955 年）

100. 国梁：蔡国梁（1912—1952），又名蔡顺发，福建厦门人。1938 年加入中国共产党，同年参加抗日游击队，在叶挺任副指挥的第四战区东路游击总指挥部当警卫排排长。后任中共惠宝人民抗日游击总队总支书记、第四战区东江游击指挥所第三游击纵队新编大队政训员兼政工队队长、广东人民抗日游击队第五大队政训员。1942 年至 1944 年，任广东人民抗日游击总队港九大队大队长、东江纵队港九大队大队长，参与组织营救被困香港的国内文化界知名人士和国际友人，率领港九大队深入港九敌后打击日军。1944 年营救克尔中尉时，任东江纵队港九大队大队长。

图 3.63　蔡国梁（摄于 20 世纪 50 年代初）

101. 感到很抱歉：不拿群众一针一线是游击队的纪律，更何况是盟军的飞行员。所以，游击队交回所有克尔中尉的物品，并对之前他的东西被取走，表示歉意。

102. 双票制：（原文 double bill）买一张票，但可以连着看两部电影。

103. 《乱世佳人》：Gone With The Wind，一部根据小说家玛格丽特·米切尔的英文同名小说《飘》改编的美国电影。男女主角分别由克拉克·盖博和费雯丽扮演。小说以美国南北战争为背景，主线是好强、任性的庄园主小姐斯嘉丽纠缠在几个男人之间的爱恨情仇，与之相伴的还有社会、历史的重大变迁。本片在文化与商业上都获得了极大的成功，一举夺得1939年第12届奥斯卡大奖中的8项金像奖，其魅力贯穿了整个20世纪。

104. 美国南北战争：（原文 North Side Yankees and the South Side war）美国内战（1861—1865），这场战争的起因为美国南部十一州以亚伯拉罕·林肯于1861年就任总统为由而陆续退出联邦，另成立以杰斐逊·戴维斯为总统的邦联，并驱逐驻扎南方的联邦军，而林肯则下令攻打"叛乱"的州份。此战不但改变当时美国的政经情势，导致奴隶制度在美国南方最终被废除，也对日后美国的民间社会产生巨大的影响。此次战争造成约75万名士兵死亡，平民伤亡人数不详。历史学家约翰·赫德尔斯顿估计，所有20~45岁北方男性的10%，所有18~40岁南方白人男性的30%在战争中死亡。

105. 被带出去杀了：（原文 gone for the ride）美国俚语，指的是某人被带走并被杀。这只是谭天的戏语，实情是润田在战后还活着。

106. 詹姆士·卡格尼：James Cagney（1899—1986），一位美国电影演员，曾经以《北方帅小伙》（Yankee Doodle Dandy）赢得1942年奥斯卡最佳男主角。1999年，他被美国电影学会选为百年来最伟大的男演员第八名。

107. 约瑟夫·E·布朗：（原文 Joseph E. Brown）美国演员和喜剧明星，在20世纪30年代出演过许多音乐喜剧电影。

108. 替在座的大伙儿画肖像：克尔中尉为游击队各人所画的画像没有留传下来。留传下来的漫画主要是关于他逃生的过程，并且引发许多故事。港九大队大队长蔡国梁将描写克尔中尉获救的5幅漫画送交东江纵队司令部，最早发表在1944年6月11日的《前进报》上。1946年3月由东江纵队政委尹林平带到重庆，作为东江纵队营救盟军飞行员战绩的证据之一。后来由中国人民解放军军事档案馆收藏。2006年，这些见证中美两军友谊的漫画，被制成精美的复制件，作为中央军委领导访问美国的特别礼物，送交给美军高层。现在复制件收藏于美国国防大学图书馆里。

图 3.64　漫画 1 "30 秒后"

图 3.65　漫画 2 "我跑"

图 3.66　漫画 3 "不单只我一人在跑"

图 3.67　漫画 4 "直至我再也跑不动"

图 3.68　漫画 5 "看着傍晚日落真的好"

109. 年轻女孩：女护士。麦雅贞（1920—1998），广东顺德人，从小在老家念书并跟随其父学医（父亲是当地著名的中医）。20 世纪 40 年代初，在香港九龙广华医院当护士。1942 年参加东江纵队港九大队从事医务工作，1944 年营救克尔中尉时是港九大队的护士。

图 3.69　麦雅贞（摄于 1950 年）

110. 安放在两根竹竿间的椅子：拿藤椅和竹竿扎制的简易坐轿。

111. 像在大湍城见到的普通餐椅：（原文 Grand Rapids dining room chair）经常用于美国餐桌上的普通木椅子。大湍市是美国密歇根州的一个市，它以生产家具闻名。

112. 负责殿后保护的：为了保证克尔中尉的安全，港九大队出动了三支部队。一支打前站，中间那支负责抬着克尔中尉走路，后面那支负责殿后。

113. 多石的海滩上：在米粉咀和蚺蛇湾之间的海湾，克尔中尉在此登船离开香港前往大陆。

图 3.70　米粉咀和蚺蛇湾之间的海湾

114. 海军：指海上中队。海上中队是属于港九大队的一支海上武装，港九大队 6 个中队之一。

115. 汤普森冲锋枪：（原文 American Thompson gun）使用手枪子弹且是手提式的。英语 Thompson submachine gun，又称汤米冲锋枪（Tommy Gun），是美军在二战中最著名 的冲锋枪，由约翰·T·汤普森（John T. Thompson）在 20 世纪初期设计。

图 3.71　汤普森冲锋枪

116. 小岛背后的小港湾：小岛是香港最东面的海岛东平洲（又称平洲），距离对面深圳的南澳镇最近。

117. 那镇上：在英军服务团的汇报中，这个城市叫南澳。南澳，现属广东省深圳市，当时是东江纵队护航大队的基地。

118. 一座大教堂：位于深圳土洋村的一座意大利天主教堂。1943 年 12 月 2 日广东人民抗日游击队东江纵队成立后，这里成为东江纵队司令部和中共广东省临委所在地。1944 年土洋会议在此召开。现为广东省文物保护单位，作为东江纵队史迹展览馆对外开放。

图 3.72 土洋村天主教堂

119. 在教堂里舒适地睡觉：一个笑话，讲从前在教堂参加礼拜时睡觉的事。

120. 救生圈牌肥皂：（原文 Lifebuoy soap）美国牌子的洗手肥皂。

121. 印刷的报纸：即《前进报》，为东江纵队的机关报，由纵队政治部直接领导。以前是油印，1945 年 5 月改为铅印，从 1942 年 3 月至 1945 年 9 月共出版发行了 100 期。社长杨奇，副社长涂夫。1944 年 6 月 11 日，《前进报》刊登了克尔中尉的感谢信和他画的 5 幅漫画。

122. 头号人物：（原文 Number One）"头号"用来表示当地司令。克尔中尉当时是在深圳土洋村，那么头号就是曾生。曾生（1910—1995），出生于广东省深圳市龙岗区坪山镇石灰陂村一户华侨家庭。曾参加爱国学生运动，担任中山大学抗日救国会主席团主席、广州市抗日学生联合会主席团主席。1936 年 10 月加入中国共产党，任中共香港海员工委书记，后任中共惠宝人民抗日游击队总队长、第四战区东江游击指挥所第三游击纵队新编大队大队长、广东人民抗日游击队第三大队大队长。1942 年至 1943 年 11 月，任广东人民抗日游击队总队长。1943 年 12 月起，任广东人民抗日游击队东江纵队司令员。1944 年营救克尔中尉时是东江纵队司令员。

图 3.73　曾生司令员（20 世纪 50 年代在南海舰队）

123. **雷蒙德·黄**：即黄作梅（Raymond Wong, 1916—1955），出生于香港新界上水，1935年7月高中毕业于香港皇仁书院，1936年1月投考港英政府公务员。1941年6月加入中国共产党，1942年1月参加广东人民抗日游击队。香港沦陷后，为营救盟军人员及国际友人，东江纵队港九大队于1942年3月成立国际工作小组，黄作梅任组长。1943年4月，任港九大队政训室国际统战干事，随后又任中共广东省临委电台负责人，港九大队新兵及基层干部培训班政治教官、政训室连队组织干事、主力中队指导员等职。1944年营救克尔中尉时，任东江纵队司令部首席英文翻译。

图 3.74　黄作梅（摄于 1952 年）

124. **两个中国女孩**：女担架员。1944年后，东江纵队发展到了7个支队、6个独立大队，每个支队和独立大队都设有医疗机构。共有200多名医务人员，其中90%是年轻女性，最大25岁，最小十四五岁，其中就包括这两名女担架员。

125. **国军**：指国民党领导的中国军队。

126. **凹下的浴缸**：这一带的客家房子内露天凹下的低台集水处，一般称"天井"。

127. **新的翻译**：即黄作梅。

128. **将军**：即曾生司令员。

图 3.75　客家房子的"天井"

129. 小男孩：阿明，当年十二三岁，是土洋东江纵队司令部朱医生的儿子。1946 年朱医生随部队北撤，阿明留在广东。1947 年阿明在粤北战斗中牺牲，时任警卫连班长。

图 3.76　小战士阿明（1944 年 3 月 18 日摄于土洋村）

130. 前哨站：英军服务团在惠州的总部。

131. 轿子：克尔中尉驾驶战斗机作战被击落时受伤，在东江纵队营救的逃生过程中数度乘坐轿子前进。

图 3.77　克尔中尉在土洋东江纵队司令部坐上轿子，准备出发前往惠阳坪山（1944 年 3 月 18 日摄于土洋村）

132. 女翻译：林展，原名林和安，广东新会人，1920 年 9 月出生于香港油麻地，就读于香港庇利罗氏女书院。1941 年 7 月参加广东人民抗日游击队，同年加入中国共产党。历任港九大队国际工作小组主要成员兼英、日语翻译，纵队政治部敌工科科长兼统战工作翻译。1944 年任东江纵队司令部英文翻译。

图 3.78　林展（1944 年 3 月 18 日摄于土洋村）

133. 厨子：此人查实为饶彰风，因为厨艺出众而被克尔中尉误认为是厨子。饶彰风，原名饶高评，1913 年 5 月出生于广东省大埔县，1936 年 8 月加入中国共产党。历任中共东江特委常委、宣传部部长，东江纵队司令部秘书长，香港新华通讯社社长，东江纵队香港办事处主任。1944 年任东江纵队司令部秘书长。

图 3.79 饶彰风

134. 照相机：曾生司令员曾提供一部缴获的 135 相机给克尔中尉使用，克尔中尉用该相机拍摄了许多珍贵的照片。这些照片在 65 年后由其次子戴维带回中国（见本书附录二），只可惜照片里面的主角都已经离开了这个世界。

135. 惠州：英军服务团总部所在地，克尔中尉在这里接受询问，讲述他执行任务的情况。

136. 基督复临安息日医院：Seventh Day Adventist Hospital，国际性的教会医院。

137. 欧亚裔的英国中士：（原文 Eurasian-British sergeant）英军服务团的道格拉斯·格林中士。

138. 中国学生：克尔上尉又教中国飞行员了，就像他被派到桂林之前时那样。

附 录

一、克尔中尉日记手写稿

    克尔中尉于 1977 年去世之后，他的两个儿子——安德鲁和戴维，于 1983 年在他们母亲的家里找到了克尔中尉故事的其他部分及许多物品。1997 年，又找到一些；2008 年在他们母亲的物品中，又找到一些。故事的某些部分是他们父亲手写在一本棕色的螺旋笔记本内，或者是写在从笔记本上撕下的纸张上面。另外一些是打字机打的，很可能是他们母亲维达·克尔在 20 世纪 40 年代末期打的，而且处于不同的编辑状态。

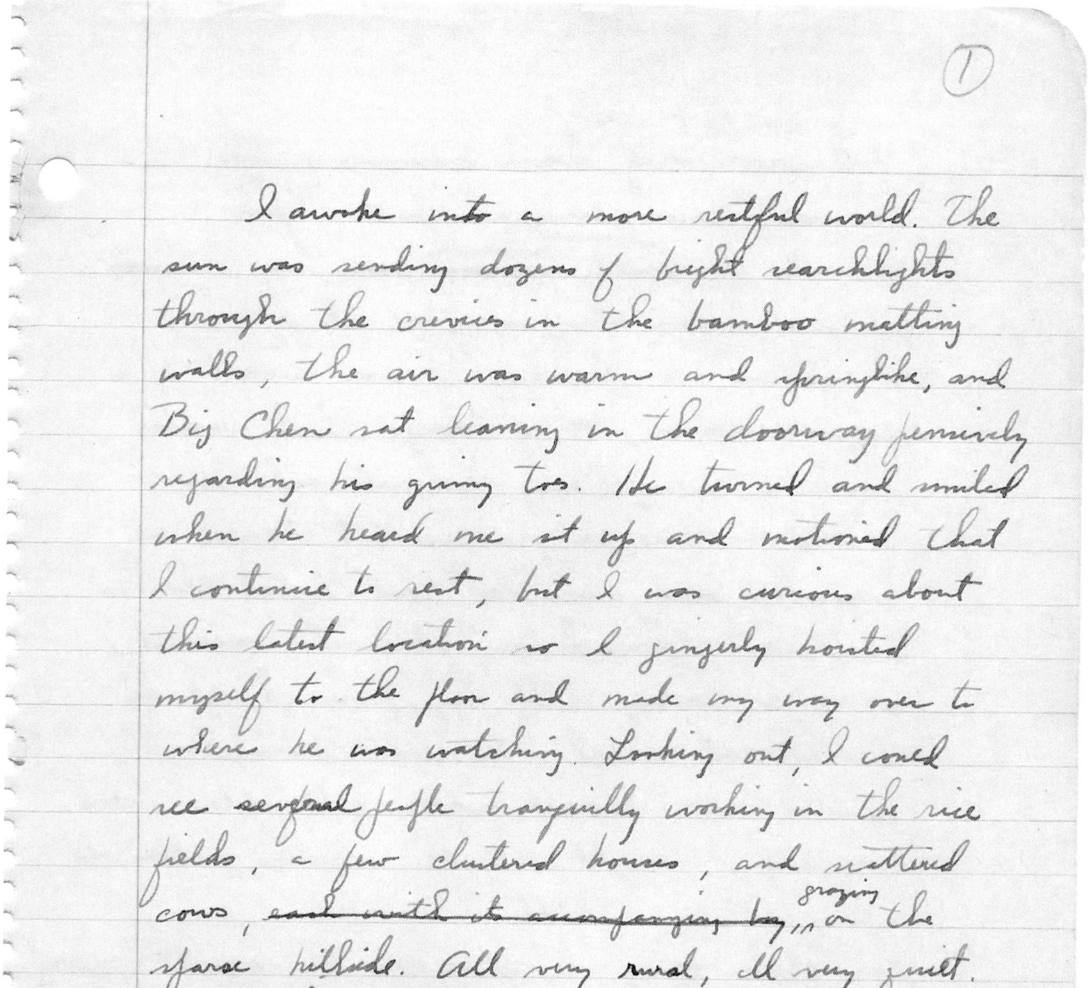

I awoke into a more restful world. The sun was sending dozens of bright searchlights through the crevices in the bamboo matting walls, the air was warm and springlike, and Big Chen sat leaning in the doorway pensively regarding his grimy toes. He turned and smiled when he heard me sit up and motioned that I continue to rest, but I was curious about this latest location so I gingerly hoisted myself to the floor and made my way over to where he was watching. Looking out, I could see several people tranquilly working in the rice fields, a few clustered houses, and scattered cows, ~~each with its accompanying boy~~ grazing on the sparse hillside. All very rural, all very quiet.

This seemed like a good morning to sleep so I headed back for bed — a crude trestle of poles ~~and~~ thinly spread with straw — and sprawled out on the mouldy quilt. Sure was a relief to be in a light and airy place after

图 4.1　克尔中尉手稿之一

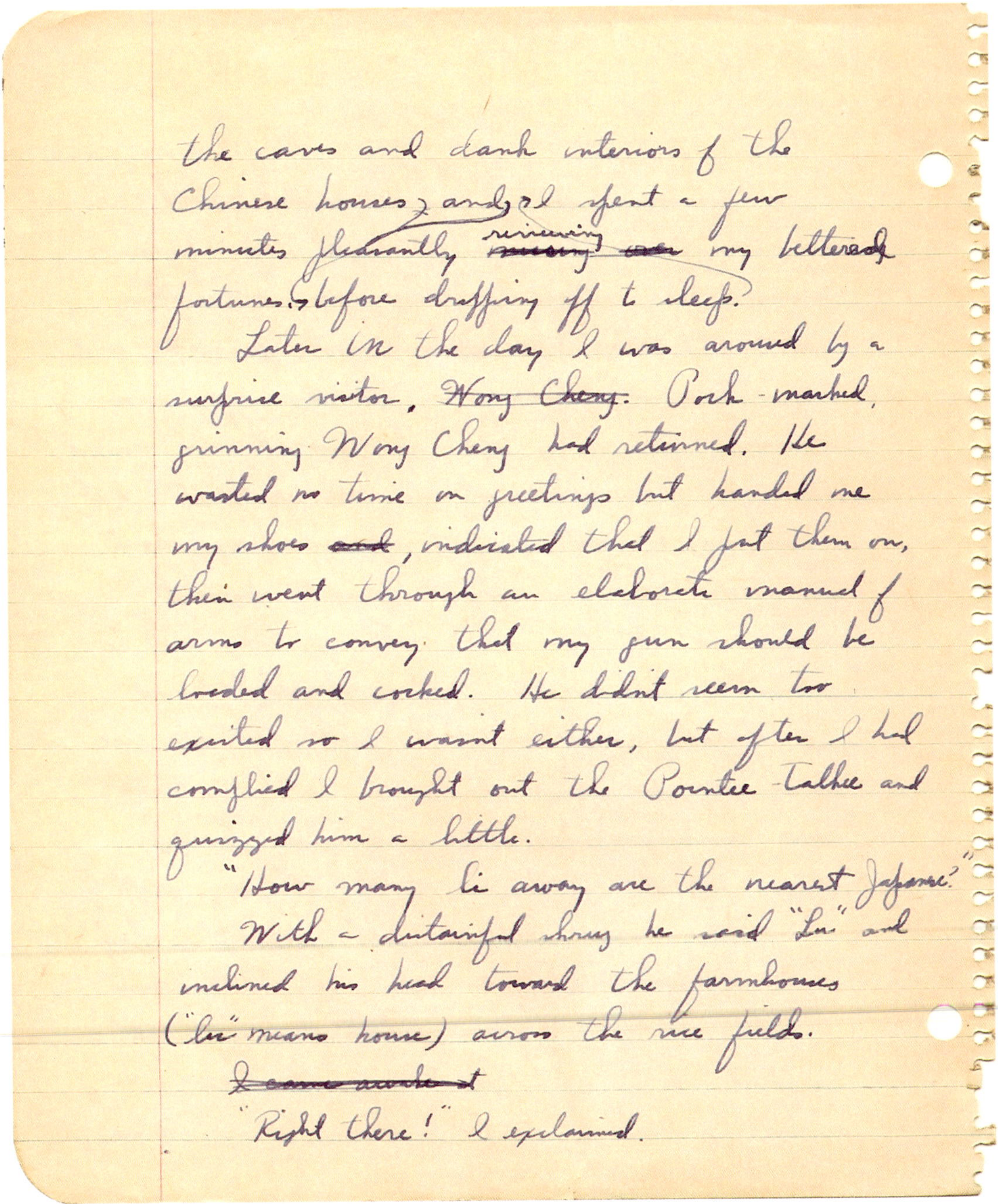

the caves and dank interiors of the Chinese houses, and I spent a few minutes pleasantly ~~reviewing~~ ~~many over~~ my bettered fortunes, before dropping off to sleep.

Later in the day I was aroused by a surprise visitor, ~~Wong Cheng~~. Pock-marked, grinning Wong Cheng had returned. He wasted no time on greetings but handed me my shoes ~~and~~, indicated that I put them on, then went through an elaborate manual of arms to convey that my gun should be loaded and cocked. He didn't seem too excited so I wasn't either, but after I had complied I brought out the Pointee Talkee and quizzed him a little.

"How many li away are the nearest Japanese?"

With a distainful shrug he said "Lu" and inclined his head toward the farmhouses ("lu" means house) across the rice fields.

~~I came awake t~~

"Right there!" I exclaimed.

图 4.2　克尔中尉手稿之二

He nodded and waved it aside. Then, thinking it polite to explain, he flapped his arms and clucked like a hen, then brought out some money.

"Japs ~~came buying~~ want to buy chickens?" ~~eh?~~

After seeing that I understood, he went on to the ~~second act~~. Act II. This time he moved his hand back and forth while saying "Miwa, miwa" (none, none) with a sneer.

"~~Japs didn't get any~~" ~~Japs got nothing~~

"And they got nothing." ~~Well, that's a good way to have it — and lets hope it continues.~~ Well, you're doing a good job for all of us birds — dup it up!

In the course of his gesticulations I had noticed a vaguely familiar watch on his wrist so I leaned over for a closer view. He intercepted my gawking look and held out his arm so that I might recognize what was there. My watch! The one that I had "traded" with the boy in the long back charcoal cave. Looking into his

图 4.3　克尔中尉手稿之三

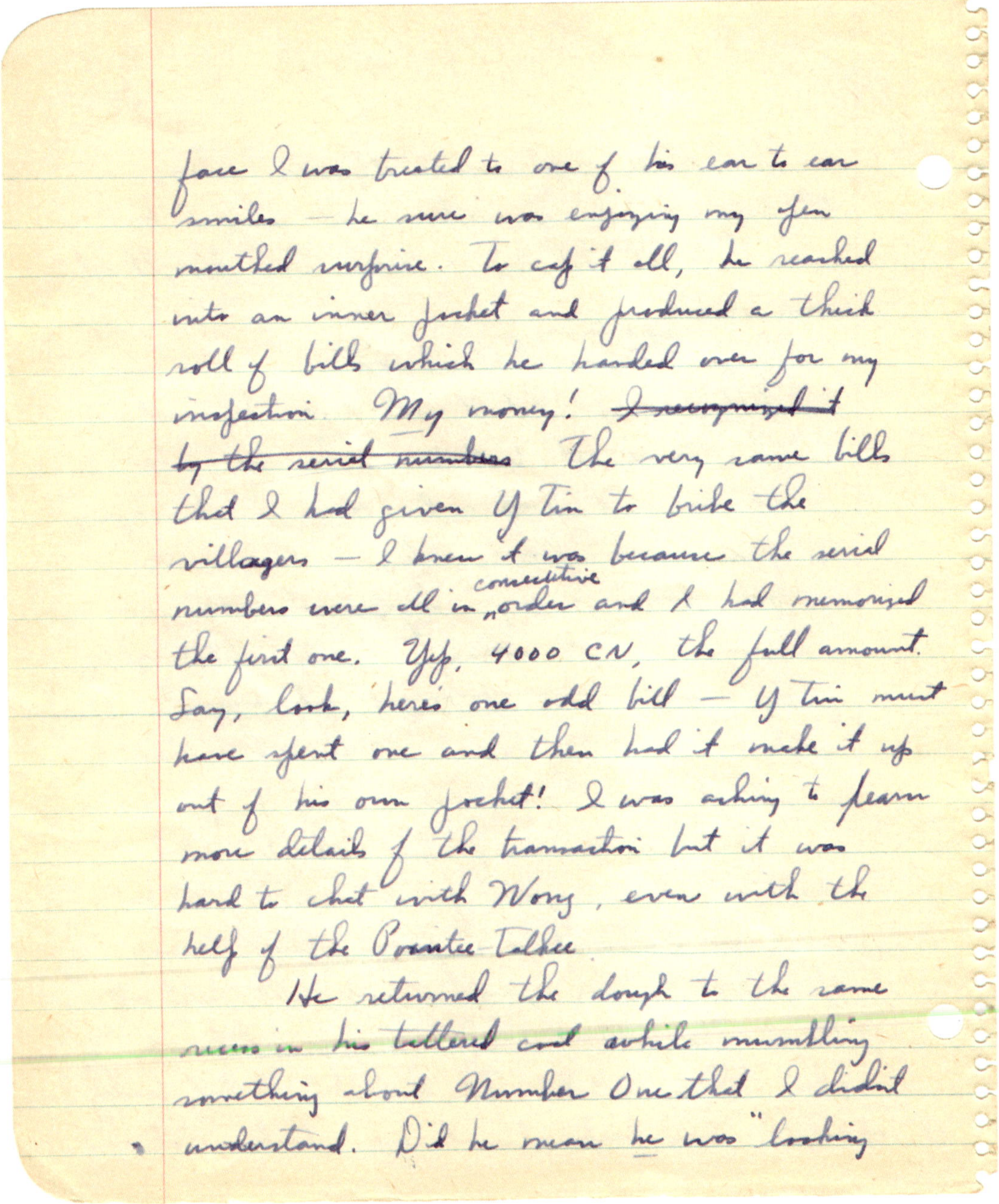

face I was treated to one of his ear to ear smiles — he sure was enjoying my open mouthed surprise. To cap it all, he reached into an inner pocket and produced a thick roll of bills which he handed over for my inspection. My money! ~~I recognized it by the serial numbers~~ The very same bills that I had given Y Tin to bribe the villagers — I knew it was because the serial numbers were all in ^consecutive order and I had memorized the first one. Yep, 4000 CN, the full amount. Say, look, here's one odd bill — Y Tin must have spent one and then had it make it up out of his own pocket! I was aching to learn more details of the transaction but it was hard to chat with Wong, even with the help of the Pointee Talkee.

He returned the dough to the same ~~recess~~ in his tattered coat while mumbling something about Number One that I didn't understand. Did he mean he was "looking

图 4.4　克尔中尉手稿之四

二、克尔中尉在土洋东江纵队司令部拍摄的照片

　　1944 年 3 月 18 日，克尔中尉用曾生司令员提供的 135 相机拍摄了一辑记录当年东江纵队活动的珍贵照片。拍摄地点是现在的深圳市葵涌镇土洋村东江纵队司令部附近。65 年后，由他的次子戴维带来中国。有些在本书的正文和注释部分已经使用过，但因这组照片的特殊意义，谨将全部作为一个整体展现于此。

图 4.5　曾生司令员安排克尔中尉乘坐一顶轿子离开土洋前往坪山，出发前与他道别，曾生司令员旁边的是小战士阿明

图 4.6　克尔中尉与曾生司令员

克尔日记
东江纵队营救援华美军飞行员克尔中尉脱险纪实

图 4.7 克尔中尉与曾生司令员，旁边两人是林展、饶彰风，最右边是两名小战士

图 4.8　曾生司令员

克尔日记
东江纵队营救援华美军飞行员克尔中尉脱险纪实

图 4.9　曾生司令员

图 4.10　黄作梅

图 4.11　从左至右为黄作梅、周伯明、曾生、林展、饶彰风

图 4.12 东江纵队的小战士，左一为阿明

图 4.13 小战士阿明

图 4.14 小战士阿明

图 4.15　东江纵队战士在操练

图 4.16　东江纵队战士在操练

图 4.17　克尔中尉坐上轿子准备出发往坪山

三、克尔中尉的空勤人员生存手册

空勤人员生存手册（Pointee-Talkee）

Unlike the Indian who shakes his head when he means "yes," the Chinese nods as we do. When a Chinese wants to signify "don't do it," or "it may not be done," he waves his hand before his face or chest, palm outward.

Remember that many Chinese are illiterate. Especially is this true in the countryside. But even in the countryside you can usually find someone in a crowd who can read these simple sentences.

Your patience is probably going to be tried. The Chinese countryman, like any farmer or villager, acts slowly. So take it easy. Don't lose your temper that's as likely to slow things up as to accelerate them.

Look in other sections of this phrase book for phrases you don't find in the section you are using. For example, under the Comfort and Communications sections are phrases which may be useful if you are injured or in enemy territory.

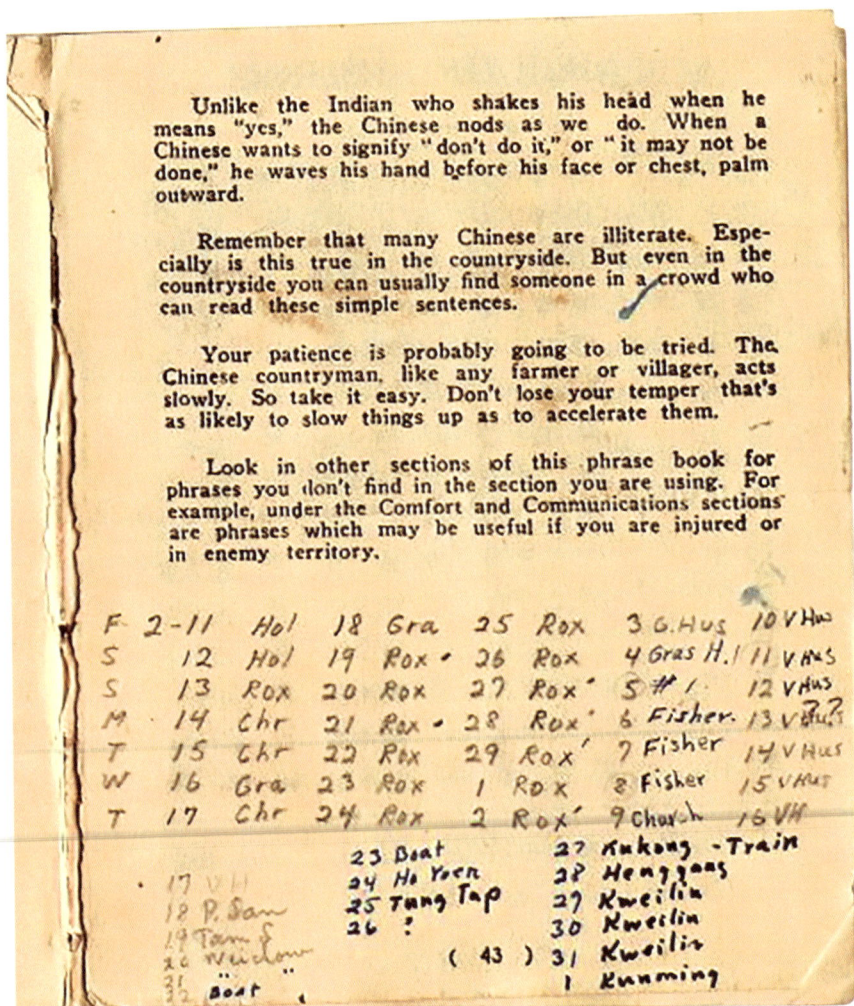

图 4.18　克尔中尉的空勤人员生存手册笔记（样本一）

克尔中尉在他的空勤人员生存手册里写下这个年表, 来描写他每天躲藏的地点。注意在日军占领区, 他是用缩写的。克尔中尉这样做, 大概是为了被俘时, 可以避免泄露地点。每一竖行有七排（一排代表一天, 从星期五到星期四）, 克尔中尉年表里的标示法, 已经被戴维破译如下：

F	2-	11	Hol	Friday, February 11, **hol**e in ground
S		12	Hol	Saturday, February 12, **hol**e in ground
S		13	Rox	Sunday, February 13, Rocks (**rox** is phonetic)
M		14	Chr	Monday, February 14, **Ch**arcoal Cave
T		15	Chr	Tuesday, February 15, **Ch**arcoal Cave
W		16	Gra	Wednesday, February 16, **Gra**vel ravine
		17	Chr	Thursday, February 17, **Ch**arcoal Cave
		18	Gra	Friday, February 18, **Gra**ss near Sai Kung
		19	Rox	Saturday, February 19, Rock (**rox**) Cave

until

		3	G.Hus	Friday, March 3, **G**uerril-
				la house-Thomas Wang
		4	Gras H.	Saturday, March 4, **Gra**ss house
		5	#1	Sunday, March 5, HQ of **#1**,
				Commander Kwok Lon
		6	Fisher	Monday, March 6, **Fish**ing village
		7	Fisher	Tuesday, March 7, **Fish**ing village
		8	Fisher	Wednesday, March 8, **Fish**ing village

9	Church	Thursday, March 9, **Church**
10	V Hus	Friday, March 10, **V**illage **House**

until

18	P.San	Saturday, March 18, **P**ing **Shan**
19	Tam S	Sunday, March 19, **Tam S**hui
20	Weihow	Monday, March 20, **Wai**chow (Huizhou 惠州)
21	" "	Tuesday, March 21 (" " means the same entry)
22	Boat	Wednesday, March 22, on a **Boat**
23	Boat	Thursday, March 23, on a **boat**
24	Ho Yuen	Friday, March 24, **Ho Yuen**
25	Tung Tap	Saturday, March 25, **Tung Tap**
26	?	Sunday, March 26, ?
27	Kukong-Train	Sunday, March 27, **Kukong**,(Shaoguan 韶关)
28	Hengyang	Monday, March 28, **Hengyang** 衡阳
29	Kweilin	Tuesday, March 29, **Kweilin** (Guilin 桂林)

until

1	Kunming	Friday, April 1, **Kunming** 昆明

克尔日记
东江纵队营救援华美军飞行员克尔中尉脱险纪实

TABLE OF FIGURES

ee 1 一	16 十六	31 三十一	46 四十六
rr 2 二	17 十七	32 三十二	47 四十七
san 3 三	18 十八	33 三十三	48 四十八
suu 4 四	19 十九	34 三十四	49 四十九
wooh 5 五	20 二十	35 三十五	50 五十
luu 6 六	21 二十一	36 三十六	51 五十一
chee 7 七	22 二十二	37 三十七	52 五十二
bah 8 八	23 二十三	38 三十八	53 五十三
jto 9 九	24 二十四	39 三十九	54 五十四
sur 10 十	25 二十五	40 四十	55 五十五
e sur 11 十一	26 二十六	41 四十一	56 五十六
12 十二	27 二十七	42 四十二	57 五十七
13 十三	28 二十八	43 四十三	58 五十八
14 十四	29 二十九	44 四十四	59 五十九
15 十五	30 三十	45 四十五	60 六十

Li 里　Feet 尺　Pounds 斤　U. S. Dollars 美金
Chinese Dollars 元　Dimes 角

(44)

61 六十一	78 七十八	95 九十五	4,000 四千
62 六十二	79 七十九	96 九十六	5,000 五千
63 六十三	80 八十	97 九十七	6,000 六千
64 六十四	81 八十一	98 九十八	7,000 七千
65 六十五	82 八十二	99 ee by 九十九	8,000 八千
66 六十六	83 八十三	100 一百	9,000 九千
67 六十七	84 八十四	200 二百	10,000 一萬
68 六十八	85 八十五	300 三百	20,000 二萬
69 六十九	86 八十六	400 四百	30,000 三萬
70 七十	87 八十七	500 五百	40,000 四萬
71 七十一	88 八十八	600 六百	50,000 五萬
72 七十二	89 八十九	700 七百	60,000 六萬
73 七十三	90 九十	800 八百	70,000 七萬
74 七十四	91 九十一	900 九百	80,000 八萬
75 七十五	92 九十二	1,000 一千	90,000 九萬
76 七十六	93 九十三	2,000 二千	100,000 十萬
77 七十七	94 九十四	3,000 三千	

Days 天　Hours 鐘頭　Minutes 分鐘
One Half 半

(45)

图 4.19　克尔中尉的空勤人员生存手册笔记（样本二）

III. GEOGRAPHICAL TERMS

Hill	小山 san	Motor Road	公路，汽車路
Mountain	大山	Railroad	鐵路
Range	山嶺	Bridge	橋
Mountain Pass	山口山中狹路	Ferry	渡船
Valley	山凹 san ow	Ford	淺
Plain	平地，平原	Well	水井
Desert	沙漠	Stream	小河
Woods	森林 sum lim	River gang ho	江，河
Uninhabited	荒地	Canal	運河
Farmlands	田地	Ditch	溝
Village	村莊 tsang	Marsh	丙泥荒地
Town	鎮市 jin ai	Pond	池塘
City	城市 tsang ai	Lake	湖
Airfield	飛機	Bay vaagn	灣
Road	路 loo	Island	島 ivw

(60)

North 北 bet　　East 東 duum
South 南 laam　　West 西 sea

To ask whether a certain place is occupied by Japanese, puppets (Chinese troops in Jap pay—better than Japs but still very risky) or Chinese, point *first* to the place name and then to one of the following phrases:

Is (it) occupied by Japanese troops?
　被日本兵佔了嗎？
Is (it) occupied by puppet troops?
　被偽軍佔了嗎？
Is (it) occupied by Chinese troops?
　被中國兵佔了嗎？

To ask, for example, if there is a bridge at a certain place:—

1. Point to or say the name of the place, then
2. Point to the phrase below, then
3. Point to the Chinese character next to the word "bridge" on the opposite page.

"Is there any?": 有沒有

(61)

图 4.20　克尔中尉的空勤人员生存手册笔记（样本三）

　　样本二与样本三是关于数字和汉语单词发音所做的笔记。

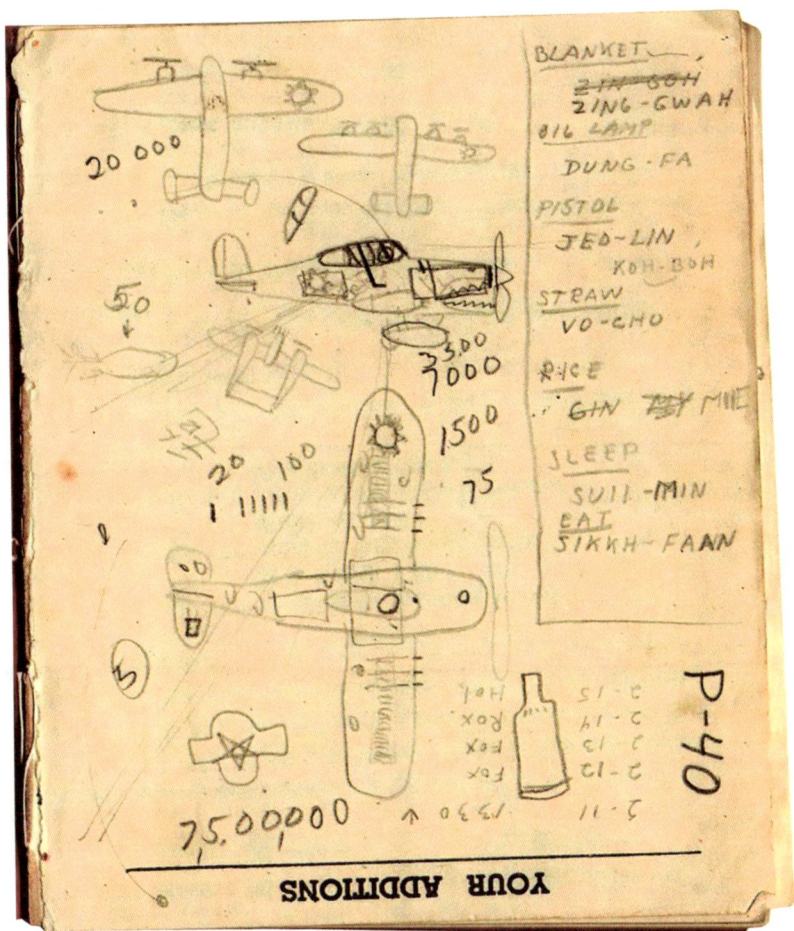

图 4.21　克尔中尉的空勤人员生存手册笔记（样本四）

这是空勤人员生存手册的最后一页，克尔中尉用它来向村民解释他是怎样到那里的。注意，这些图画说明了美国空军所用的机型。还有，关键的汉语单词（根据其读音）都标出了语音。每天的地点记录就从本页开始了。（2-11 13:30，加上一个向下的箭头，意味着 2 月 11 日下午 13:30，克尔中尉从飞机上跳伞，2 月 12 日——狐狸洞，等等。）

图 4.22　克尔中尉使用空勤人员生存手册来向他的新朋友表示他饿了

四、克尔中尉学习汉语手写笔记

下面这些笔记是写在松开的纸张上的，夹附在克尔中尉的空勤人员生存手册中。

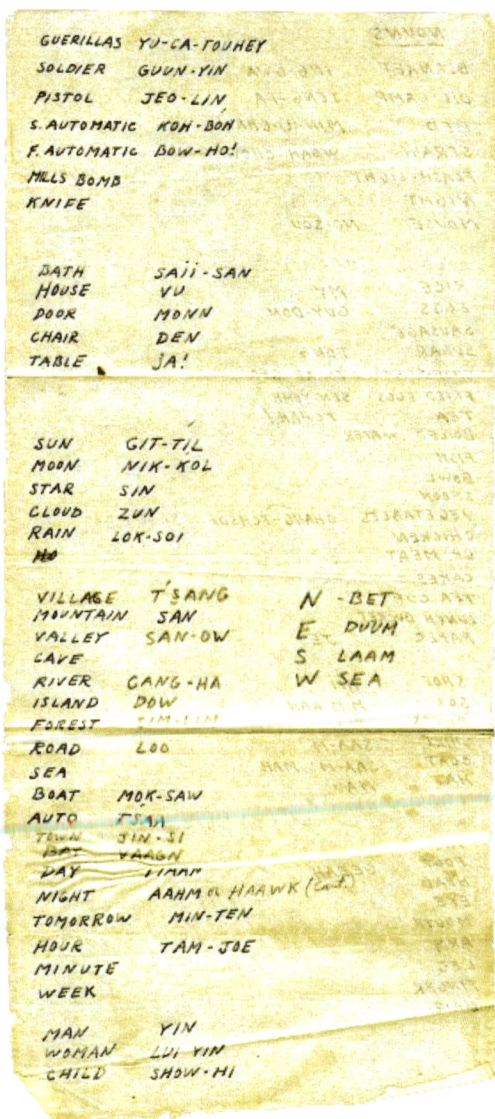

图 4.23　克尔中尉学习汉语手写笔记（样本一）

NOUNS

BLANKET	ING-GWA
OIL LAMP	TENG-FA
BED	MIN-(t)-CHAW
STRAW	WOAH-CHOW
FLASH-LIGHT	DIN-TONG
NIGHT	AAHM
MOUSE	NO-SOU
SALT	ZAAAM
RICE	MY
EGGS	GUY-DON
SAUSAGE	
SUGAR	TONG
CHOP STICKS	TSAAH-GEO
FRIED EGGS	SEN-YOHH
TEA	TCHAH!
BOILED WATER	
FISH	
BOWL	WUUN
SPOON	
VEGETABLES	CHANG-TCHSOI
CHICKEN	
GR. MEAT	SEN-YOH
CAKES	
TEA CUP	
LUNCH BUCKET	
PAPER	JE!
SHOE	HII
SOX	M-M-AAH
PANTS	FOO
SHIRT	SAA-M
COAT	SAA-M MAH
HAT	MAU
HAND	SIEH
FOOT	GEEAH
HEAD	
EYE	
MOUTH	
ARM	
LEG	
FINGER	
HAIR	

VERBS

EAT	SHIIH-FANN
SLEEP	SOII-MIN
WALK	HAANG
SEE	CO'N
HEAR	TAANG
GO	HE
START	HE
STOP	
COME	LOI
GO UP	SOONG
GO DOWN	LAW

PRONOUNS

I	
YOU	NI (FLI) WOMAN
HE	
THEM	
WE	
SHE	
IT	
WHO	
WHAT	
WHEN	
WHERE	
WHY	

图 4.24　克尔中尉学习汉语手写笔记（样本二）

图 4.25　克尔中尉学习汉语手写笔记（样本三）

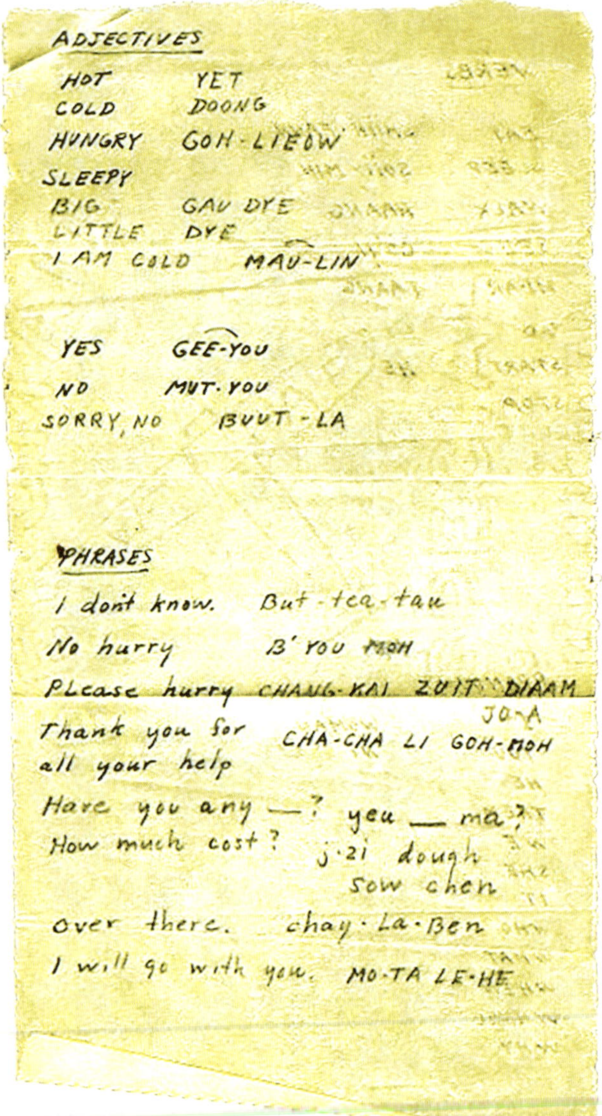

ADJECTIVES

HOT   YET
COLD   DOONG
HUNGRY   GOH-LIEOW
SLEEPY
BIG   GAU DYE
LITTLE   DYE
I AM COLD MAU-LIN

YES   GEE-YOU
NO   MUT-YOU
SORRY, NO BUUT-LA

PHRASES

I don't know.   But-tea-tau
No hurry   B'YOU MOH
Please hurry   CHANG-KAI ZUIT DIAAM
Thank you for   CHA-CHA LI GOH-MOH JO-A
all your help
Have you any ——?   yeu __ ma?
How much cost?   j-zi dough
                   sow chen
over there.   chay-La-Ben
I will go with you. MO-TA LE-HE

图 4.26　克尔中尉学习汉语手写笔记（样本四）

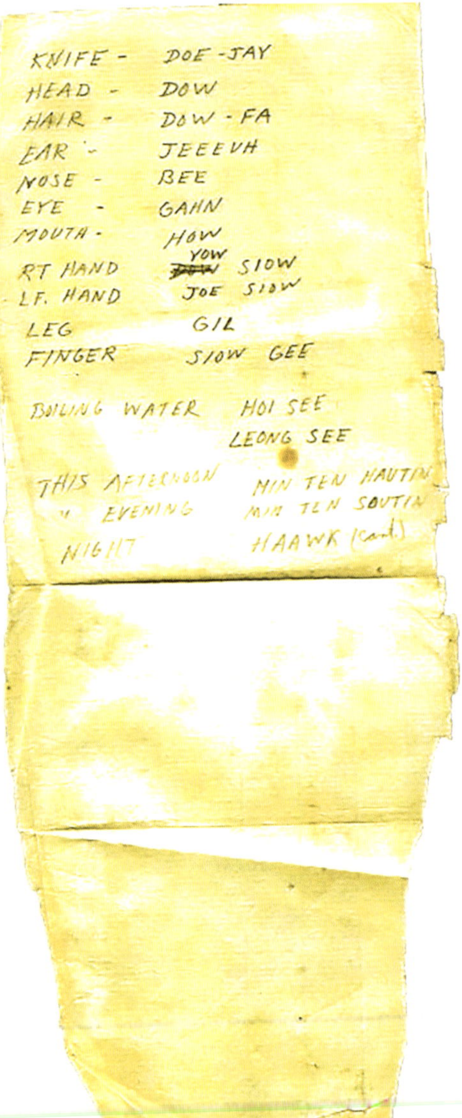

KNIFE -   DOE-JAY
HEAD -   DOW
HAIR -   DOW-FA
EAR -   JEEEVH
NOSE -   BEE
EYE -   GAHN
MOUTH -   HOW
RT HAND   YOW SIOW
LF. HAND   JOE SIOW
LEG   GIL
FINGER   SIOW GEE

BOILING WATER   HOI SEE
                 LEONG SEE

THIS AFTERNOON   MIN TEN HAUTIN
" EVENING   MIN TEN SOUTIN
NIGHT   HAAWK (cut)

图 4.27　克尔中尉学习汉语手写笔记（样本五）

克尔日记
东江纵队营救援华美军飞行员克尔中尉脱险纪实

五、克尔中尉给弟弟威斯利·克尔的信件

1944年5月30日，克尔中尉从印度的医院里写给威斯利·克尔及贝蒂·克尔的信，共四页。

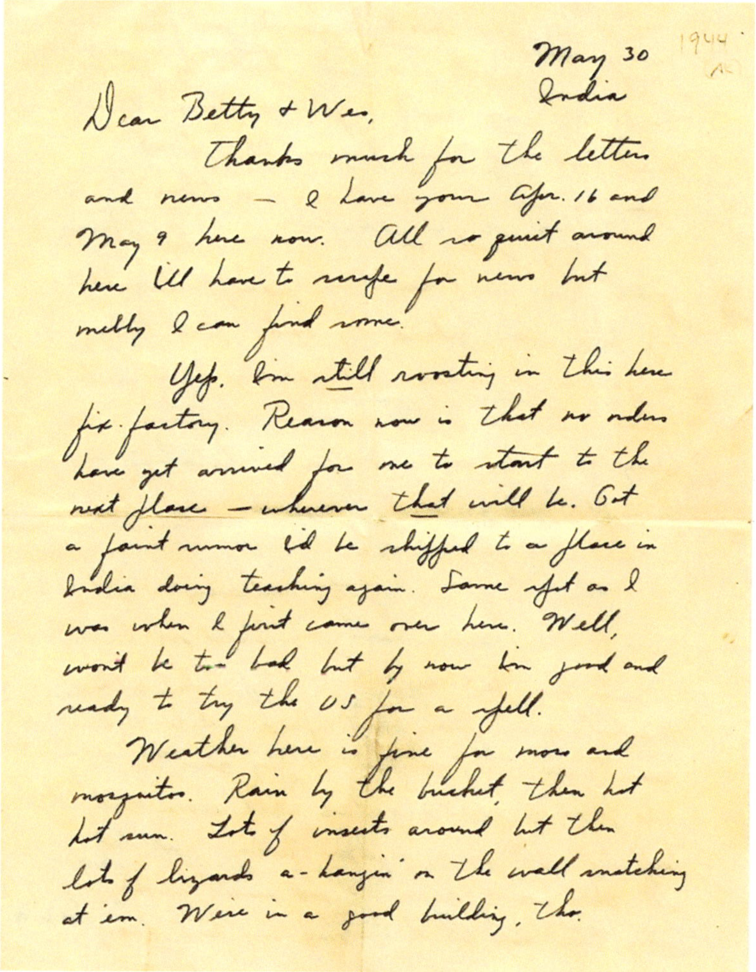

1944

May 30
India

Dear Betty & Wes,

Thanks much for the letters and news — I have your Apr. 16 and May 9 here now. All so quiet around here I'll have to scrape for news but mebby I can find some.

Yep. I'm still roosting in this here fix-factory. Reason now is that no orders have yet arrived for me to start to the next place — wherever that will be. Got a faint rumor I'd be shipped to a place in India doing teaching again. Same spot as I was when I first came over here. Well, won't be too bad but by now I'm good and ready to try the US for a spell.

Weather here is fine for moss and mosquitos. Rain by the bucket, then hot hot sun. Lots of insects around but then lots of lizards a-hangin' on the wall snatching at 'em. We're in a good building, tho.

图4.28　克尔中尉从印度的医院里写给威斯利·克尔及贝蒂·克尔的信（第一页）

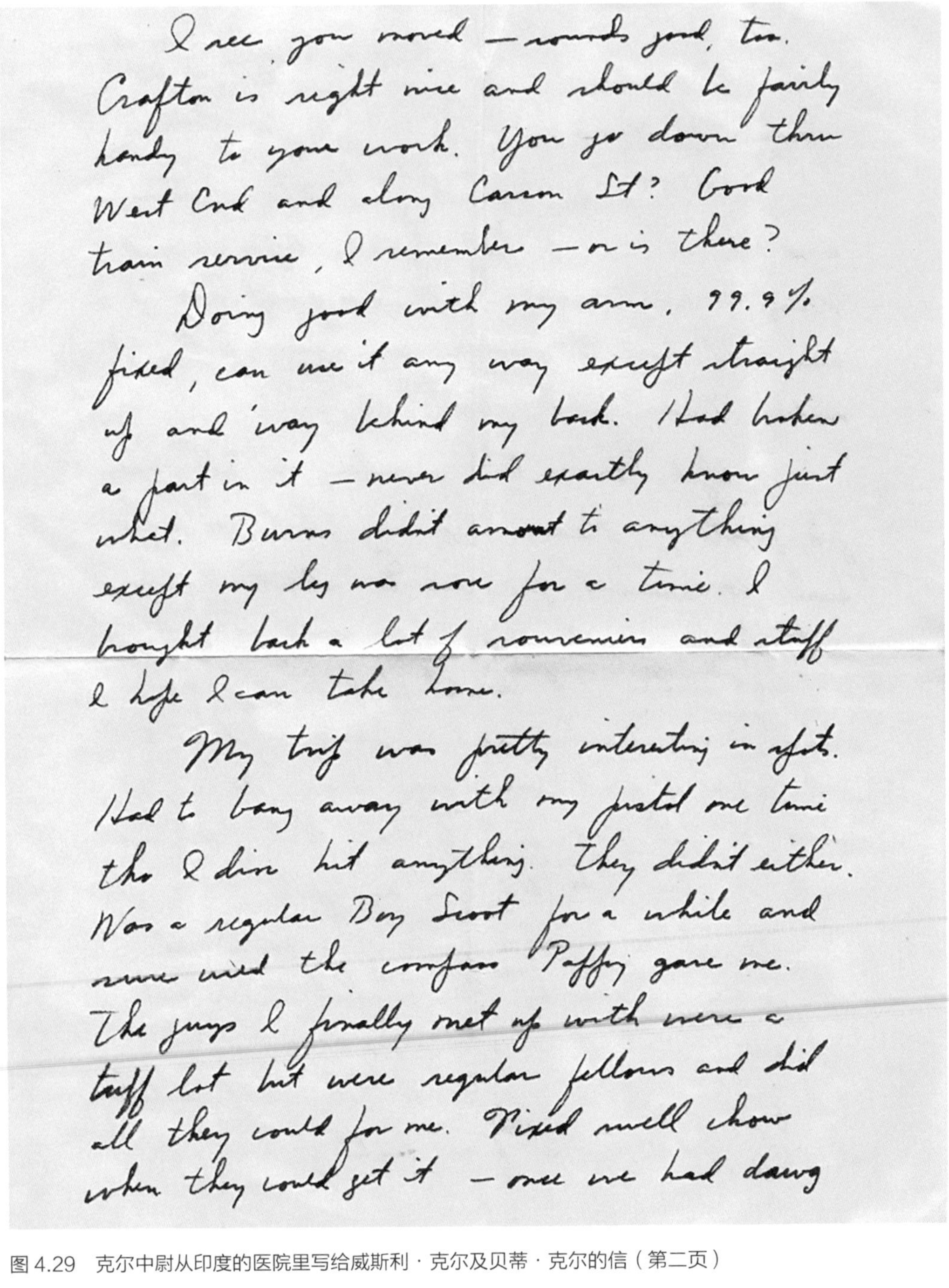

I see you moved — sounds good, too. Crafton is right nice and should be fairly handy to your work. You go down thru West End and along Carson St? Good train service, I remember — or is there?

Doing good with my arm, 99.9% fixed, can use it any way except straight up and 'way behind my back. Had broken a part in it — never did exactly know just what. Burns didn't amount to anything except my leg was sore for a time. I brought back a lot of souvenirs and stuff I hope I can take home.

My trip was pretty interesting in spots. Had to bang away with my pistol one time tho I didn't hit anything. They didn't either. Was a regular Boy Scout for a while and sure used the compass Pappy gave me. The guys I finally met up with were a tuff lot but were regular fellows and did all they could for me. Fixed swell chow when they could get it — once we had dawg

图 4.29　克尔中尉从印度的医院里写给威斯利·克尔及贝蒂·克尔的信（第二页）

克尔日记
东江纵队营救援华美军飞行员克尔中尉脱险纪实

and I thought they were pretty hard up for
grub but they assured me that this was
a rare treat. When we had chicken we really
used it all — made soup of the head & feet!
Those folks sure have some odd dishes.

The next-to-the-last few days we
(a British Sgt. was with me then) rode a
charcoal-burning truck. Some buggy! A '37
Chev. I'll draw it, sort of: On a steep grade
(that's nearly always!) the crew chief has to stand

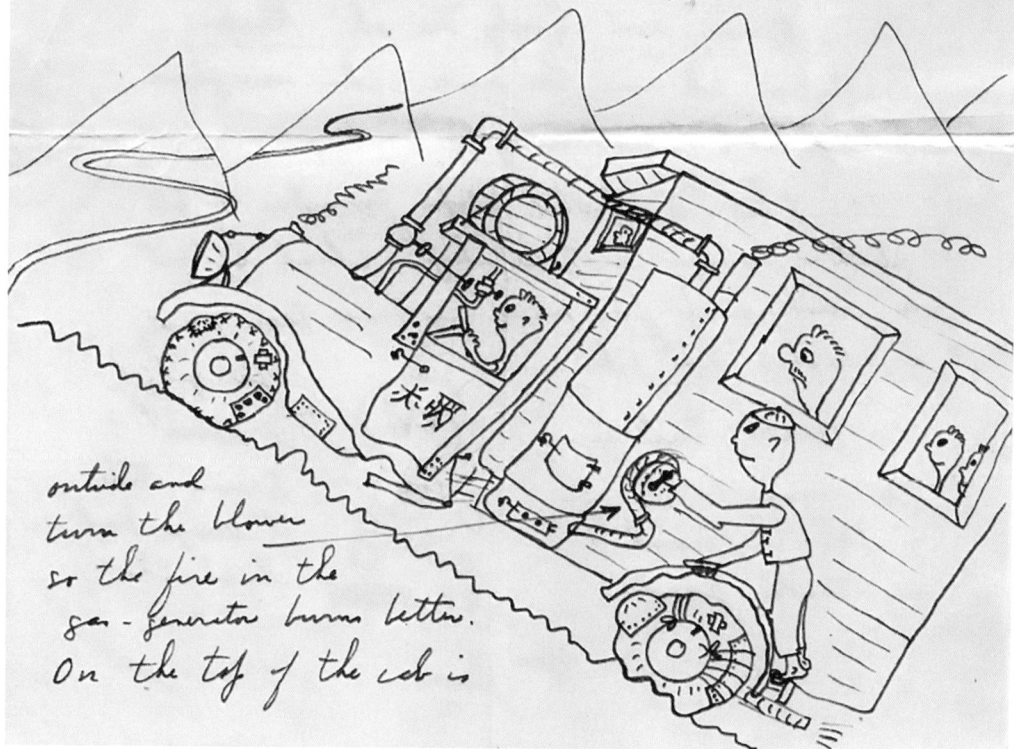

outside and
turn the blower
so the fire in the
gas-generator burns better.
On the top of the cab is

图 4.30　克尔中尉从印度的医院里写给威斯利·克尔及贝蒂·克尔的信（第三页）

a small barrel of some kind of camphor oil
for to use in starting and extra large bulk.
Tires are patched beyond any American idea —
they use carriage bolts and wire to hold the
patches on.

Yes, I remember Mr. Carnahan at the
Gas Co. Say hi to him for me — a good fellow
he is, too. Your work sounds ~~the~~ like just
the thing. Good you can and do go to school
at the same time.

Kenny real lively, too, eh? Keeps
Betty on the run, I'm sure. This new place
have a sort of pasture for 'im?

That "B" ticket looks familiar — I'll
stick it on my next airship. Think I'll get
a new name for mine — I've been using
a hickie like this:

Well, time for
the movie — I'll see
y' later. Regards to
ye victory garden!

DE KERSE

Ya git it,
"D Kerse"?
Seems like
it brings bad
luck, tho.

Yr Don.

(left margin, sideways:) Some guy I do busi with who Don want to know with

(left margin, sideways:) Sent him a B gas windows sticker fo aeroplane

图 4.31　克尔中尉从印度的医院里写给威斯利·克尔及贝蒂·克尔的信（第四页）

六、克尔中尉给妻子维达·克尔的信件

2月15日（写于炭窑中）

毫无疑问，你一定在纳闷，我为什么这么长时间没写信了。说来话长，三言两语是很难写得清楚的……

2月25日（写于大石洞中）

寒冷的中国兽窝。

最近我没有写信，因为固有的自然条件以及一些身体上的困难，更别说邮件投递的不确定了。

可以这么说，我一直生活得很宁静。除了有时得四条腿走路，像是原始人的生活！我住在一个山洞，里面尽是转来转去的蝙蝠和老鼠这些小魔怪，一到晚上就在我身上急匆匆地乱走，还咬我。蝙蝠还不错，因为它们偶尔抓住一只老鼠，那就创造了一点夜间娱乐。我的胡子都有半英寸长了。还有我的衣服！所有东西都连续不断地穿了两个星期，没换也没洗，够邋遢的吧？

天气倒还可以，晚上有点冷，白天通常都有太阳，我坐在太阳底下做梦。真是好极了，从未下过大雨。食物还好，只是分量有点少。

上帝对我蛮好的。他给了我精神力量来经受目前的磨炼，而且我每天都见到他关爱的新例证。我现在保养得奇迹般的好，这种状态不能全都归咎于运气，我的需求都以奇迹般的方式得到了满足。

现在天黑了。在我这种状况下的人，对于黑暗所带来的安全的感觉，是要感恩的。

3月2日（写于大石洞中）

熊岩①。

从上次至今，要报告的东西很少，大多数时间里，事情以非常普通的方式进展着。通常是坐着，祈愿着，希望着。

希望你还未曾从任何官方渠道得到消息。我真希望能赶快在他们（山姆大叔）告诉你之前，阻止他们。可是目前看来，等待是必不可少的。我只希望你能靠着对我的信心和对上帝的信仰支撑住，希望我能成功地做好我这部分的工作。

3月8日（写于首领的房子里）

安全了！

真希望这个消息能快点到达你那里，因为我知道你一定很不安，但是我恐怕还需要一些时间才能与你或者美国人取得联系。阿门！

我现在在一个小村庄中一间很舒服的房间内，这是当地战斗者首领的总部②，离日本人不远。但是在日本人和我之间，有许多武装的人和很好的警报系统。我是首领的特别客人，他们把我当王子般对待——在我床头放了满满一柄香蕉，今天我们吃了鸡汤、烤肉、炸姜汁鸡（给了我两只鸡大腿！），还有加了香味的火腿及新鲜

---

① 熊岩：这是克尔中尉在美国的家附近一个娱乐地区的名字。他用这个绰号来称呼西贡附近一个由大岩石组成的山洞。

② 当地战斗者首领的总部：这个人就是在主要故事里，被克尔中尉称作头号人物的那位。（中文翻译编者注：3月8日这一天，克尔中尉应该是停留在时下的深圳南澳，所说的头号人物已经不是蔡国梁了。南澳是东江纵队护航大队的基地，当时的大队长是刘培。）

的豌豆。怎么样啊！昨天是新鲜的虾和一只大龙虾。

有个英文讲得很好的人和我一起，他将陪我去 R.R.。他是个快乐的人，我跟他讲电影故事时，他最开心了。

昨天，我为一份非正规的报纸写了点东西，感谢他们——你无法想象为了救我他们所付出的一切。尽管我已经恢复得很好，并且多次提出付钱，但这些非常诚实而真挚的人，却怎样都不肯接受我的一美分。

不久，我们就要搬到将军的总部去了。我会住在那里，直到我彻底痊愈。

3 月 10 日（写于土洋的教堂）

将军的总部。

昨晚经过一番海上行程，到达了这里。不得不遗憾地说，我有点失望。没有交通工具，也不如上次那个地方那么舒服。但是，我会在这里休息一段时间，因为一位欧洲的医生将来这儿看我。今天早晨，两个看护把我腿上的绷带好好地整理了一下，我终于理了个发，还剃了胡子。

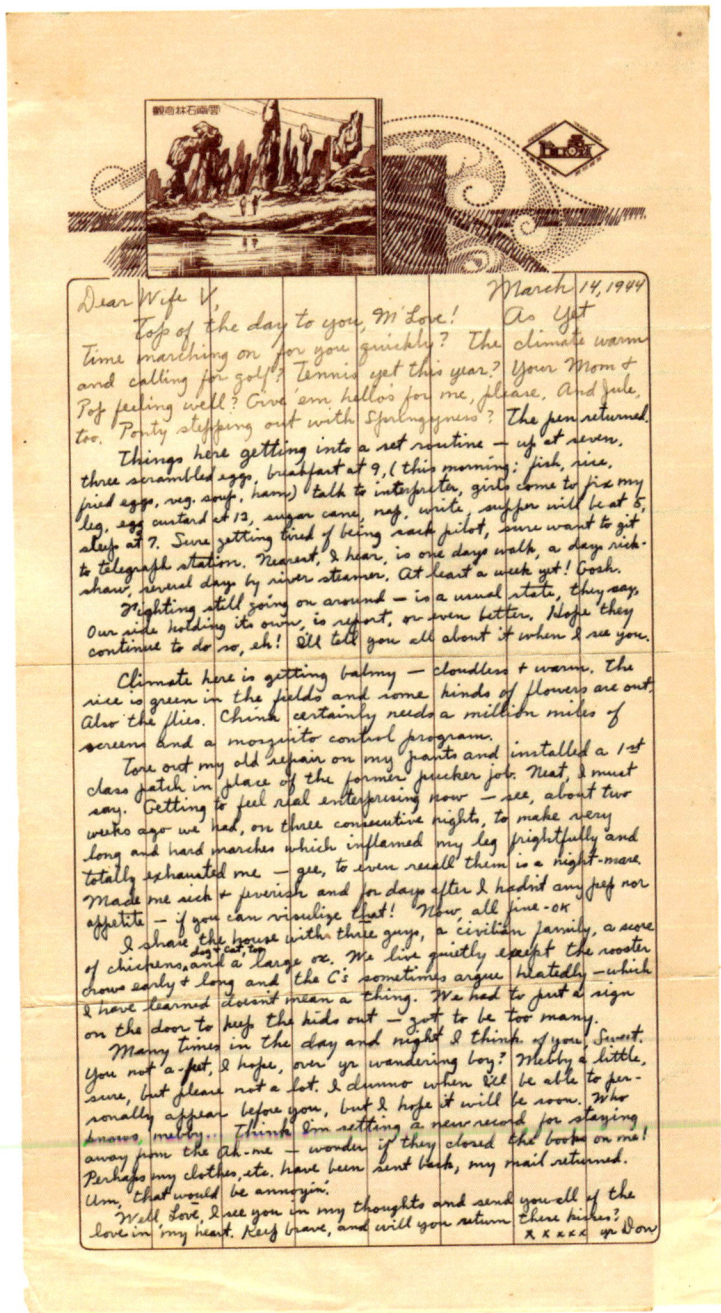

Dear Wife V,

Tops of the day to you, M'Love! As Yet
Time marching on for you quickly? The climate warm
and calling for golf? Tennis yet this year? Your Mom &
Pop feeling well? Give 'em hellos for me, please. And Jule,
too. Ponty stepping out with Springyness? The pen returned!

Things here getting into a set routine — up at seven,
three scrambled eggs, breakfast at 9, (this morning: fish, rice,
fried eggs, veg. soup, ham) talk to interpreter, girls come to fix my
leg, egg custard at 12, sugar cane, nap, write, supper will be at 8,
sleep at 7. Sure getting tired of being inach pilot, sure want to git
to telegraph station. Nearest, I hear, is one days walk, a days rick-
shaw, several days by river steamer. At least a week yet! Gosh.

Fighting still going on around — is a usual state, they say.
Our side holding its own, is report, or even better. Hope they
continue to do so, eh! I'll tell you all about it when I see you.

Climate here is getting balmy — cloudless + warm. The
rice is green in the fields and some kinds of flowers are out.
Also the flies. China certainly needs a million miles of
screen and a mosquito control program.

Tore out my old repair on my pants and installed a 1st
class patch in place of the former pucker job. Neat, I must
say. Getting to feel real enterprising now — see, about two
weeks ago we had, on three consecutive nights, to make very
long and hard marches which inflamed my leg frightfully and
totally exhausted me — gee, to even recall them is a night-mare.
Made me sick & peevish and for days after I hadn't any pep nor
appetite — if you can visualize that! Now, all fine-OK.

I share the house with three guys, a civilian family, a score
of chickens, a dog, a cat, a pig and a large ox. We live quietly except the rooster
crows early & long and the C's sometimes argue heatedly — which
I have learned doesn't mean a thing. We had to put a sign
on the door to keep the kids out — got to be too many.

Many times in the day and night I think of you, Sweet.
You not a-fret, I hope, over yr wandering boy? Mebby a little,
sure, but please not a lot. I dunno when I'll be able to per-
sonally appear before you, but I hope it will be soon. Who
knows, mebby.... Think I'm setting a new record for staying
away from the ah-me — wonder if they closed the books on me!
Perhaps my clothes, etc. have been sent back, my mail returned.
Um, that would be annoyin'.

Well, Love, I see you in my thoughts and send you all of the
love in my heart. Keep brave, and will you return these kisses?
XXXXX yo Don

图 4.32 克尔中尉写给妻子维达·克尔的信（一）
（讲述他正在土洋休养，不容易寄信）

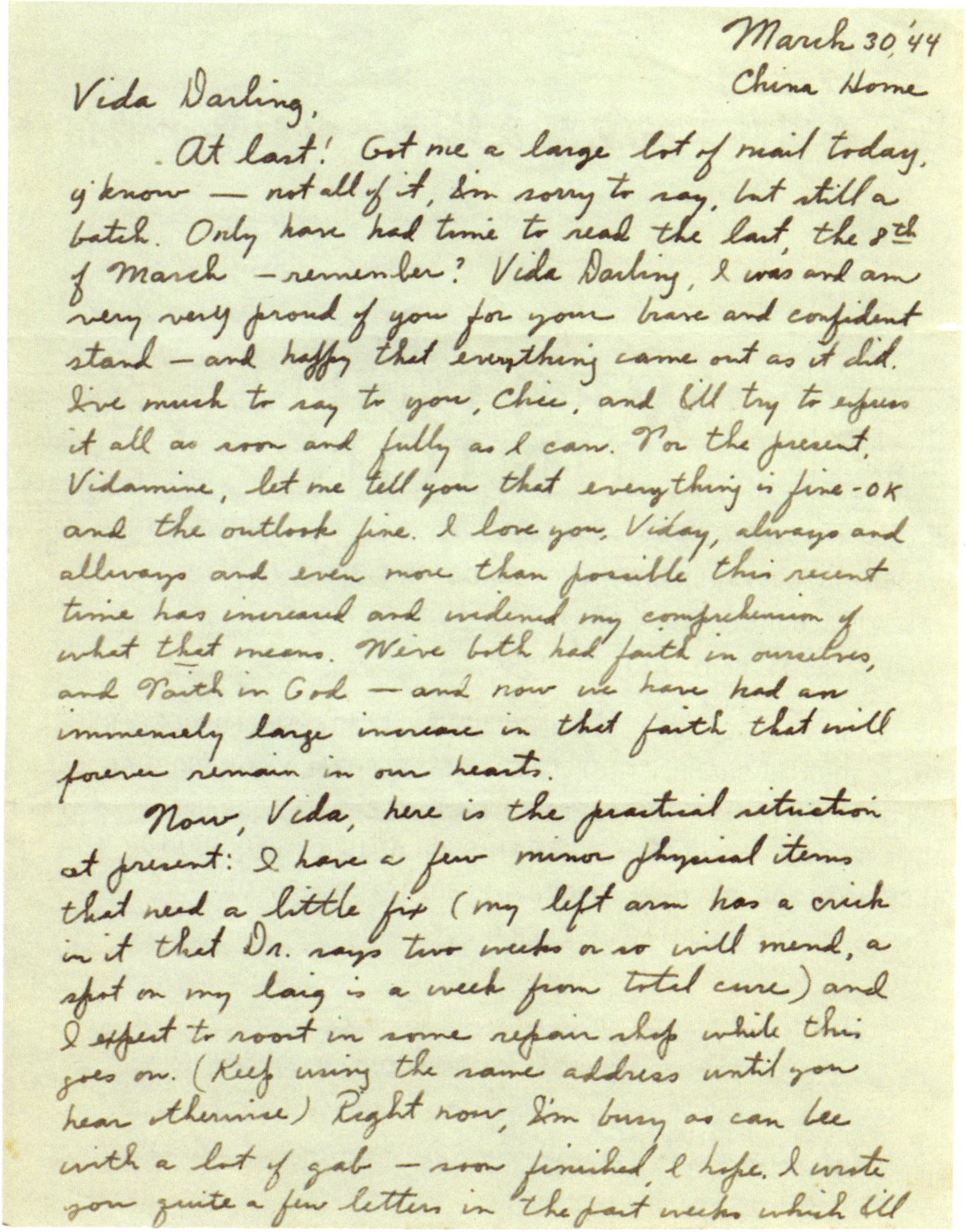

March 30, '44
China Home

Vida Darling,

At last! Got me a large lot of mail today, y'know — not all of it, I'm sorry to say, but still a batch. Only have had time to read the last, the 8th of March — remember? Vida Darling, I was and am very very proud of you for your brave and confident stand — and happy that everything came out as it did. I've much to say to you, Chic, and I'll try to express it all as soon and fully as I can. For the present, Vidamine, let me tell you that everything is fine - OK and the outlook fine. I love you, Viday, always and always and even more than possible this recent time has increased and widened my comprehension of what that means. We've both had faith in ourselves, and faith in God — and now we have had an immensely large increase in that faith that will forever remain in our hearts.

Now, Vida, here is the practical situation at present: I have a few minor physical items that need a little fix (my left arm has a crick in it that Dr. says two weeks or so will mend, a spot on my leg is a week from total cure) and I expect to roost in some repair shop while this goes on. (Keep using the same address until you hear otherwise) Right now, I'm busy as can be with a lot of gab — soon finished I hope. I wrote you quite a few letters in the past weeks which I'll

图 4.33 克尔中尉写给妻子维达·克尔的信（二）
（他平安回到昆明的基地后，第一次写信给他的妻子）

七、美国陆军航空队发给克尔中尉妻子的信件

CLASS OF SERVICE		SYMBOLS	

WESTERN UNION 1201

This is a full-rate telegram or Cablegram unless its deferred character is indicated by a suitable symbol above or preceding the address.

A. N. WILLIAMS
PRESIDENT

| DL = Day Letter |
| NL = Night Letter |
| LC = Deferred Cable |
| NLT = Cable Night Letter |
| Ship Radiogram |

The filing time shown in the date line on telegrams and day letters is STANDARD TIME at point of origin. Time of receipt is STANDARD TIME at point of destination

WA386 46 GOVT=WUX WASHINGTON DC 25 832P

MRS VIDA HURST KERR=

5731 BARTLETT ST PGH=

THE SECRETARY OF WAR DESIRES ME TO EXPRESS HIS DEEP REGRET THAT YOUR HUSBAND FIRST LIEUTENANT DONALD W KERR HAS BEEN REPORTED MISSING IN ACTION SINCE ELEVEN FEBRUARY IN ASIATIC AREA PERIOD IF FURTHER DETAILS OR OTHER INFORMATION ARE RECEIVED YOU WILL BE PROMPTLY NOTIFIED PERIOD=

ULIO THE ADJUTANT GENERAL.

THE COMPANY WILL APPRECIATE SUGGESTIONS FROM ITS PATRONS CONCERNING ITS SERVICE

图 4.34　美国陆军航空队 1944 年 2 月 25 日的电报
（电报中告诉维达·克尔，她的丈夫克尔中尉在"行动中失踪"，而那时克尔中尉实际上是在岩石洞中）

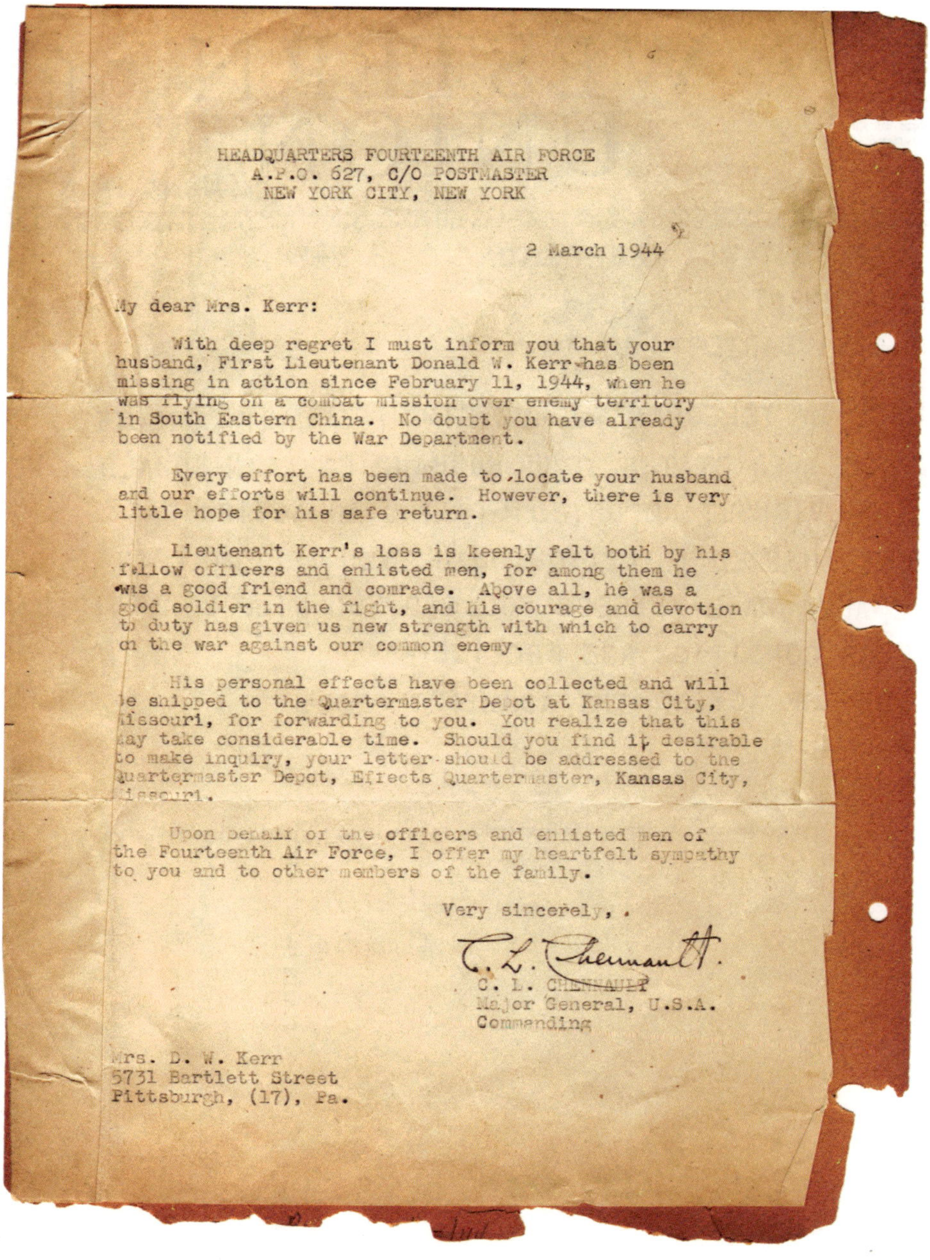

HEADQUARTERS FOURTEENTH AIR FORCE
A.P.O. 627, C/O POSTMASTER
NEW YORK CITY, NEW YORK

2 March 1944

My dear Mrs. Kerr:

With deep regret I must inform you that your husband, First Lieutenant Donald W. Kerr has been missing in action since February 11, 1944, when he was flying on a combat mission over enemy territory in South Eastern China. No doubt you have already been notified by the War Department.

Every effort has been made to locate your husband and our efforts will continue. However, there is very little hope for his safe return.

Lieutenant Kerr's loss is keenly felt both by his fellow officers and enlisted men, for among them he was a good friend and comrade. Above all, he was a good soldier in the fight, and his courage and devotion to duty has given us new strength with which to carry on the war against our common enemy.

His personal effects have been collected and will be shipped to the Quartermaster Depot at Kansas City, Missouri, for forwarding to you. You realize that this may take considerable time. Should you find it desirable to make inquiry, your letter should be addressed to the Quartermaster Depot, Effects Quartermaster, Kansas City, Missouri.

Upon behalf of the officers and enlisted men of the Fourteenth Air Force, I offer my heartfelt sympathy to you and to other members of the family.

Very sincerely,

C. L. CHENNAULT
Major General, U.S.A.
Commanding

Mrs. D. W. Kerr
5731 Bartlett Street
Pittsburgh, (17), Pa.

图 4.35　美国第十四航空队 1944 年 3 月 2 日写给维达·克尔的信
（信中告诉维达·克尔，她的丈夫克尔中尉在 2 月 11 日的行动中失踪）

WESTERN UNION

CLASS OF SERVICE

This is a full-rate Telegram or Cablegram unless its deferred character is indicated by a suitable symbol above or preceding the address.

A. N. WILLIAMS
PRESIDENT

1201

(18)

944 APR 13 PM 4 21

SYMBOLS

DL = Day Letter
NL = Night Letter
LC = Deferred Cable
NLT = Cable Night Letter
Ship Radiogram

The filing time shown in the date line on telegrams and day letters is STANDARD TIME at point of origin. Time of receipt is STANDARD TIME at point of destination

GW90 47 GOVT=WUX WASHINGTON DC 13 347P

MRS VIDA HURST KERR

5731 BARTLETT ST PGH=

REFERENCE MY TELEGRAM TWENTY FIVE FEBRUARY CORECTED
REPORT RECEIVED STATES YOUR HUSBAND CAPTAIN DONALD W KERR
WHO WAS PREVIOUSLY REPORTED MISSING IN ACTION WAS
SERIOUSLY INJURED IN ACTION ON ELEVEN FEBRUARY IN
ASIATIC AREA MAIL ADDRESS FOLLOWS YOU WILL BE ADVISED AS
REPORTS OF CONDITION ARE RECEIVED=

=DUNLOP ACTING THE ADJUTANT GENL.

THE COMPANY WILL APPRECIATE SUGGESTIONS FROM ITS PATRONS CONCERNING ITS SERVICE

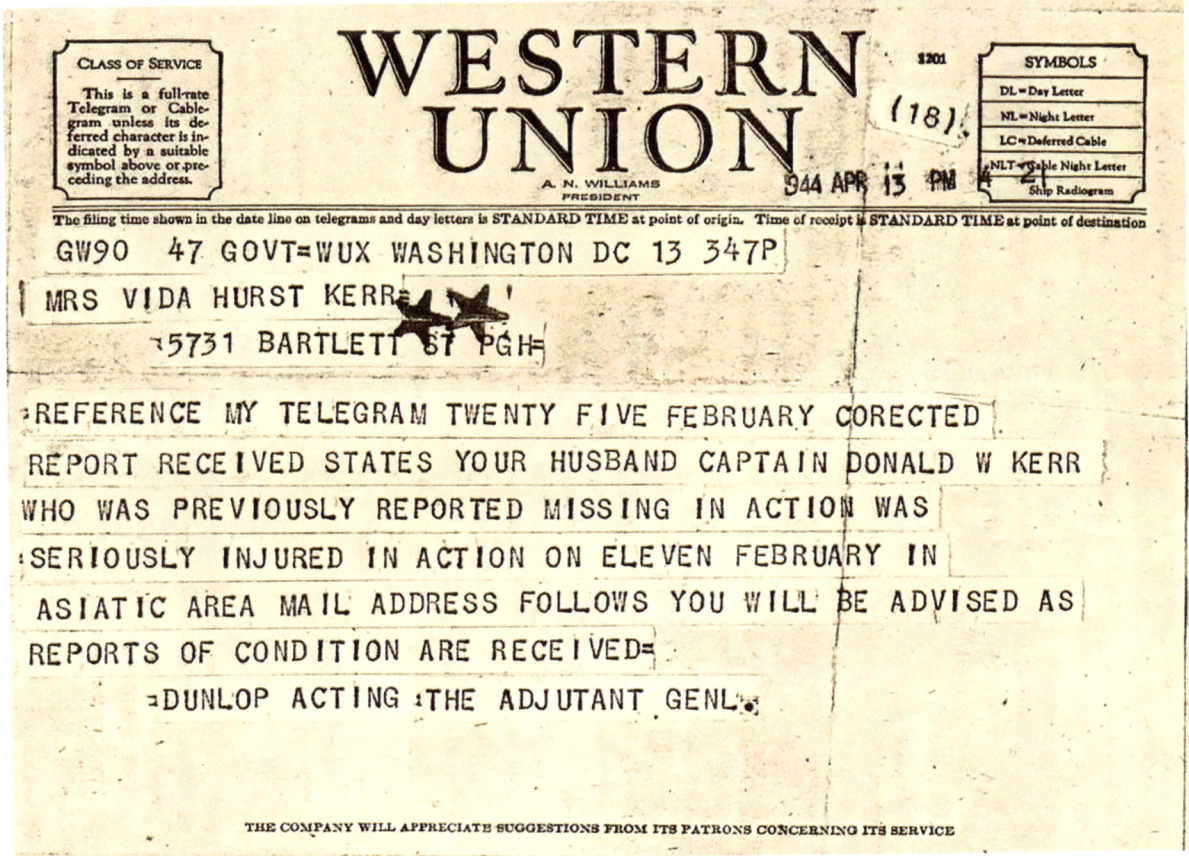

图 4.36　美国陆军航空队 1944 年 4 月 13 日的电报
（电报中告诉维达·克尔，她的丈夫克尔中尉已经找到，但是伤得很严重。但其实克尔中尉已于 3 月 29 日平安地返回了美国空军基地）

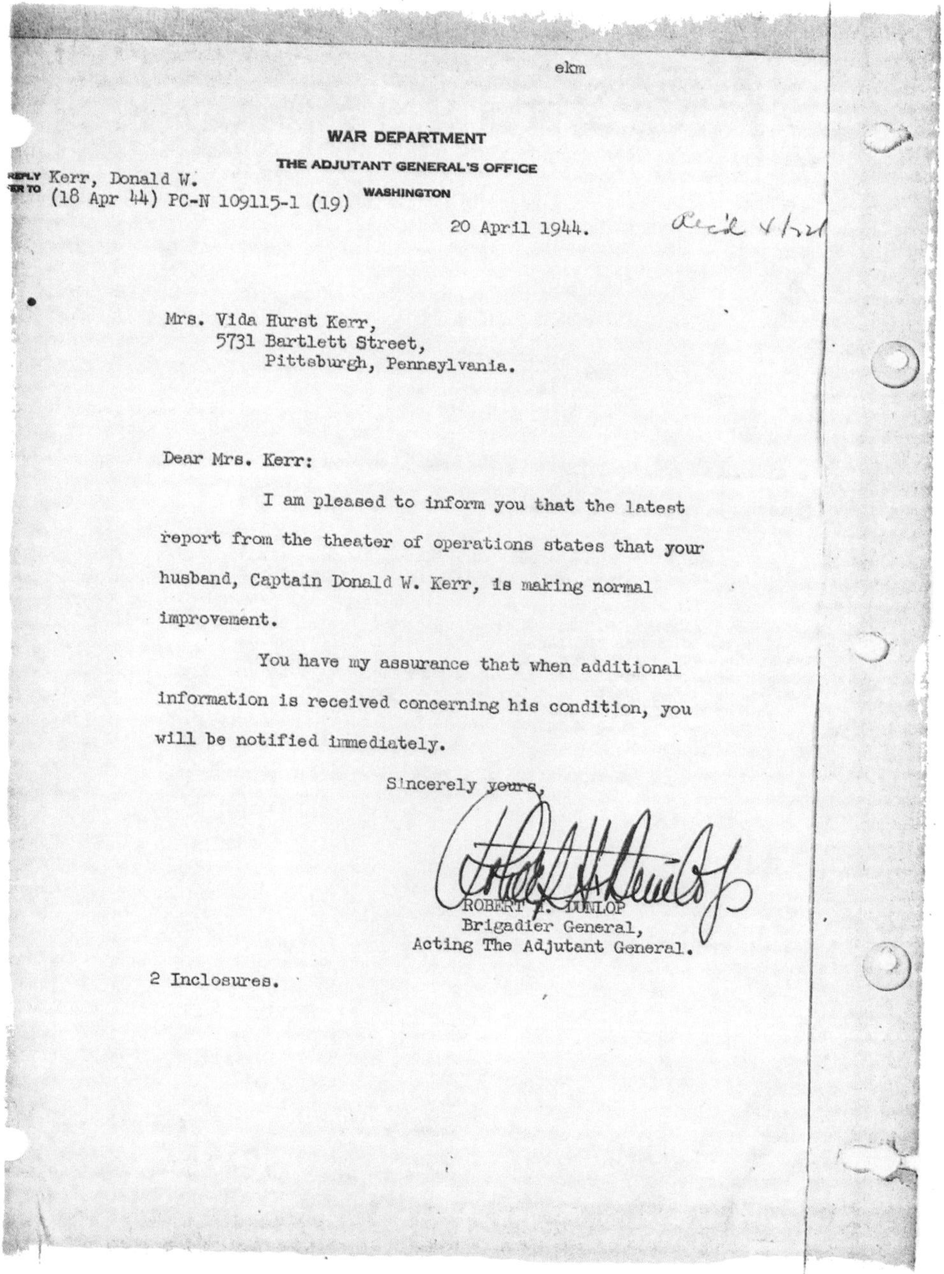

ekm

WAR DEPARTMENT

THE ADJUTANT GENERAL'S OFFICE

REPLY Kerr, Donald W.   WASHINGTON
ER TO (18 Apr 44) PC-N 109115-1 (19)

20 April 1944.   *Rec'd 4/21*

Mrs. Vida Hurst Kerr,
    5731 Bartlett Street,
    Pittsburgh, Pennsylvania.

Dear Mrs. Kerr:

    I am pleased to inform you that the latest
report from the theater of operations states that your
husband, Captain Donald W. Kerr, is making normal
improvement.

    You have my assurance that when additional
information is received concerning his condition, you
will be notified immediately.

                    Sincerely yours,

                    ROBERT H. DUNLOP
                    Brigadier General,
                    Acting The Adjutant General.

2 Inclosures.

图 4.37　美国陆军航空队战争部 1944 年 4 月 20 日写给维达·克尔的信
（信中告诉维达·克尔，她丈夫克尔中尉的情况正在改善）

八、英军服务团文件

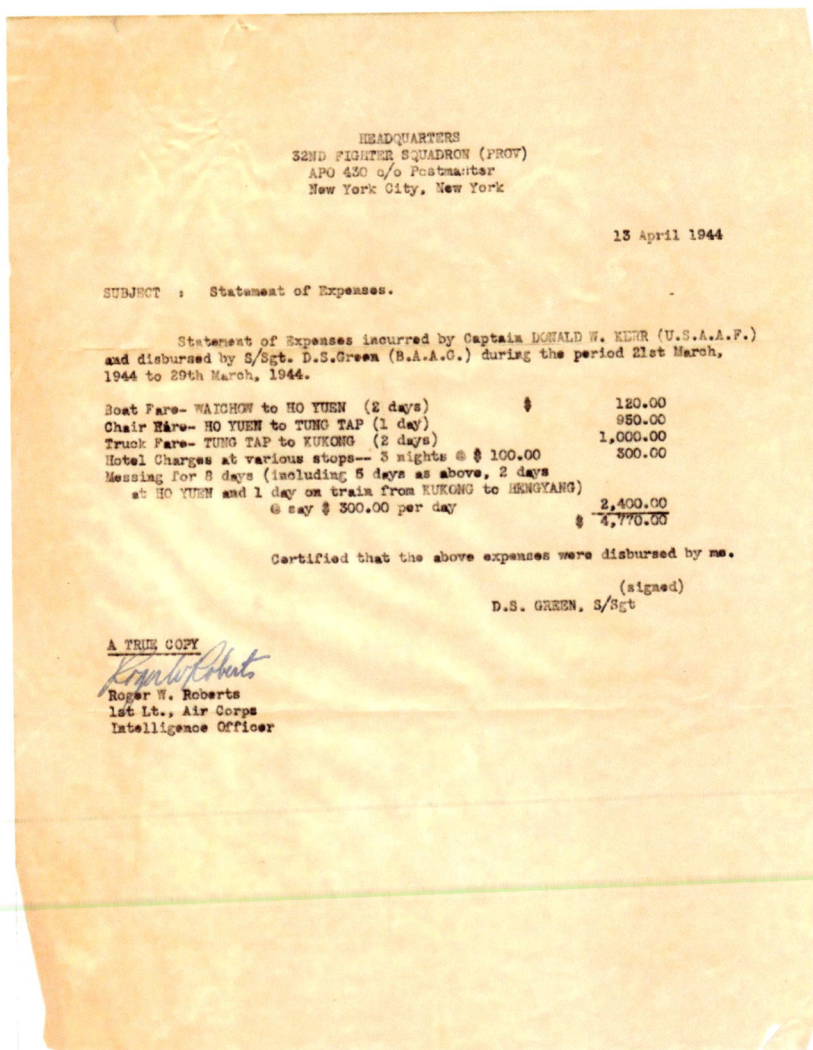

```
                    HEADQUARTERS
               32ND FIGHTER SQUADRON (PROV)
               APO 430 c/o Postmaster
               New York City, New York


                                          13 April 1944


SUBJECT  :  Statement of Expenses.

        Statement of Expenses incurred by Captain DONALD W. KERR (U.S.A.A.F.)
and disbursed by S/Sgt. D.S.Green (B.A.A.G.) during the period 21st March,
1944 to 29th March, 1944.

Boat Fare- WAICHOW to HO YUEN  (2 days)        $        120.00
Chair Hire- HO YUEN to TUNG TAP (1 day)                 950.00
Truck Fare- TUNG TAP to KUKONG  (2 days)              1,000.00
Hotel Charges at various stops-- 3 nights @ $ 100.00    300.00
Messing for 8 days (including 5 days as above, 2 days
   at HO YUEN and 1 day on train from KUKONG to HENGYANG)
                    @ say $ 300.00 per day            2,400.00
                                               $      4,770.00


               Certified that the above expenses were disbursed by me.

                                               (signed)
                                          D.S. GREEN, S/Sgt


A TRUE COPY
   Roger W. Roberts
   Roger W. Roberts
   1st Lt., Air Corps
   Intelligence Officer
```

图 4.38 英军服务团文员 D·S·格林军士开具给美国陆军航空队在纽约的总部关于护送克尔中尉从惠州到桂林行程的消费清单（这证明了克尔中尉离开惠州之后的行程）

Headquarters,
British Army Aid Group,
Kweilin.
7th April, 1944.

Reference:- DP/5.

Major-General G.E. Grimsdale,
H.M. Military Attache,
British Embassy,
Chungking.

My dear ~~General~~,

Reference my DP/4 dated 24 Mar 44:

1.   I have received the following report from ROMAIR regarding KERR's recent escape from the KOWLOON Hills through RED territory:-

"Briefly what happened was that he came down on the South, or wrong, side of the KOWLOON range, at a spot in full view of the KAI TAK A/d, and made his way as quickly as possible towards the North, or right side. Just after he crossed the top and started down the North Slope, he was contacted by a small boy who led him some distance in the right direction. Unfortunately enemy troops who were in pursuit were getting too close and the small boy, who afterwards turned out to be a 'little devil', or RED runner, outdistanced KERR, who went to earth. For several days he lived in holes, never coming out by day, but working his way East at night. Finally he made up his mind to tackle a party of youths who walked near to his hideout, and he was lucky - they put him in touch with the REDS, who looked after him very well and finally - on 18 Mar - got him to PINGSHAN whence he was brought up to WAICHOW by the HRUNG CHEUNG.

"First I would say that he is by far the most intelligent and pleasant (and, I think, the toughest) of all the U.S.A.A.F. chaps who have so far shown up here. And if what I say should be of any interest to his topside, I would like to record that he did exactly the right things throughout and owes his success to a great extent to his own good judgement, determination and courage. In particular, the precautions which he laid down for himself and rigidly followed in the first critical days before he got in touch with the REDS, in spite of hunger and discomfort, almost certainly saved him from capture. He must have thought that he had almost no chance of getting away - he knew nothing about the set-up - and it would have been so easy to take unjustified risks through desperation, which would have played into the enemy's hands. I am sure you will agree that what he did is most praiseworthy, and deserves some recognition.

图 4.39　英军服务团与重庆英国大使馆军事参赞就营救克尔中尉进行沟通（一）
（伊丽莎白·赖特提供，节录自《赖特上校文件》）

(3) that they were most anxious to help in the Allied war effort by supplying Intelligence and - they specially mentioned this - by guerrilla and sabotage work. XAXX is much impressed by this and believes that much good work could be done.

"They gave him a very carefully written letter to General CHENNAULT (which I have seen) giving a full account of their position and aims (but making no mention of communism, which they did not stress at all with XAXX, of course), and accompanied with a map showing the area they control and operate in (they claimed less on this map than I would have given them, if asked to guess). The letter makes a specific offer of cooperation, and suggests that the general get in touch with them so that work may be done in future, and saying that the best of all would if Gen. CHENNAULT would send a representative to keep in touch with them. XAXX only showed this to me after considerable hesitation, I think, because he did not at first tell me he had such a letter. I of course, made no attempt to persuade him to show me anything. When I had seen the letter, he asked me whether I thought he ought to show it to his authorities, or try to have it delivered! I said that I thought he ought to hand over everything he has (he has several XXD newspapers etc) and make as full a report as possible of everything he knows. I told him I thought topside would be most interested.

"That is about the gist of it. I hope you will have a chance of a good long talk with XAXX. As I have said, I cannot be sure that there was not some sort of pro-American anti-British stuff, which he would naturally not repeat to me. But really I have no reason to suspect this, except that I had an idea before that they might take that line, as I said in a previous letter.

"I do not think XAXX realises that I am writing such a full report of all he has told me - he fully realises the need for security - and it might be as well to let him tell you himself, if you get the chance. But I realise that you will probably not have as good a chance as I have had, so I thought it was important for me to get the whole thing down on paper at once for you."

图 4.40 英军服务团与重庆英国大使馆军事参赞就营救克尔中尉进行沟通（二）
（伊丽莎白·赖特提供，节录自《赖特上校文件》）

克尔日记
东江纵队营救援华美军飞行员克尔中尉脱险纪实

7.   I imagine the positions will be clarified on Colonel
hIDE's return, but I write this to keep you informed of the
way the wind blows in the meantime.

                    Yours sincerely,

Copy to G.S.I.(e), G.H.Q.,
           New Delhi.

图 4.41　英军服务团与重庆英国大使馆军事参赞就营救克尔中尉进行沟通（三）
（伊丽莎白·赖特提供，节录自《赖特上校文件》）

九、克尔中尉写给东江纵队的感谢信

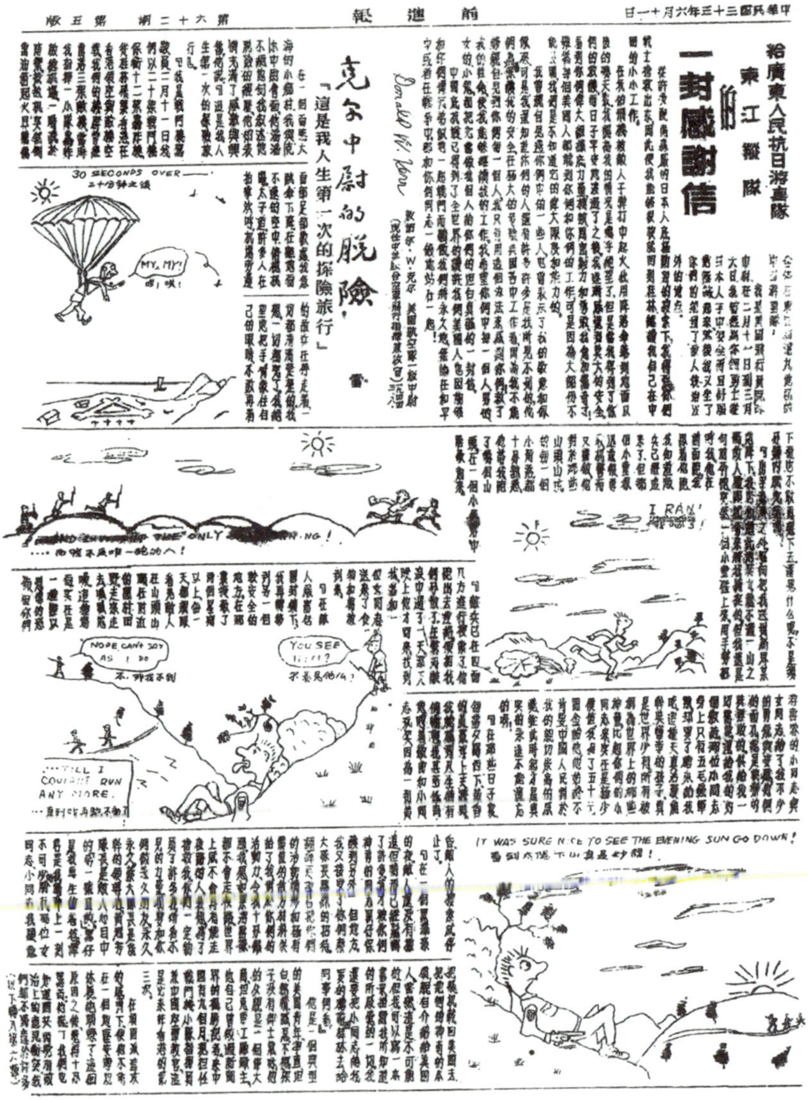

图 4.42　克尔中尉写给东江纵队的感谢信及脱险历程
（翻译后刊登于东江纵队《前进报》，1944 年 6 月 11 日，第 62 期，第 5 版）

给广东人民抗日游击队东江纵队的一封感谢信

全体在东江和港九地区的中国游击队：

　　我是美国飞行员克尔中尉，在二月十一日到三月六日，我曾经被你们勇士从日本人手中安全而且舒服地隐蔽起来，然后我又坐了你们的船到了敌人控制之外的地点。

　　从许多配备森严的日本人底极严密的搜索下，我得到你们战士抢救出来，因此使我能够很快就回到桂林，继续我自己在中国的小小工作。

　　在我的飞机被敌人子弹打中起火，我用降落伞落到地面以后的几天里，我认为我的情况是几乎绝望了，但是当我得到了你们的救护，而日子平安地度过了之后，我逐渐感觉到莫大的安全。看到你们伟大组织底（的）力量，机敏周密，毅力和勇敢，我愈加惊奇了！虽然每个美国人都听到你们和你们的工作，可是因为大部分不能公开，我们是不知道它的伟大限度和能力的。

　　我曾亲自见过你们中的一些人，也曾表示了我的敬意和佩服，可是我还知道你们的人还有许多许多是我所见不到的，他们为保护我的安全，在极大的危险与困苦中工作着。因为我不能够亲自见到你们每一个人，我只有用这个办法来感谢你们救了我的性命，使我能够继续我的工作。我希望你们中每一个人，男的、女的、小鬼，都把它当作我个人给你们的坦白真诚的一封信。

　　中国底（的）抗战已得到了全世界的赞许，我们美国人也因能够和你们像兄弟似的一起战斗而骄傲。我们将永久地，无论在和平中或者在战争中，都和你们同志一般地站在一起！

敦纳尔·W·克尔　美国航空队一级中尉

Donald W. Kerr

（现任中美联合空军飞行指挥兼教官）

一九四四·三·八

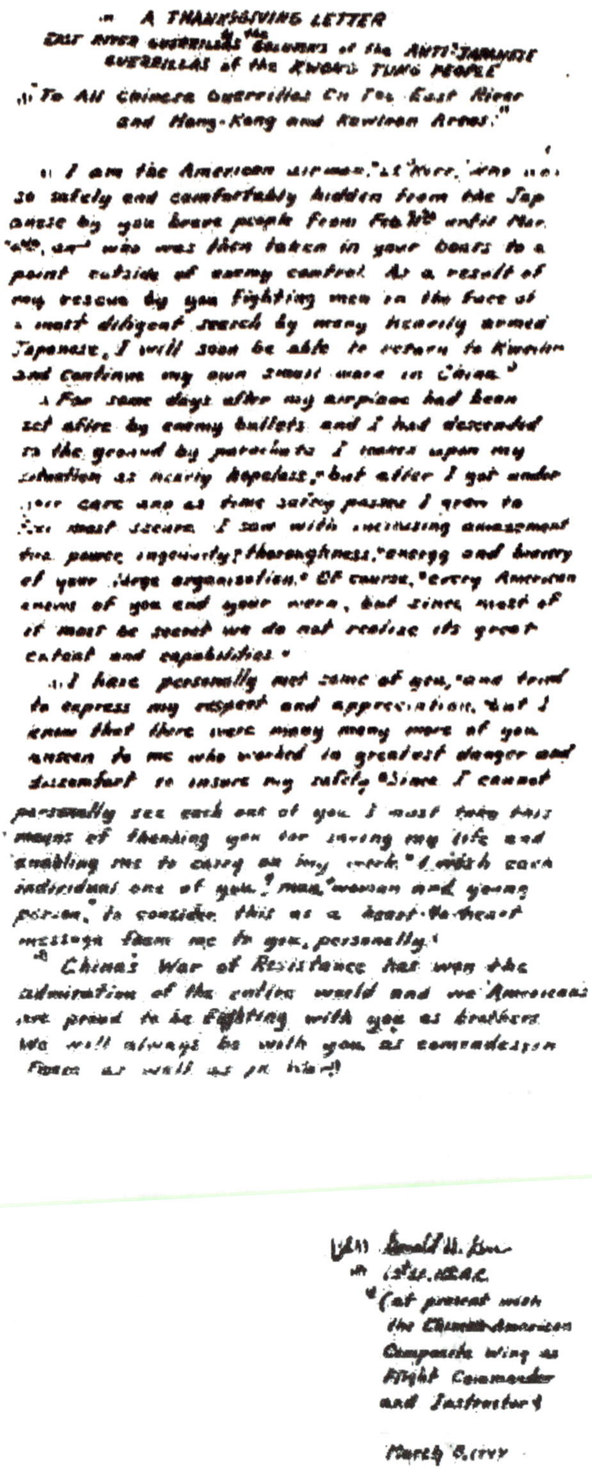

A THANKSGIVING LETTER

EAST RIVER GUERRILLAS COLUMNS of the ANTI-JAPANESE
GUERRILLAS of the KWANG TUNG PEOPLE

"To All Chinese Guerrillas On The East River
and Hong-Kong and Kowloon Areas."

"I am the American airman, Lt Kerr, who was so safely and comfortably hidden from the Japanese by you brave people from Feb 11th until Mar 26th, and who was then taken in your boats to a point outside of enemy control. As a result of my rescue by you fighting men in the face of a most diligent search by many heavily armed Japanese, I will soon be able to return to Kweilin and continue my own small share in China.

For some days after my airplane had been set afire by enemy bullets and I had descended to the ground by parachute I looked upon my situation as nearly hopeless, but after I got under your care and as time safely passed I grew to feel most secure. I saw with increasing amazement the power, ingenuity, thoroughness, energy and bravery of your large organisation. Of course, every American knows of you and your work, but since most of it must be secret we do not realise its great extent and capabilities.

I have personally met some of you, and tried to express my respect and appreciation, but I know that there were many many more of you unseen to me who worked in greatest danger and discomfort to insure my safety. Since I cannot personally see each one of you I must take this means of thanking you for saving my life and enabling me to carry on my work. I wish each individual one of you, man, woman and young person, to consider this as a heart-to-heart message from me to you, personally.

China's War of Resistance has won the admiration of the entire world and we Americans are proud to be fighting with you as brothers. We will always be with you as comrades in peace as well as in war!

Donald W. Kerr
Lt. USAAF.
At present with the Chinese-American Composite Wing as Flight Commander and Instructor

March 9, 1944

图 4.43　克尔中尉写给东江纵队的感谢信（英文原稿）

克尔日记
东江纵队营救援华美军飞行员克尔中尉脱险纪实

（克尔中尉逃生脱险之后接受《前进报》记者采访）

克尔中尉的脱险

"这是我人生第一次的探险旅行"

在一个面临大海的小乡村，我与克尔中尉会面，他滔滔不绝地向我叙述他脱险的经历，他的表情充满了感激与兴奋，他说："这是我人生第一次的探险旅行。"

"我是战斗机驾驶员，二月十一日我们以二十架战斗机保卫十二架轰炸机，从桂林飞袭香港，在香港领空与敌机空战，我们的机群曾经击落三架敌机。当时我指挥一小队轰炸启德机场，一时疏于防御，被敌机突然侧击油箱起火，且烧伤面部、足部数处。我急跳伞下降，在离地面不远的空中俯视机场。太子道，许多人在拍掌欢呼。机场旁边的敌兵在奔走着，一切都清清楚楚的。我想，一切都完了。我绝望地把手臂蒙住自己的眼睛，不敢再看下面，也不敢再想下去。还想什么呢？不是几分钟内就完结吗？

"出乎意料之外，风向把我送到新界某地降下，我也知道此地离机场不过一山之隔，敌人立即就会来将我捕捉的，但我还是向前奔跑，突然一个小童跑上来，用手势招呼我，他在前面跑，我跟着他跑。我知道敌兵已经追来了，但那个小童很迅速很勇敢机警而又灵敏，他对于那些山头山坑的每一个小角落都十分熟悉，他带着我跑了几个山头，在一个小角落中隐蔽起来。

"敌兵已在四面八方进行搜索了，他跑出去联络，便使我们分散了。在惊涛骇浪中过了一天。那天晚上他才回来找到我，并和一位女同志送来了食物和棉被。

"在敌人严密包围封锁下，我再转移到另一个较安全的地方。在那里掩蔽了两个星期以上，每一天都亲眼看见敌人在山头山脚，在附近的围村、田野，走来走去呱呱地噪。这种场面实在是一种难以想象的恐怖，但你们游击队的小同志与女同志给了我不少的勇气与安慰，你们的面孔总是快乐的与勇敢的。供给我一切需要，还给我的灼伤敷药。那位小同志身上只有五毛钱军票，却买了糖来给我吃，这种天真活泼能干与懂事的孩子，真是世界少有。所有被称为世界上的那些神童，比起你们的小同志来，实在是极少价值，我给了五十元国金给他，他始终不肯要，中国人民对于我的亲切崇高的感觉，从此时起才是真实的永远不能遗忘的呀！

"在那些日子里，每当夕阳西下，黄昏的美景浮上天际时，我就感到人生特有的欣慰，我甚至低声地哼着歌曲和小同志玩笑，因为一到黄昏，敌人的搜索就停止了。

"在一个黑漆漆的夜，敌人还没有撤退，但情形已经松弛了许多，我才被你们神勇的同志黑仔保护到另外一个地方。我又接受了你们蔡大队长热烈的招待。翻译员谭君把你们的活动情形和极有价值的敌方材料供给了我。对于你们的活动力，令我十分佩服。我想如果游击队都不会走夜路，那世界上就不会再有能走夜路的人。我想，为了抢救我，你们一定动员了许多我所看不见的力量。我要和你们做长久朋友，永久，永久。蔡大队长是能干的领导者，黄冠芳队长是敌人心目中的'第一号公敌'，黑仔是我再生的爸爸，谭君是我精神上一刻不可少的朋友。那位女同志、小同志我愿意用飞机载回美国去，把他们的神奇的本领，亲自介绍给美国人。当然这是不可能的，但我可以写一本书来描写我所知道的、所感觉的一切。我还要把小同志给我买的糖带回桂林去给同事们看。"

他是一个典型的美国青年，率直、坦白、热情、诚恳、不摆架子，没有绅士气味，他的父亲是一个军火商，坦克库工厂厂主，他自己曾做过新闻界的摄影记者，来中国有九个月，现担任战斗机小队指挥员兼中国空军教官，这是他来炸香港的第三次。

在顽固派进攻的威胁下，使他不能在一个地区安静地休养，他明了了这个原因之后，觉得十分惊奇，他说："我们也知道国共两党有政治上的意见冲突，我们都不满意于许多（以下转入第六版）

…………

（编者按：访问稿刊登在这一期《前进报》的第五版还未结束，余下一部分转入第六版。可惜无法找到该版，全文有待补足。）

十、克尔中尉的后人访问中国

克尔中尉被救的故事，他本人只跟两个儿子讲了一遍。在返回美国生活的战争老兵中，这是很普遍的，很少人吹嘘自己的经历。可是，他的故事里中美人民之间的合作，却给两个儿子留下深刻印象。1977 年，克尔中尉去世之后，他的妻子维达·克尔经常讲小男孩（李石）的故事，以及这个男孩为了帮助一个不认识的美国飞行员，是如何冒险的。

克尔中尉之次子戴维很久以前就向往去中国旅行，去找那些东江纵队成员的家庭，只是他不知道该怎么和他们联系。一连串巧合的事件，引导出了一次成功的会面：

2003 年，戴维在她母亲的房子里，找到了那面坪山人民在 1944 年赠送给克尔中尉的锦旗。

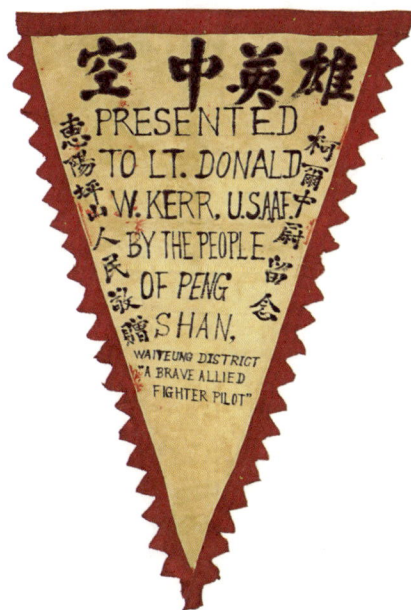

图 4.44　坪山人民在 1944 年赠送给克尔中尉的锦旗

2004 年，戴维的雇主国际商业机器公司（IBM）把个人电脑部分卖给了一家在深圳有生产设备的中国公司——联想公司（Lenovo）。

2005 年，戴维开始到深圳出差，深圳就在香港旁边。

2008 年，戴维在联想公司的一位同事陈秋（Kevin Chen）和陈的父亲认出了锦旗上写的坪山就是深圳地区的坪山市。另一位同事高海韵带戴维去坪山，看看一个村子是怎么发展成一个城市的。他们站在路上，问别人怎么去土洋的"东江总部博物馆"时，来了个人向他们建议去附近的东江纵队纪念馆。在这个纪念馆里，工作人员认出了克尔中尉的名字，就给戴维看一件展品，展示 8 位被东江纵队救出的飞行员，戴维在展品中认出了他父亲画的漫画。

纪念馆的工作人员提供了一个东江纵队老战士联谊会的电话号码。同事高海韵向联谊会打了电话，接着的那个周末，戴维就见到了张方（张松鹤的儿子）、曾发（一个东江纵队的交通员）和叶小姐（一位历史学家和画家）。接着，就有了多次同东江纵队老战士的会面。

2008 年 5 月，戴维收到了原东江纵队部分老战士的邀请信（图 4.45、图 4.46），请他带他的家庭到中国，和老战士及其家人见面。香港东江纵队历史研究会的吴军捷提供了帮助（图 4.47），让戴维等人见到了李石（小男孩）。

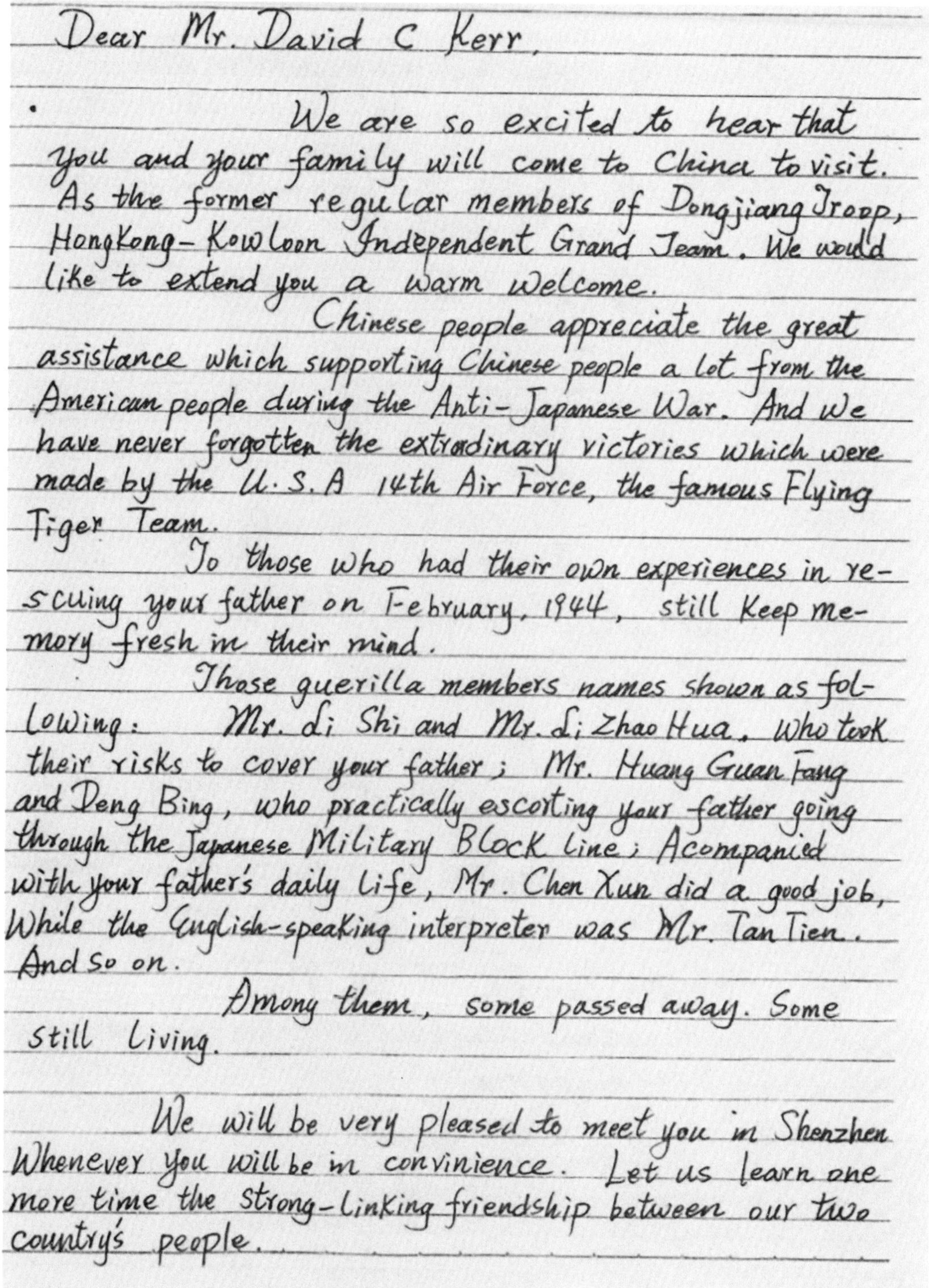

Dear Mr. David C Kerr,

We are so excited to hear that you and your family will come to China to visit. As the former regular members of Dongjiang Troop, HongKong - Kowloon Independent Grand Team. We would like to extend you a warm welcome.

Chinese people appreciate the great assistance which supporting Chinese people a lot from the American people during the Anti-Japanese War. And we have never forgotten the extraordinary victories which were made by the U.S.A 14th Air Force, the famous Flying Tiger Team.

To those who had their own experiences in rescuing your father on February. 1944, still keep memory fresh in their mind.

Those guerilla members names shown as following: Mr. di Shi and Mr. Li Zhao Hua, who took their risks to cover your father; Mr. Huang Guan Fang and Deng Bing, who practically escorting your father going through the Japanese Military Block Line; Acompanied with your father's daily life, Mr. Chen Xun did a good job, While the English-speaking interpreter was Mr. Tan Tien. And so on.

Among them, some passed away. Some still Living.

We will be very pleased to meet you in Shenzhen Whenever you will be in convinience. Let us learn one more time the strong-linking friendship between our two country's people.

图 4.45　原东江纵队部分老战士的邀请信（第一页）

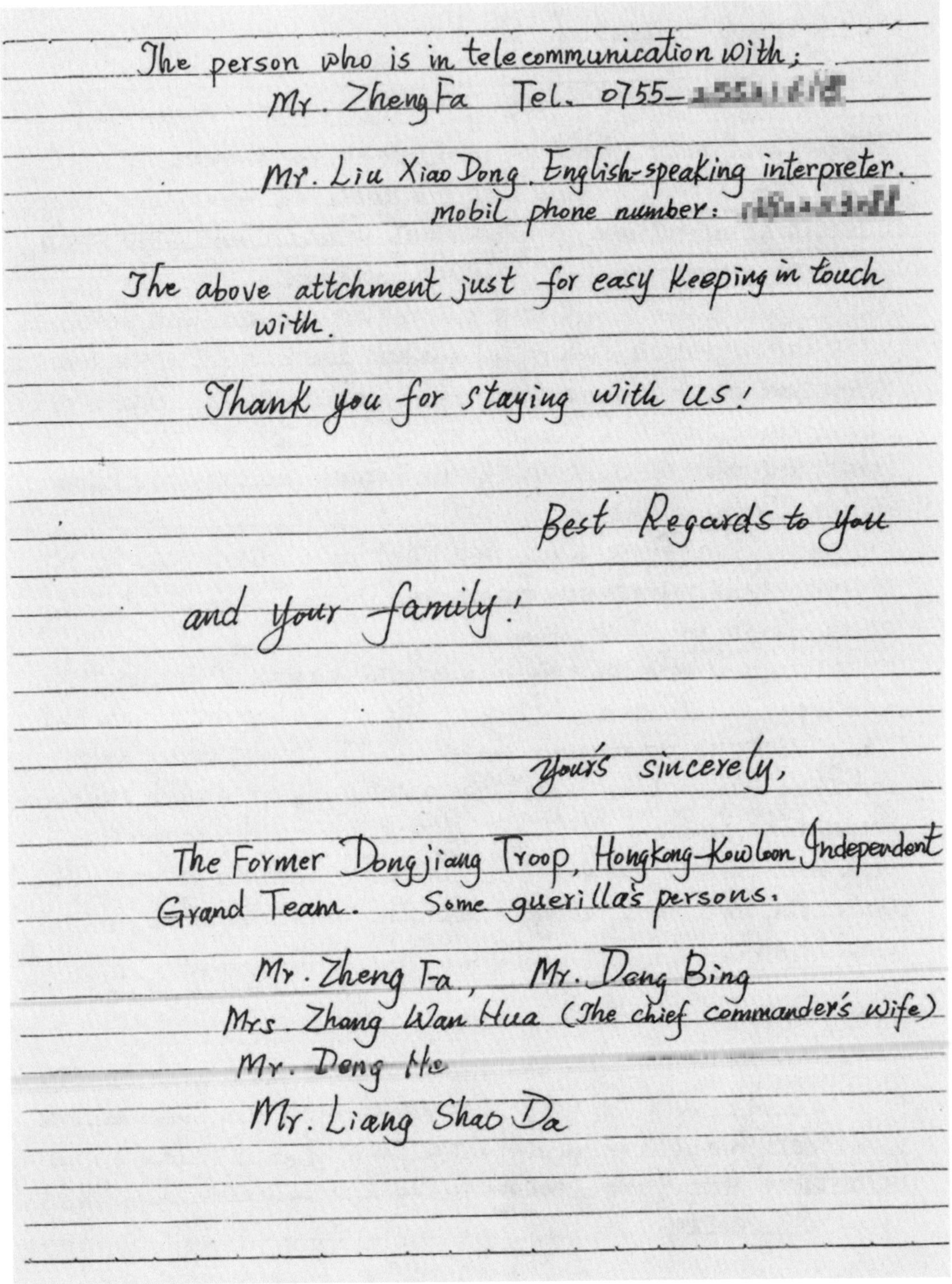

The person who is in telecommunication with:
Mr. Zheng Fa   Tel. 0755- ▓▓▓▓▓

Mr. Liu Xiao Dong. English-speaking interpreter.
mobil phone number: ▓▓▓▓▓

The above attchment just for easy keeping in touch
with.

Thank you for staying with US!

Best Regards to you

and your family!

Yours sincerely,

The Former Dongjiang Troop, Hongkong-Kowloon Independent
Grand Team.   Some guerilla's persons.

Mr. Zheng Fa,   Mr. Deng Bing
Mrs. Zhang Wan Hua (The chief commander's wife)
Mr. Deng He
Mr. Liang Shao Da

图 4.46   原东江纵队部分老战士的邀请信（第二页）

原东江纵队部分老战士邀请信的译文

亲爱的戴维·C·克尔先生：

听说您和您的家人要访问中国，我们十分激动。作为原东江纵队港九大队的正式成员，我们向您表示热烈欢迎。

中国人民对美国人民在抗日战争期间给予中国人民的巨大帮助和支持，十分赞赏。我们从未忘记，美国第十四航空队，即先前的飞虎队所取得的卓越胜利。

对于那些经历了 1944 年 2 月营救你父亲的人来说，他们仍然在心中保留着新鲜的记忆。

那些游击队员的名字如下：

李石先生和李兆华先生，他们冒险掩护了你父亲；黄冠芳和邓斌先生，他们陪你父亲穿过日军封锁线；陈勋先生陪伴你父亲的日常生活，做了很好的工作；还有讲英文的翻译谭天；等等。

他们中间，有的已经去世，有的还活着。

我们很高兴和你们在深圳见面，你们方便的任何时间都可以。让我们再一次了解中美两国人民之间的紧密连在一起的友谊。

可以电话联络：

曾发先生，电话：0755-▮▮▮▮▮▮

刘晓东先生，讲英文的翻译，手机号码：▮▮▮▮▮▮▮▮

以上所附只为方便保持联络。

谢谢你们与我们保持联络！向您和您的家人问好！

原东江纵队港九大队的一些游击队员：

曾发先生，邓斌先生，

张婉华女士（原港九大队大队长黄冠芳的妻子），

邓和先生，梁少达先生

2008 年 5 月 21 日

2008 5 21

Dear Brother Dave Kerr,

We are the members from Hong Kong East River Column History Association that consist of the descendants of the troop soldiers in Hong Kong. We learned that you wish to contact to the persons who helped to rescue your father during the World War II. Mr. Shi Li is the only still alive person who fund and hide lieutenant Kerr in Hong Kong, and he is living in Hong Kong now.

We will be honor to assist your visiting in Hong Kong to meet Mr. Shi Li, and we also can arrange a visit to the village and the cave where your father used to hide. If you have any other purpose on this visit, please let Sean Zhang contact us directly. We will be pleased try our best to provide assist for your visit in Hong Kong.

Best Regards,

Sincerely yours,

Tinsang Ng

Hong Kong East River Column History Association

图 4.47 吴军捷（吴天生）致戴维·克尔信

吴军捷致戴维·C·克尔信的译文

亲爱的兄弟戴维·克尔：

我们是香港东江纵队历史研究会的成员，该会由在香港的纵队战士的后裔组成。我们听说，你想与在第二次世界大战中营救过你父亲的人联络。李石先生是唯一幸存的人，他曾在香港找到并隐藏过你的父亲。目前李石住在香港。

我们能协助你访问香港、和李石会面，真是不胜荣幸，而且我们还能安排你访问村子及你父亲躲藏过的山洞。在访问中，如果有其他计划，请让张方与我们直接联系。我们将十分高兴为你访问香港提供帮助。

顺问近好

你真诚的

吴天生

香港东江纵队历史研究会

2008 年 5 月 21 日

克尔家庭访问中国的照片

（编者按：以下图组的照片说明中之中文名字，其英文翻译均统一以汉语拼音拼写。）

    戴维在 2008 年七、八月带他的妻子阿尼达（Anita）和两个女儿珍妮特和卡瑟琳（Jeannette and Catharine）来到中国，见到了老战士及其家庭。克尔一家十分荣幸地见到了很多克尔中尉的朋友，他们也是美国人民的朋友。

    2009 年 2 月，戴维和他妻子再次来到中国，同行的还有他哥哥安迪（安德鲁的昵称）和安迪的妻子卡西（Kathy）。他们有机会碰到克尔中尉的更多朋友，还徒步旅行了部分的克尔中尉逃生路线。他们还有幸参观了位于深圳、东莞及北京纪念东江纵队历史的纪念馆。

    请看下列照片，都是有关他们两家人访问的更多信息。

    克尔家庭盼望将来再次访问中国。

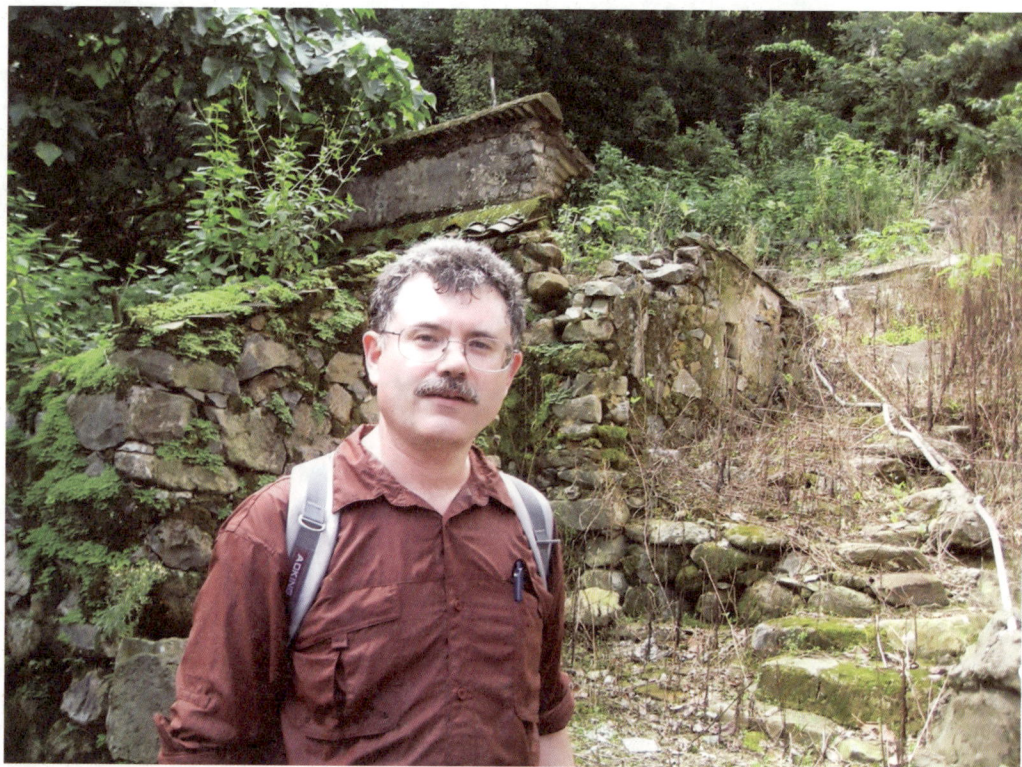

图 4.48　戴维在克尔中尉逃生路线上一个废置村庄里的房子旁（摄于 2008 年）

图 4.49 戴维与妻子阿尼达和两个女儿卡瑟琳、珍妮特及东江纵队战士家人在李石（小鬼）和克尔中尉原来碰头的地方合影（这是戴维第一次在香港寻觅他父亲当年逃生的路径，摄于 2008 年，大老山附近）

图组一：逃生路线寻踪

在重踏西贡附近的逃生路线时，戴维和安迪看到了一些克尔中尉在故事中描述到的地形……

图 4.50　无穷尽的台阶（摄于 2009 年）

图 4.51　薄雾笼罩下的大山和撒满卵石的路——想象一下，夜里走在这种路上（摄于 2009 年）

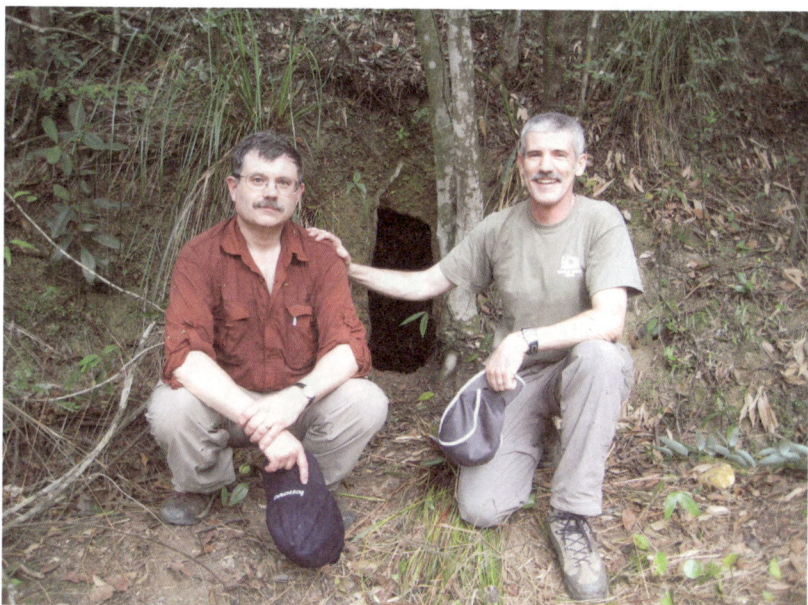

图 4.52　戴维和安迪在克尔中尉曾经藏身的炭窑外（逃生路线图上的第三个地点所标位置，摄于 2009 年）

图 4.53　安迪在炭窑内（摄于 2009 年）

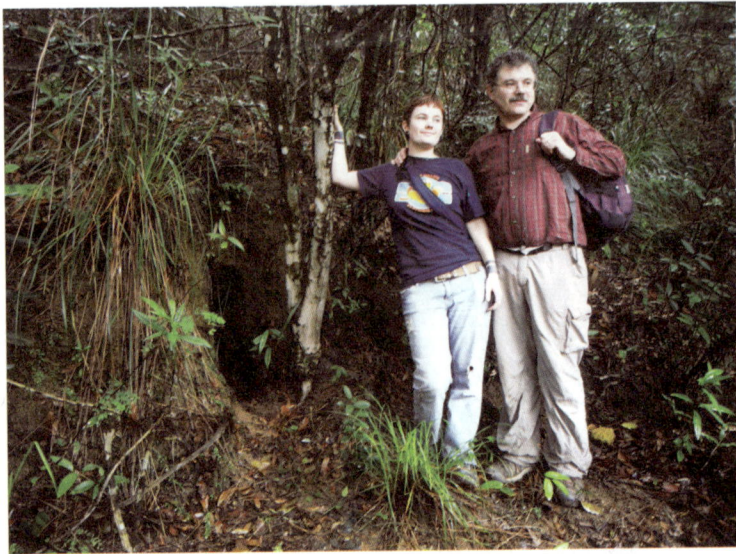

图 4.54　克尔中尉的孙女珍妮特与戴维在炭窑旁（摄于 2009 年）

图 4.55　安迪在西贡附近山头寻觅他父亲当年逃生的路径（摄于 2009 年）

克尔日记
东江纵队营救援华美军飞行员克尔中尉脱险纪实

图 4.56　戴维和安迪在西贡远眺附近景色，这就是克尔中尉躲在灌木丛中的地方（逃生路线图上的第四个地点所标位置，摄于 2009 年）

图 4.57　通往企岭下海的深涌隘口——在"悄悄上路"那一章里描述到的
（逃生路线图上的第五和第六个地点之间所标位置，摄于 2009 年）

图 4.58 徒步探索逃生路线的一路段——从企岭下海的深涌隘口到白沙澳村
（越过了在逃生路线图上第六点的位置，摄于 2009 年 2 月 27 日）

图 4.59　戴维与东江纵队后代在深圳葵涌土洋附近的海滩（摄于 2008 年 7 月）

　　这是克尔中尉于 1944 年 3 月被安排乘坐一艘平底中国式帆船，从香港偷运到大陆上岸的第二个登陆地点。

克尔日记
东江纵队营救援华美军飞行员克尔中尉脱险纪实

图 4.60　安迪在深圳的原土洋村教堂前（摄于 2009 年）

　　这就是克尔中尉渡过大鹏湾之后住过一夜的教堂，在回忆录最后一章结尾处有所描述。2009 年 2 月，安迪、戴维和他们的妻子访问时，这儿成了纪念东江纵队的一个纪念馆。它曾经是游击队的司令部，曾生司令员在这个基地领导他的队伍。

图组二：探访

下面这些照片是戴维和安迪访问中国时见到的一些游击队员和他们的后代。

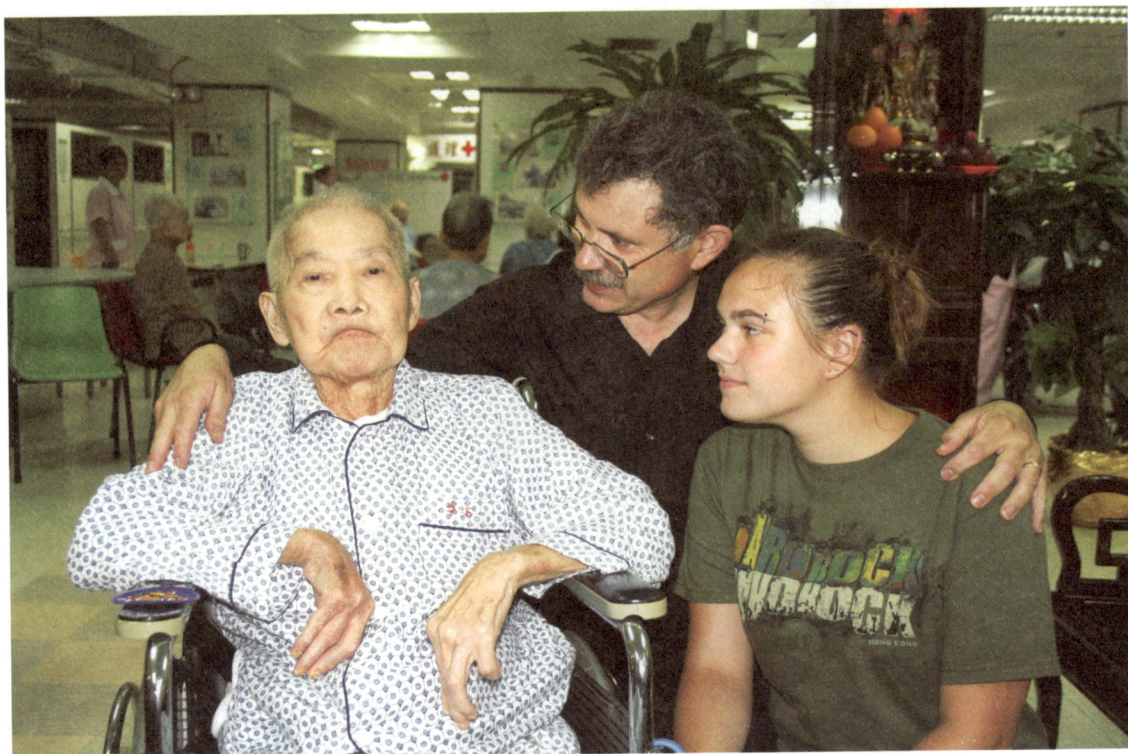

图 4.61　李石（小鬼）、戴维及其女儿卡瑟琳在香港九龙一所安老院（摄于 2008 年）

李石是克尔中尉跳伞着陆后第一个帮助他的人，他向游击队报告了克尔中尉的困境和方位。

图 4.62 东江纵队老战士的第二代陪同戴维前往香港沙田拜访李石先生的家人

图 4.63 戴维与安迪再次前往安老院探望李石，并慰问他的太太和女儿（摄于 2009 年）

图 4.64　王石于 2009 年带领戴维和安迪去炭窑参观（王石当年是村里的男孩，他为克尔中尉送食物到炭窑）

图 4.65　戴维拜会邓斌和邓妻（摄于 2008 年）

邓斌以前是个敏捷的枪手，他帮助把克尔中尉从蔡国梁大队部武装护送到大鹏湾。

图 4.66　叶锋司令员——戴维在北京拜访的东江纵队老战士之一（摄于 2009 年）

1944 年时，叶锋担任原东江纵队惠阳人民抗日自卫大队大队长兼政委，曾见过克尔中尉。

图 4.67　戴维在深圳拜访袁庚及其家人（摄于 2008 年）

图 4.68　戴维在深圳坪山拜会东江纵队老战士（摄于 2008 年）

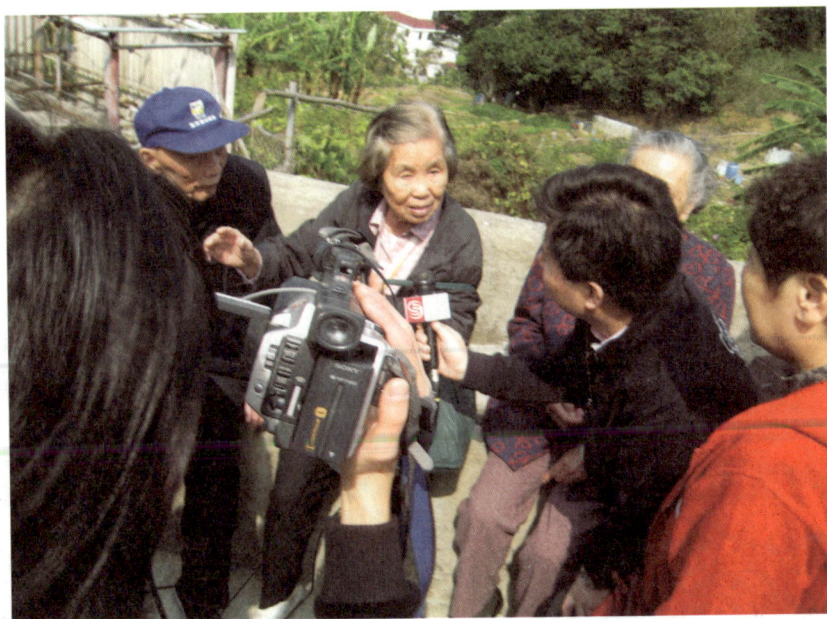

图 4.69　东江纵队港九大队蔡松英老战士讲述她过去参加抗日工作（摄于 2009 年）

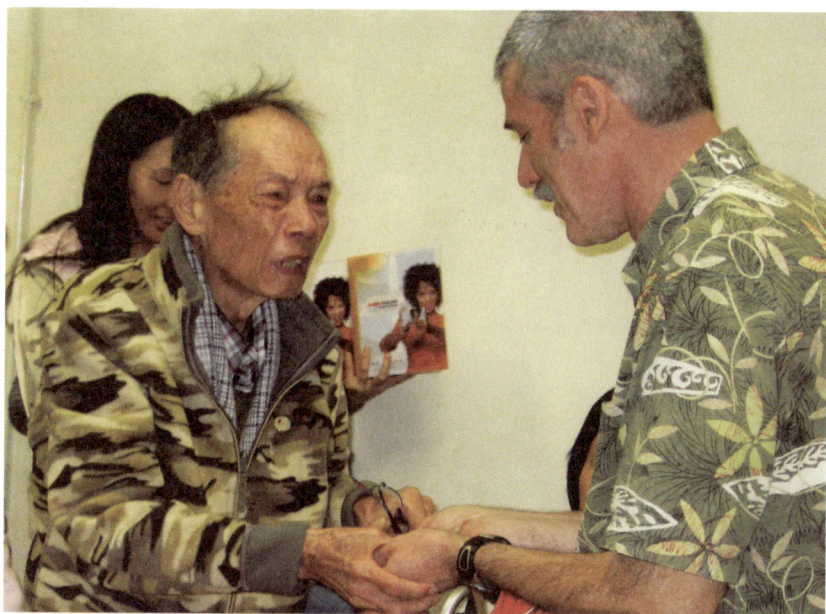

图 4.70　东江纵队港九大队何流老战士在香港西贡港九大队老战士联谊会，与来访的安迪会面（摄于 2009 年）

图 4.71　曾生儿子曾世平和尹林平女儿尹小平在深圳坪山与戴维见面（摄于 2008 年）

图 4.72　黄作梅儿子黄伟建于香港沙田与戴维见面（摄于 2008 年）

图 4.73　刘才——刘黑仔的弟弟与戴维见面（摄于 2009 年）

　　刘才那时是游击队的交通员，他向戴维和安迪讲了克尔中尉在岩石洞里时外围
游击队的活动。

图 4.74　参与营救克尔中尉的李兆华儿子江山一家人于深圳坪山与戴维见面（摄于 2008 年）

图 4.75　戴维和安迪与老战士陈勋的女儿陈小燕和儿子陈建勋在香港观音山见面，站在后面的是谭天的儿子谭向阳（摄于 2009 年）

图组三：东道主、向导

戴维和安迪的一些亲切宽厚的东道主和向导。

图 4.76　陈秋（左图）与高海韵（右图）都是戴维在中国联想公司工作的同事，他们帮助戴维寻找东江纵队有关人员

陈秋是一个军事史发烧友，与他的父亲一起探究土洋民众赠送给克尔中尉的那面锦旗，正确地指引戴维前往深圳坪山寻找线索；高海韵帮助戴维寻找东江纵队的老战士家庭，于 2008 年陪同戴维前往土洋东江纵队司令部旧址——天主教堂。该照片于教堂门口拍摄。

图 4.77 陪同戴维、安迪及二人的妻子一起徒步探索克尔中尉当年的逃生路线者，大都是东江纵队老战士的后人和香港民安队的一些朋友（摄于 2009 年）

图片中的东江纵队第二代包括廖国球（前排左二，父亲是港九大队的民运人员）、尹素明和尹小平（前排左五与左三，东江纵队政委尹林平的长女和次女）、黄文庄（前排左六，东江纵队司令部首席英文翻译黄作梅的侄女）、蔡元源（前排左七，港九大队大队长蔡国梁的侄儿）、张念斯（前排右一，港九大队元朗中队老战士张子燹的女儿）、陈小燕（后排右二，当年曾陪伴克尔中尉逃生的老战士陈勋的女儿）。他们是克尔一行访问香港、深圳和东莞的一些东道主和向导。

图 4.78　首批接待戴维的东江纵队老战士曾发和老战士后代叶海燕（摄于 2008 年，深圳）

图 4.79　雕塑家张方（摄于 2009 年，北京）

　　张方的父亲张松鹤以前也在东江纵队。张方是一位雕塑家，他是克尔家庭一行于 2009 年访问北京的向导和组织者。

吴军捷是一家香港公司的中国业务部主任，他与家人是戴维和安迪家人在北京和香港时宽厚和慷慨的东道主。

张兆和陪伴戴维及安迪一行，提供翻译和历史信息。

图 4.80　吴军捷与家人在北京接待戴维夫妇和安迪夫妇（摄于 2009 年）

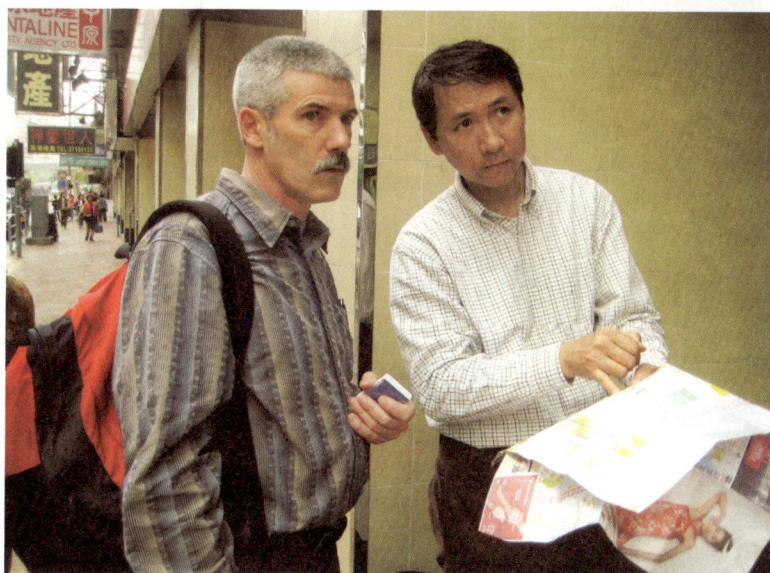

图 4.81　香港科技大学人文学部张兆和副教授与安迪（摄于 2009 年）

图组四：缅怀

纪念碑、纪念馆和招待会

图 4.82　戴维和安迪两兄弟前往香港西贡斩竹湾的抗日英烈纪念碑，向老战士致敬
（摄于 2009 年）

图4.83　戴维和安迪与两人之妻子于2009年2月26日向刘黑仔墓献花

图4.84　戴维和安迪与老战士于2009年2月26日在深圳宝安区大鹏镇的刘黑仔墓前进行悼念

图 4.85　戴维于 2008 年在深圳坪山东江纵队纪念馆找到克尔中尉的漫画和感谢信，这是他与东江纵队建立联系的开始

图 4.86　东江纵队老战士及后代于深圳坪山东江纵队纪念馆接待戴维（摄于 2008 年）

克尔日记
东江纵队营救援华美军飞行员克尔中尉脱险纪实

图 4.87 戴维与家人参观位于深圳土洋的东江纵队司令部旧址及纪念馆（摄于 2008 年）

图 4.88　戴维和安迪携妻子与东江纵队后代一起参观位于东莞大岭山的广东东江纵队纪念馆（摄于 2009 年 2 月 25 日）

图 4.89　广东东江纵队纪念馆关于营救克尔中尉的展览（左上方是陈纳德将军，克尔中尉在左下方，摄于 2009 年 5 月 25 日）

图 4.90　戴维和安迪在广东东江纵队纪念馆里，和刘黑仔的塑像一起（摄于 2009 年）

图 4.91　戴维和安迪在广东东江纵队纪念馆里，和黄作梅的照片一起（摄于 2009 年）

图 4.92　戴维和安迪于 2009 年 2 月 27 日向广东东江纵队纪念馆捐赠二战期间克尔中尉穿过的军衣

图 4.93　戴维、安迪和两人的妻子阿尼达、卡西于 2009 年 2 月在北京军事博物馆出席招待会

图 4.94　戴维和安迪参观中国人民抗日战争
纪念馆（摄于 2009 年）

图 4.95　戴维和安迪携妻子于 2009 年 3 月在北京拜会首任中国驻美大使柴泽民，
共同表达两国人民的友谊

图 4.96　戴维的两个女儿卡瑟琳和珍妮特与东江纵队老战士的孙女儿均属东江纵队第三代，一起在深圳公园参加和平植树的纪念仪式

参考文献

1. 注释内容

注2. 杰夫瑞·B·格林编著，徐帆翻译，张彦审校，《第4章：中美联合空军联队（暂编）》，《飞虎的咆哮》，昆明：云南教育出版社，2005年，第171-175页。

中国飞虎研究学会（原空军退役人员协会），《十四航空队中美空军混合团CACW》，http://www.flyingtiger-cacw.com/

注3. 陈应明原著，田钟秀、刘文孝补校，《蔻蒂斯（CURTISS）P-40》，《抗日战争时期1937—1945中国空军飞机》，台北：中国之翼出版社，1991年，第68-69页。

黄孝慈，《中国飞机寻根（之四十五）抗战期间我主力战机之一美制蔻蒂斯P-40战鹰式机（Curtiss P-40 Warhawk）》，http://cwlam2000.0catch.com/caf45.htm

"P-40战斗机"，百度百科，http://baike.baidu.com/view/367435.htm?fromtitle=P-40&fromid=947500&type=syn

注4. 《东江纵队志》编辑委员会，《东江纵队志》，北京：解放军出版社，2003年。

《港九独立大队史》编写组，《港九独立大队史》，广州：广东人民出版社，1989年。

陈达明，《香港抗日游击队》，香港：环球出版社，2000年。

注5. 香港里斯本丸协会，《战地军魂·香港英军服务团绝密战记》，香港：画素社，2009年。

注9. 杰夫瑞·B·格林编著，徐帆翻译，张彦审校，《飞虎的咆哮》，昆明：云南教育出版社，2005年。

十四航空队中美空军混合团CACW、中国飞虎研究学会（原空军退役人员协会），《飞虎队名之争》（转新浪读书，2011-01-31，《飞虎队飞行员仅健在两位了》），http://www.flyingtiger-cacw.com/new_page_642.htm

"飞虎队"，维基百科，http://zh.wikipedia.org/zhtw/%E9%A3%9B%E8%99%8E%E9%9A%8A

注10. "A-10雷霆二式攻击机"，维基百科，http://zh.wikipedia.org/wiki/A-10%E9%9B%B7%E9%9C%86%E4%BA%8C%E5%BC%8F%E6%94%BB%E6%93%8A%E6%A9%9F

注14. 杰夫瑞·B·格林编著，徐帆翻译，张彦审校，《飞虎的咆哮》，昆明：云南教育出版社，2005年，第31、261页。

注16. "Personal flotation device"，维基百科，http://en.wikipedia.org/wiki/Personal_flotation_device

注17. 杰夫瑞·B·格林编著，徐帆翻译，张彦审校，《飞虎的咆哮》，昆明：云南教育出版社，2005年，第151页。

注 18. 吴邦谋编著，《再看启德：从日占时期说起》，香港：共和媒体，2009 年。

刘智鹏、黄君健、钱浩贤著，香港机场管理局编，《天空下的传奇：从启德到赤鱲角》，香港：三联书店，2014 年。

注 19. 罗伯特·杰克逊著，吴玉涛译，舒孝煌审校，《战斗机：空中战争的过去与未来》，台北：胡桃木文化，2007 年，第 123-128 页。

矢吹明纪著，薛智恒译，舒孝煌审校，《军客机大比较》，台北：台湾东贩，2012 年，第 46-47、72-75 页。

"零式舰上战斗机"，维基百科，http://zh.wikipedia.org/wiki/%E9%9B%B6%E5%BC%8F%E8%89%A6%E4%B8%8A%E6%88%B0%E9%AC%A5%E6%A9%9F

注 20. 陈应明原著，田钟秀、刘文孝补校，《北美 B-25 "密契尔"》，《抗日战争时期 1937—1945 中国空军飞机》，台北：中国之翼出版社，1991 年，第 127-130 页。

矢吹明纪著，薛智恒译，舒孝煌审校，《军客机大比较》，台北：台湾东贩，2012 年，第 60-61 页。

"B-25 米切尔型轰炸机"，维基百科，http://baike.baidu.com/ view/1351447.htm

注 21. 广西壮族自治区地方志编纂委员会编，《广西通志·民航志》，南宁：广西人民出版社，1995 年，第 28-39 页。

唐琳、蒋邵安，《美飞虎队纪念公园桂林启幕》，《香港文汇报》2015 年 3 月 29 日，A15 版。

注 22. 杰夫瑞·B·格林编著，徐帆翻译，张彦审校，《飞虎的咆哮》，昆明：云南教育出版社，2005 年，第 288-289 页。

"长机僚机"，互动百科，http://www.baike.com/wiki/%E9%95%BF%E6%9C%BA%E5%83%9A%E6%9C%BA

注 23. Wikia, "Four Finger Formation", http://world-war-2.wikia.com/wiki/ Four_Finger_Formation

注 24. 千家驹、郭彦岗著，《中国货币演变史》，上海人民出版社，2005 年，第 231 页。

注 25. 陈应明原著，田钟秀、刘文孝补校，《洛克希德 P-38 "闪电"》，《抗日战争时期 1937—1945 中国空军飞机》，台北：中国之翼出版社，1991 年，第 144-145 页。

"P-38 闪电式战斗机"，维基百科，http://zh.wikipedia.org/wiki/P8%E9%96%83%E9%9B%BB%E5%BC%8F%E6%88%B0%E9%AC%A5%E6%A9%9F

陈应明原著，田钟秀、刘文孝补校，《北美 P-51 "野马"》，《抗日战争时期 1937—1945 中国空军飞机》，台北：中国之翼出版社，1991 年，第 73-74 页。

"P-51 战斗机"，维基百科，http://zh.wikipedia.org/wiki/P-51%E6%88%B0%E9%AC%A5%E6%A9%9F

陈应明原著，田钟秀、刘文孝补校，《北美 P-47D "雷电"》，《抗日战争时期 1937—1945 中国空军飞机》，台北：中国之翼出版社，1991 年，第 142-143 页。

"P-47 战斗机"，维基百科，http://zh.wikipedia.org/wiki/P-47%E6%88%B0%E9%AC%A5%E6%A9%9F

注 26.　陈应明、廖新华编著，《中岛二式战斗机"钟馗"Tojo》，《浴血长空：中国空军抗日战史》，北京：航空工业出版社，2006 年，第 374 页。

矢吹明纪著，薛智恒译，舒孝煌审校，《军客机大比较》，台北：台湾东贩，2012 年，第 92-93 页。

"二式单座战斗机"，维基百科，http://zh.wikipedia.org/wiki/%E4 %BA%8C%E5%BC%8F%E5%96%AE%E5%BA%A7%E6%88 %B0%E9%AC%A5%E6%A9%9F

注 27.　和田廉夫著，《岁月无声：一个日本人追寻香港日占史迹》，香港：花千树出版有限公司，2013 年，第 16 页。

香港地政总署测绘处，2015-2，《香港地理资料》，http:// www.landsd.gov.hk/mapping/en/publications/hk_geographic_ data_sheet.pdf

香港郊野活动联会，2000，《香港群山谱》，http://www.hkfca. org.hk/data/mountain.htm

注 29.　香港里斯本丸协会，《香港攻防战之战时防卫设施遗迹》，香港：画素社，2010 年，第 67 页。

香港沙田区茅笪村郑己棠先生口述，2011 年 7 月 21 日。

注 32.　香港飞虎研究学会，《BLOOD CHIT 血幅》，http://www.flyingtigercacw.com/new_page_5. htm

注 34.　《沙田古今风貌》编辑委员会，《茅笪》，《沙田古今风貌》，香港：沙田区议会，1997 年，第 69 页。

萧国健著，李骀主编，《香港新界乡村之历史与风貌》，香港：中华文化交流服务中心，2006 年，第 115 页。

注 35.　依恩·霍格编著，屈闻明译，《美国 M1（加兰德）自动步枪》，《简氏枪械》，太原：希望出版社，2003 年，第 341 页。

"M1 加兰德步枪"，维基百科，http://zh.wikipedia.org/wiki/M1%E 5%8A%A0%E5%85%B0%E5%BE%B7%E6%AD%A5%E6%9E %AA

注 36.　"米老鼠"，互动百科，http://www.baike.com/wiki/%E7%B1%B3%E8%80%81%E9%BC%A0

注 37.　依恩·霍格编著，屈闻明译，《柯尔特 M1911/M1911A1 手枪》，《简氏枪械》，太原：希望出版社，2003 年，第 103 页。

"M1911 手枪"，维基百科，http://zh.wikipedia.org/zh-tw/ M1911%E6%89%8B%E6%A7%8D

注 38.　"步枪"，维基百科，http://zh.wikipedia.org/wiki/%E6%AD%A5% E6%9E%AA

注 41.　萧国健，《一九四一年日军侵港前香港之军防》，《亚洲研究 》卷 16（1995），香港：珠海书院亚洲研究中心。高添强，《香港战地指南 1941》，香港：三联书店，1995 年，第 33 页。

注 44.　"Fort Belvoir"，Wikipedia, http://en.wikipedia.org/wiki/Fort_Belvoir

注 45.　"菲利普·莫里斯公司"，百度百科，http://baike.baidu.com/view/ 1008864.htm

注 47.　武克全主编，《浙赣之战》，《抗日战争大事典》，上海：学林出版社，2005 年，第 420 页。

阮大正，2011，《美军"杜立德行动"·中国付出惨重代价》，美国华裔教授专家网，http://scholarsupdate.hi2net.com/ news.asp?NewsID=4468

《东京上空三十秒》，百度百科，http://baike.baidu.com/ view/1227024.htm

注 48.　"Outdoor Life"，维基百科，http://en.wikipedia.org/wiki/Outdoor_Life

注 51.　叶榕编著，《香港行山全攻略：军事遗迹探究（新界篇）》，香港：正文社，2008 年，第 60 页。

香港渔农自然护理署，《战地遗迹径》，郊野乐行，http:// www.hiking.gov.hk/chi/trail_list/other_route/war_relics_trail/ introduction.htm

注 53.　《沙田古今风貌》编辑委员会，《观音山》，《沙田古今风貌》，香港：沙田区议会，1997 年，第 76 页。

萧国健著，李骀主编，《香港新界乡村之历史与风貌》，香港：中华文化交流服务中心，2006 年，第 115 页。

注 55.　《沙田古今风貌》编辑委员会，《芙蓉别》，《沙田古今风貌》，香港：沙田区议会，1997 年，第 71 页。

萧国健著，李骀主编，《香港新界乡村之历史与风貌》，香港：中华文化交流服务中心，2006 年，第 115 页。

注 57.　朱哲夫，2011，《香烟大战：南洋兄弟与海盗和三炮台的竞争》，四月青年论坛，http://history.m4.cn/2011-04/1098022.shtml

注 59.　依恩·霍格编著，屈闻明译，《美国 M1/M2 卡宾枪》，《简氏枪械》，太原：希望出版社，2003 年，第 342 页。

"卡宾枪"，维基百科，ttp://zh.wikipedia.org/wiki/%E5%8D%A1%E5%AE%BE%E6%9E%AA

注 60.　高木健一等合编，吴辉译，《香港军票与战后补偿》，香港《明报》出版，1995 年。

香港索偿协会，2002-2-1，《这段惨痛日子是一场大浩劫》，http://home.netvigator.com/~hkra2002/chn_index.html

注 61.　"爱丽丝镜中奇遇"，维基百科，http://zh.wikipedia.org/wiki/%E6 %84%9B%E9%BA%97%E7%B5%B2%E9%8F%A1%E4%B8% AD%E5%A5%87%E9%81%87

注 64.　《日本水上战斗机"强风"》，铁血论坛，http://bbs.tiexue.net/ post_2555363_1.html

注 72.　依恩·霍格编著，屈闻明译，《毛瑟军用手枪》，《简氏枪械》，太原：希望出版社，2003 年，第 44-47 页。

"毛瑟"，维基百科，http://zh.wikipedia.org/zh-tw/%E6%AF% 9B%E7%91%9F

注 73.　郭志标，《石垒仔古道寻幽览胜》，《文汇报》2008 年 4 月 15 日，A44 版。

注 75.　祁麟峰著，《鹿巢石林》，《纵横香港奇山异水·山篇》，香港：荣誉出版社，1998 年，第 35 页。

《鹿巢石林》，Oasistrek 绿洲，http://www.oasistrek.com/luk_chau_ stone_forest.php

注 82.　OoCities，2009，《米尔斯手榴弹》，Geocities Archive，http://www.oocities.org/hk/f10 f18f22f35/indexlight11.htm

"九七式手榴弹"，维基百科，http://zh.wikipedia.org/zh-hk/%E4%B9%9D%E4%B8%83% E5%BC%8F%E6%89%8B%E6%A6% B4%E5%BD%88

"九九式手榴弹"，维基百科，http://zh.wikipedia.org/zh-tw/%E4 %B9%9D%E4%B9%9D%

E5%BC%8F%E6%89%8B%E6%A6 %B4%E5%BC%B9

注 85.　梁荣亨编著，《香港百大山水名胜》，香港：友晟出版社，2007 年，第 19 页。

《马鞍山风物志：矿业兴衰》编研小组，《马鞍山风物志：矿业兴衰》，香港：沙田区议会，2002 年。

注 86.　刘振伟主编，《德国手枪》，《世界手枪博览》，北京：国防工业出版社，1994 年，第 155、221 页。

"驳壳枪"，百度百科，http://baike.baidu.com/view/5980.htm

注 91.　依恩·霍格编著，屈闻明译，《布伦机枪（英国）》，《简氏枪械》，太原：希望出版社，2003 年，
第 402 页。

"布伦轻机枪"，维基百科，http://zh.wikipedia.org/zh-tw/%E5%B8%83%E5%80%AB%E8
%BC%95%E6%A9%9F%E6%A7%8D

注 93.　梁荣亨编著，《香港百大山水名胜》，香港：友晟出版社，2007 年，第 31 页。

杨禄华、区树鸿编著，《蚺蛇尖》，《香港的山山水水》，广州：新世纪出版社，1999 年，第
40、46 页。

注 98.　蔡子杰著，《大浪西湾》，《香港风物志》，环球实业（香港）公司出版，2008 年，第 103 页。

梁荣亨编著，《香港百大山水名胜》，香港：友晟出版社，2007 年，第 205 页。

注 103.　《乱世佳人》，维基百科，http://zh.wikipedia.org/wiki/%E4%B9% B1% E4% B8% 96% E4%
BD%B3%E4%BA%BA

注 104.　"南北战争"，维基百科，http://zh.wikipedia.org/wiki/%E5%8D% 97%E5% 8C%97% E6%
88%98%E4%BA%89

注 106.　"詹姆斯·卡格尼"，维基百科，http://zh.wikipedia.org/wiki/%E 8%A9%B9%E5%A7%86
%E6%96%AF%C2%B7%E5%8D%A 1%E6%A0%BC%E5%B0%BC

注 107.　"约瑟夫·布朗"，维基百科，http://en.wikipedia.org/wiki/Joe_E._Brown

注 115.　Frank Iannamico，《美国雷霆：军用汤普森冲锋枪 1928, 1928A1, M1, M1A1》，Henderson,
NV：Moose Lake Publishing, 2000.

"汤普森冲锋枪"，维基百科，http://zh.wikipedia.org/zh-tw/%E6 %B1%A4%E6%99%AE%
E6%A3%AE%E5%86%B2%E9%94 %8B%E6%9E%AA

注 123.　黄伟健，《怀念父亲黄作梅》，徐月清编，《战斗在香江》，香港：《新界乡情系列》编辑委员会，
1997 年，第 77-96 页。

《永远的丰碑：为世界和平事业壮烈牺牲——黄作梅》，人民网，http://dangshi.people.com.
cn/GB/144964/145231/ 4525329.html

注 132.　《东江纵队志》编辑委员会，《东江纵队志》，北京：解放军出版社，2003，第 380 页。

注 133.　《东江纵队志》编辑委员会，《东江纵队志》，北京：解放军出版社，2003，第 382 页。

2. 图片来源

2.1 由克尔中尉亲属提供之图片

2.2 由东江纵队老战士亲属提供之图片

图 3.4	图 3.32	图 3.42	图 3.51	图 3.74
图 3.5	图 3.33	图 3.44	图 3.60	图 3.75
图 3.22	图 3.34	图 3.47	图 3.62	图 3.79
图 3.23	图 3.35	图 3.48	图 3.63	图 4.57
图 3.30	图 3.37	图 3.49	图 3.69	图 4.58
图 3.31	图 3.40	图 3.50	图 3.73	

2.3 其他图片来源

图3.2：Cobatfor，1942-7-1，"地面由国民革命军士兵守卫的P-40"，维基百科，http://zh.wikipedia.org/wiki/P-40%E6%88%B0%E9%B7%B9%E6%88%B0%E9%AC%A5%E6%A9%9F#/media/File:American_P-40_fighter_planes.jpg

图3.6：Roscoe x，2005-8-9，"Thunderbolt II flight above"，维基百科，http://zh.wikipedia.org/wiki/A-10%E9%9B%B7%E9%9C%86%E4%BA%8C%E5%BC%8F%E6%94%BB%E6%93%8A%E6%A9%9F#/media/File:Thunderbolt_II_flight_above.jpg

图3.8：杰夫瑞·B·格林编著，徐帆翻译，张彦审校，《飞虎的咆哮》，昆明：云南教育出版社，2005年，第31页。

图3.9：杰夫瑞·B·格林编著，徐帆翻译，张彦审校，《飞虎的咆哮》，昆明：云南教育出版社，2005年，第151页。

图3.10：吴邦谋编著，《再看启德：从日占时期说起》，香港：共和媒体，2009年，第85页。

图3.11：The Planes of Fame Air Museum，"POF's Mitsubishi A6M5 Zeke 'Zero'"，http://www.warbirddepot.com/aircraft_fighters_zero-pof.asp

图3.12：Hohum，1942-10-1，"A U.S. Army Air Force North American B-25C Mitchell bomber (s / n 41-12823) in flight near Inglewood, California (USA)"，维基百科，http://zh.wikipedia.org/wiki/ B-25%E7%B1%B3%E5%88%87%E5%B0%94%E5%9E%8B%E8%BD%B0%E7%82%B8%E6%9C%BA#/media/ File:North_American_Aviation%27s_B-25_medium_bomber,_Inglewood,_Calif.jpg

参考文献

图3.13：Wikia，"Four Finger Formation.pgn"，http://world-war-2.wikia. com/wiki/File:Four_Finger_Formation.png

图3.14：中国银行，"民国时期－孙中山像法币券（1940年）"，http://www.boc.cn/big5/aboutboc/ab4/200812/t20081205_18261. html

图3.15：Armb，2007-3-2，"YP-38（1943年）"，维基百科，http://zh.wikipedia.org/wiki/B-25%E7%B1%B3%E5%88%87%E5%B0%94%E5%9E%8B%E8%BD%B0%E7%82%B8%E6%9C%BA#/media/File:North_American_Aviation%27s_B-25_ medium_bomber,_Inglewood,_Calif.jpg

图3.16：Jan Arkesteijn，1942-10-1，"P-51A"，维基百科，http://zh.wikipedia.org/wiki/P-51%E6%88%B0%E9%AC%A5% E6%A9%9F#/media/File:P-51A.jpg

图3.17：Cobatfor，1942-3-24，"Republic P-47B Thunderbolt NACA"，维基百科，http://zh.wikipedia.org/wiki/P-47% E6%88%B0% E9%AC%A5%E6%A9%9F#/media/File:Republic_P-47B_ Thunderbolt_NACA.jpg

图3.18："Ki 44 'Tojo' Japanese Fighter",The Pacific War Online Encyclopedia, http://pwencycl. kgbudge.com/K/i/Ki-44_Tojo. htm

图3.19：九龙启德飞机场（约1934—1941年），香港历史档案馆，罗展明加工。

图3.20：罗展明绘制。

图3.21：罗展明绘制。

图3.24：郑己棠拍摄。

图3.25：Curiosandrelics，2010-2-15,"M1 Garand Rifle manufactured in May 1945 with WWII era canvas web sling"，维基百科，http:// zh.wikipedia.org/wiki/M1%E5%8A%A0%E5%85%B0%E5%BE%B7%E6%AD%A5%E6%9E%AA#/media/File:M1-Garand-Rifle.jpg

图3.26：Fallschirmjäger，"M1911 A1 pistol in 45 ACP by Remington"，维基百科，http://zh.wikipedia.org/zh-tw/M1911%E6%89%8B% E6%A7%8D#/media/File:M1911_A1_pistol.jpg

图3.28：楼主，2005-6-25，《纪念抗战胜利60周年之杜立特轰炸东京》，工大后院，http://www.gdutbbs.com/forum.php?mod=vi ewthread&tid=115297&page=1&authorid=4263

图3.29：同图3.28。

图3.36："老刀牌香烟图册"，百度百科，http://baike.baidu.com/picture/11653742/12009094/0/58ee3d6d55fbb2fb56eb721b4d4a2 0a44723dcf2.html?fr=lemma&ct=single#aid=8315859&pic=3a c79f3df8dcd1008f924149708b4710b9122f4f)

图3.38：Thomas.W，2012-2-3，"M1 Carbine, USA. Caliber .30 Carbine. From the collections of Arm é museum (Swedish Army Museum), Stockholm"，Wikipedia，http://zh.wikipedia.org/ wiki/M1%E5%8D%A1%E5%AE%BE%E6%9E%AA#/media/ File:M1_Carbine_Mk_I_-_USA_-_Arm%C3%A9museum.jpg

图3.39：广州货币金融博物馆，2011，"大日本帝国政府军用手票拾圆"，http://hbg.gduf.edu.cn/Item/Show.asp?m=2&d=260

图3.41：郑己棠拍摄。

图3.43：深圳坪山东江纵队纪念馆。

图3.45：M62，2007-8-13，"毛瑟'Red 9'C96"，维基百科，http://zh.wikipedia.org/wiki/%E6%AF%9B%E7%91%9FC96%E6 %89%8B%E6%A7%8D#/media/File:Mauser_C96_M1916_Red_4.JPG

图3.46：Nemo5576, 2006-2-12，"Astra Model 900"，维基百科，http:// zh.wikipedia.org/wiki/%E6%AF%9B%E7%91%9FC96%E6%89 %8B%E6%A7%8D#/media/File:Pistol_Astra_Model_900.jpg

图3.52：Materialscientist，2012-11-27，"Mk 2手榴弹（菠萝）"，维基百科，http://zh.wikipedia.org/wiki/%E6%89%8B%E6%A6 %B4%E5%BC%B9#/media/File:MK2_grenade_DoD.jpg

图3.53：Megapixie，约1945年，"A Japanese Type 97 grenade, as used during World War II"，维基百科，http://zh.wikipedia. org/wiki/%E4%B9%9D%E4%B8%83%E5%BC%8F%E6%89%8B%E6%A6%B4%E5%BD%88#/media/File:Type_97_ grenade.jpg

图3.54：MChew，2008-1-1，"Japanese Type 99 Hand Grenade"，维基百科，http://zh.wikipedia.org/zh-tw/%E4%B9%9D%E4%B 9%9D%E5%BC%8F%E6%89%8B%E6%A6%B4%E5%BC%B9#/media/File:Type_99_Hand_Grenade.jpg

图3.55：郑己棠拍摄。

图3.56：李慧莹、邹桂昌、杨祥利编，《鞍山岁月：小城今昔》，《马鞍山风物志》，香港：马鞍山民康促进会，2012年，第45页。

图3.57a、3.57b：刘振伟，《世界手枪博览》，北京：国防工业出版社，1994年，第155、211页。

图3.58：Robert DuHamel，2007-6-16，"A BREN on display at Wings over Gillespie airshow"，维基百科，http://zh.wikipedia.org/ zh-tw/%E5%B8%83%E5%80%AB%E8%BC%95%E6%A9% 9F%E6%A7%8D#/media/File:Bren_wog.jpg

图3.59：郑己棠拍摄。

图3.61：郑己棠拍摄。

图3.64：中国人民解放军档案馆。

图3.65：中国人民解放军档案馆。

图3.66：中国人民解放军档案馆。

图3.67：中国人民解放军档案馆。

图3.68：中国人民解放军档案馆。

图3.70：SK Poon，2012-03-18，"蚺蛇北脊出短咀"，http://skpoon. blogspot.hk/2012/03/2012-03-18_18.html

图3.71：Nemo5576, 2006-3-15, "ThompsonM1A1VWM"，维基百科，http://zh.wikipedia.org/zh-tw/%E6%B1%A4%E6%99%AE%E6% A3%AE%E5%86%B2%E9%94%8B%E6%9E%AA#/media/File:ThompsonM1A1VWM.jpg

图3.72："东江纵队司令部旧址"，全程旅游网，http://www.alltrip.cn/shenzhen/jingdian/3178?sid_for_share=99125_3

图4.42：敦纳尔·W·克尔，《给广东人民抗日游击队东江纵队的感谢信》，《前进报》，1944年6月11日，第62期，第5版。

图4.43：宋传富、李筱春，《特殊礼物背后的故事——抗战中港九大队营救美国飞行员纪实》，《军事历史月刊》，2006年第11期，总第152期，第14页。

后　记

　　隶属美国陆军航空队中美空军混合团的唐纳德·W·克尔中尉，在 1944 年 2 月 11 日执行轰炸香港启德机场任务时遭日军击落，被东江纵队成功营救返回桂林空军基地。本书前部分是他的战地日记，记录了自 1944 年 2 月 11 日负伤跳伞，到 3 月 9 日被送到深圳土洋东江纵队司令部顺利脱险这 27 天内发生的所有大事。他敏锐地描述在逃生过程中所到过的地方、遇见的人物和发生的事件，并手绘了不少漫画，幽默地反映出他的经历和内心情绪起落变化。克尔中尉于 1977 年离世后，家人将他的战地日记编辑整理，并于 2008 年由他的次子戴维·C·克尔带到中国，委托东江纵队历史研究会将日记翻译出版，以纪念他的父亲和所有参加营救他父亲的东江纵队战士。本书编辑小组补充了大量注释，并将相关文献资料编辑成附录，以便于读者进一步理解日记内容。

　　2025 年，是中国人民抗日战争和世界反法西斯战争胜利80 周年，中国、美国等国在这场战争中发挥了重要作用，共同为和平和正义而战。我们愿中美两国人民不忘初心，保持定力，夯实友好纽带，为中美两国人民的友谊长存作出努力。